W0281239

DANAE PENN

LES PRINCES ET LE PELERIN

© 2018 Danae Penn

Titre original : False Rumours
Traduit de l'anglais par David Manson
Maquette de couverture par J D Smith

Editeur : Nichol Press
ISBN : 979-10-97586-03-4

En application de la loi du 11 mars 1957, il est interdit de reproduire intégralement ou partiellement le présent ouvrage sans autorisation de l'éditeur

DANAE PENN

LES PRINCES ET LE PELERIN

UNE ENQUETE
DE BELINA LANSAC

NICHOL PRESS

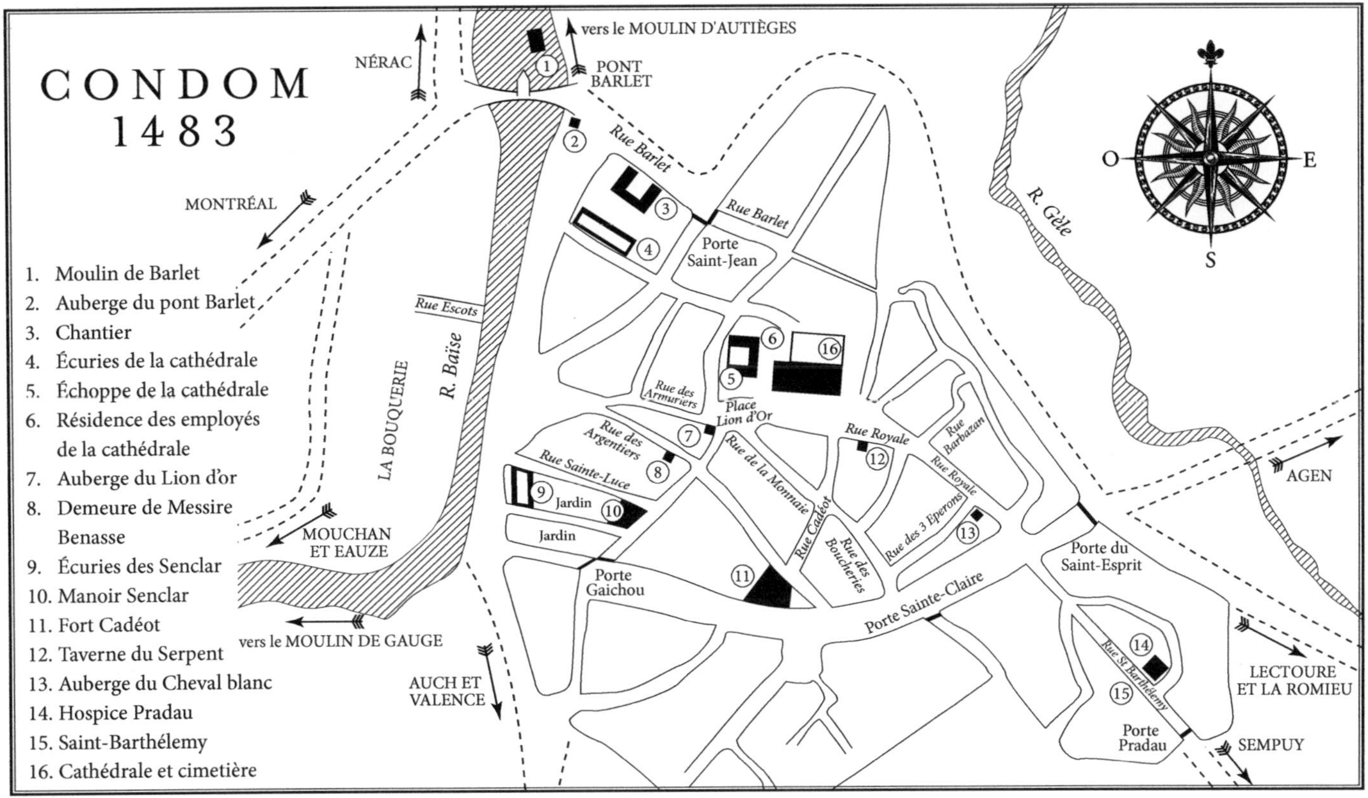
CONDOM
1483
1. Moulin de Barlet
2. Auberge du pont Barlet
3. Chantier
4. Écuries de la cathédrale
5. Échoppe de la cathédrale
6. Résidence des employés de la cathédrale
7. Auberge du Lion d'or
8. Demeure de Messire Benasse
9. Écuries des Senclar
10. Manoir Senclar
11. Fort Cadéot
12. Taverne du Serpent
13. Auberge du Cheval blanc
14. Hospice Pradau
15. Saint-Barthélemy
16. Cathédrale et cimetière
NÉRAC
vers le MOULIN D'AUTIÈGES
PONT BARLET
MONTRÉAL
MOUCHAN ET EAUZE
vers le MOULIN DE GAUGE
AUCH ET VALENCE
LA BOUQUERIE
R. Baïse
Rue Escots
Rue Barlet
Rue Barlet
Porte Saint-Jean
Rue des Armuriers
Place Lion d'Or
Rue des Argentiers
Rue Sainte-Luce
Jardin
Jardin
Porte Gaichou
Rue de la Monnaie
Rue Cadéot
Rue des Boucheries
Rue Royale
Rue Barbazan
Rue Royale
Rue des 3 Eperons
Porte Sainte-Claire
Porte du Saint-Esprit
Rue St Barthélemy
Porte Pradau
R. Gèle
O
E
S
AGEN
LECTOURE ET LA ROMIEU
SEMPUY

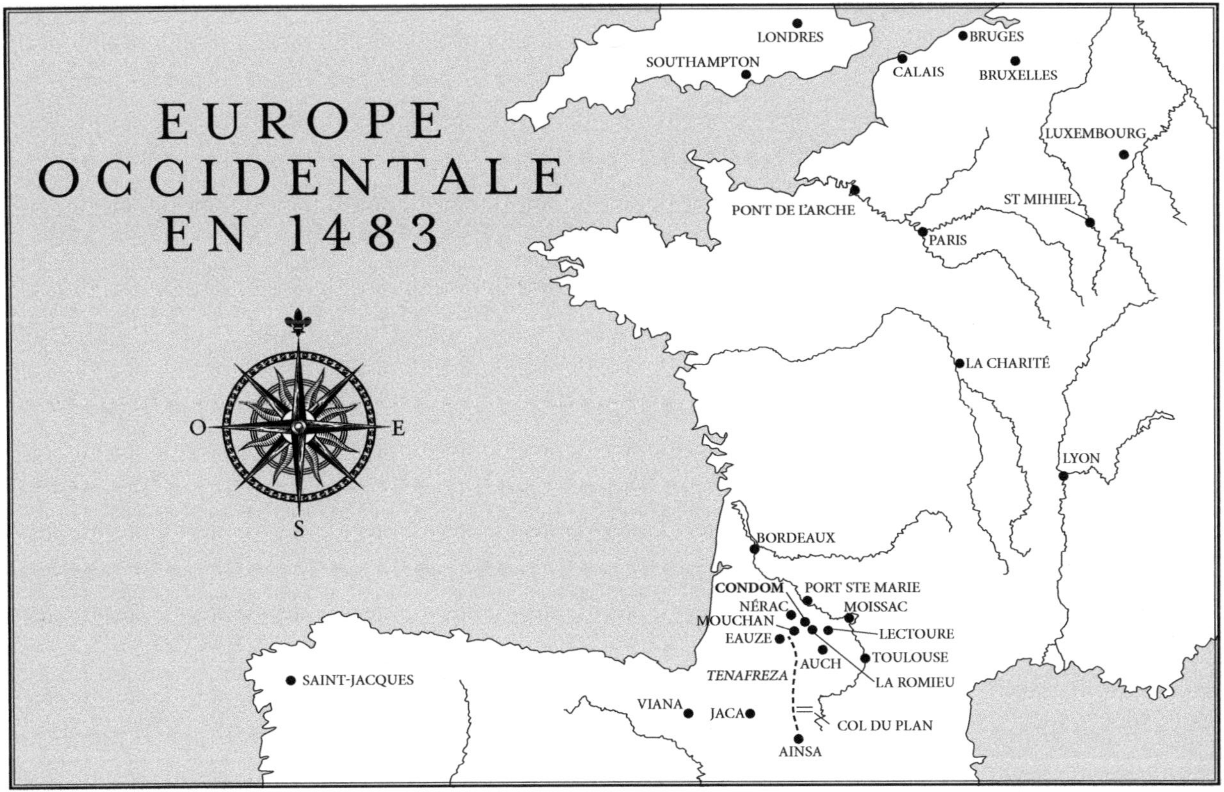
EUROPE
OCCIDENTALE
EN 1483
O
E
S
LONDRES
SOUTHAMPTON
BRUGES
CALAIS
BRUXELLES
LUXEMBOURG
PONT DE L'ARCHE
ST MIHIEL
PARIS
LA CHARITÉ
LYON
BORDEAUX
CONDOM
PORT STE MARIE
NÉRAC
MOISSAC
MOUCHAN
LECTOURE
EAUZE
TOULOUSE
AUCH
TENAFREZA
LA ROMIEU
SAINT-JACQUES
VIANA
JACA
COL DU PLAN
AINSA

CHAPITRE UN

30 août 1483

L'orage éclata en milieu d'après-midi, tandis que Belina attendait son tour chez l'apothicaire. Elle examinait les pots en porcelaine posés sur les étagères afin de réfréner son impatience, s'évertuant à déchiffrer les inscriptions en latin. Le coup de tonnerre soudain fit sursauter tout le monde, et l'apothicaire renversa l'arsenic qu'il était en train de placer sur un minuscule carré de tissu, posé sur sa balance à poisons. Il jura et recommença.

Un homme de petite taille, affublé d'une robe rouge de médecin, se fraya un chemin jusqu'au comptoir en jouant des coudes, bousculant Belina au passage. « Dame Senclar attend ses remèdes. Hâtez-vous. Servez-moi le premier. »

L'apothicaire ne prêta aucune attention à l'individu et continua à peser les deux onces d'arsenic en poudre pour la mort-aux-rats de son client.

Le médecin tapa du poing sur le comptoir, si fort qu'il fit sauter tout ce qui se trouvait dessus. Dans l'embrasure de la porte, le forgeron émit un grondement sourd. Son chien l'imita.

L'apothicaire leva les yeux. « J'ai déjà renversé cet arsenic une fois et je compte éviter que cela se reproduise, déclara-t-il.

Vous attendrez votre tour. » Il termina de préparer la mort-aux-rats, puis se tourna vers Belina. « Dame Lansac, que puis-je pour vous ?

—Une douzaine de fioles d'*aygue ardente* et deux douzaines de pots de baume pour les pieds, je vous prie. »

Le médecin fusilla Belina du regard. « L'*aygue ardente* n'est pas une boisson convenable pour une jeune femme. Dame Senclar aurait à redire si elle vous voyait acheter cette eau-de-vie. »

Belina soutint son regard et s'abstint de répondre, sachant fort bien qu'elle ne pouvait donner offense à la plus riche propriétaire terrienne de Condom.

Dehors, la pluie se mit à marteler les pavés, obligeant la foule de chalands du samedi à trouver refuge dans la cathédrale. Belina régla sa note et suivit leur exemple, relevant la jupe de sa tunique et prenant garde à ne pas se laisser bousculer contre la pile de gravats entassés juste devant la porte.

La nef était plongée dans l'obscurité et le vacarme, résonnant des récriminations concernant l'orage et son effet dévastateur sur les vignes. Des pèlerins erraient ici et là, jetant des coups d'œil en direction des chapelles latérales, à se demander s'il fallait passer ou non la nuit dans l'une d'entre elles. Plusieurs avaient étendu leur cape à même le sol et buvaient le vin de leur gourde, débattant de ce qu'il convenait de faire présentement.

« Jamais je n'ai connu pire été pour le pèlerinage, déclara un homme sec et brûlé par le soleil, et cela fait plus de quinze ans que j'arpente le chemin de Saint-Jacques.

—Avez-vous donc commis tant de crimes ? lui demanda un choriste qui passait par là.

—Ne sois pas insolent. Chaque année, je marche jusqu'à Compostelle car des personnes soumises à cette obligation me paient pour le faire. Plutôt que de perdre quatre ou cinq mois à se rendre en Galice et à en revenir, ils me chargent d'honorer les engagements de leurs aïeux. » Il but une longue gorgée de sa flasque en terre cuite, puis la raccrocha à sa ceinture.

« Et de prier pour eux », ajouta-t-il, mais le choriste s'était déjà engouffré dans la sacristie.

Belina admira la gravure qui ornait la flasque du pèlerin. Elle était sur le point de lui demander où il se l'était procurée, lorsqu'une main se glissa vers son panier pour s'emparer de l'une des fioles d'*aygue ardente* qu'elle venait d'acheter. Elle asséna un coup sec à la main, se retourna et écrasa de son pied celui du voleur.

« Je ne faisais que regarder, geignit le chapardeur en retirant sa main.

—Dans ce cas, sers-toi de tes yeux et garde tes mains pour toi, rétorqua Belina. Une fiole te coûtera deux sous. »

Il tenta de marchander, mais elle demeura inflexible. Le trésorier de la cathédrale avait fixé le prix et il lui était interdit de le baisser. Le larron bredouille pesta contre le trésorier et s'éloigna en boitillant.

Serrant son panier contre sa tunique humide, Belina observa un groupe de pèlerins qui passaient d'une chapelle latérale à une autre d'un pas traînant, s'arrêtant pour prier devant chaque statue. Les capes posées au sol près de plusieurs des statues ne facilitaient pas leur passage, mais aucun d'entre eux ne laissait d'aumône dans les boîtes de dons, placées bien en évidence devant chacune des chapelles. Les boîtes avaient été plus petites et moins apparentes avant le mois de mars de cette année. C'est le nouveau trésorier venu de Paris, Rocca, qui avait changé cela. Il avait également sommé tous les employés de la cathédrale de tenir leurs comptes à jour et de présenter leurs registres à son assistant, un dénommé Loupmont, tous les mercredis après-midi. La collègue de Belina à l'échoppe de la cathédrale, Quiteira, savait lire mais elle ne savait pas écrire, et il revenait donc à Belina de trouver le temps de se plier de mauvaise grâce aux ordres de Rocca.

Elle se fraya un chemin à travers le groupe de pèlerins, prenant garde d'éviter les gourdes de vin qui se balançaient du haut de leur bâton, et se mêla à un attroupement d'acheteurs locaux et de marchands de rue qui débattaient de vive voix au sujet de la manifestation qui avait eu lieu ce matin-là, afin de protester contre les amendes et les expulsions. Deux marchands de rubans affirmaient que les protestations avaient fait plus de mal que de bien, mais plusieurs des chalands clamaient haut et fort leur désaccord. Ces derniers étaient d'avis qu'un Parisien comme Rocca comprendrait aisément que l'on descende dans la rue pour manifester, car c'était une habitude très française. Ils pensaient d'ailleurs que maintenant que la Gascogne était rattachée à la France, ses habitants devaient se comporter comme des Français.

Belina cessa de prêter attention à leur discussion, et se mit à penser au dimanche qu'elle passerait en compagnie de son mari ; une grasse matinée, une brève messe, puis une promenade au bras de Guillaume jusqu'aux quais, avant de poursuivre le long du chemin de halage de la Baïse, en direction des étangs de poissons de Cahuzac. Peut-être pousseraient-ils plus loin leur flânerie, jusqu'au moulin de Beauregard, où sa tante lui offrait jadis de délicieuses merveilles à grignoter. Son cousin Christau la ramenait alors en barque, laissant le courant les porter doucement jusqu'au moulin de sa grand-mère à Autièges, conservant ses forces pour le trajet du retour, lors duquel il lui faudrait ramer ferme. Aujourd'hui, Belina se réjouissait d'avance à l'idée de savourer les mêmes gâteaux au miel aux côtés de Guillaume, en conclusion d'un dîner à l'auberge du pont Barlet, qu'il lui avait promis il y a deux semaines pour célébrer son anniversaire. Sa promesse n'avait pas été tenue ; l'évêque de Condom lui avait donné ordre d'acheminer un message urgent à l'archidiacre Marre, à Auch, et les remontrances indignées de Belina n'avaient servi à rien.

Lorsque ses pensées se tournèrent à nouveau vers l'instant présent, elle remarqua que plusieurs personnes quittaient la cathédrale. La pluie s'était muée en bruine, lui offrant l'occasion de retourner à l'échoppe avant que l'orage ne reprenne.

Quiteira avait ôté tous les petits objets habituellement

placés sur le présentoir et les avait rapatriés au sec, à l'intérieur de l'échoppe. Les salutations de Belina lui arrachèrent un air renfrogné. « Tu t'es absentée longtemps.

—J'ai été surprise par l'orage et j'ai dû m'abriter dans la cathédrale. Quelqu'un a essayé de voler une des fioles d'*aygue ardente* dans mon panier.

—Pèlerin ou soldat ? lui demanda Quiteira.

—Je l'ignore. C'était peut-être quelqu'un du cru. »

Quiteira secoua la tête. Les Gascons ne volaient pas, même si entre les impôts du roi, ceux de l'évêque et la mauvaise récolte, beaucoup d'entre eux étaient dans le besoin ces jours-ci.

Belina avait suffisamment entendu les autres se plaindre cet après-midi. Elle se rendit dans la réserve et disposa les fioles d'eau-de-vie dans le placard, puis les pots de baume pour les pieds sur une étagère haute, oubliant peu à peu les lamentations des habitants de Condom, au point qu'elle se mit à fredonner à l'idée de passer le lendemain en compagnie de son époux. Elle s'arrêta devant la bassine en cuivre et observa son reflet dans le miroir en étain, admirant le nez aquilin et les grands yeux noirs qui avaient les premiers suscité l'intérêt de Guillaume, ou du moins était-ce ce qu'il lui répétait souvent.

Elle défit son fichu et le posa sur la tringle. Sa chevelure sombre et lustrée se déroula dans son dos et elle adressa un sourire à son reflet. Elle retourna dans l'échoppe, son panier vide sous le bras.

Quiteira maugréait au sujet de la boue dans la rue tout en mettant ses socques. « Tu as bien de la chance de vivre ici, Belina. Tu n'as qu'à traverser la cour et monter les escaliers. Elle soupira et plia son pied gauche sur son socque. Quant à moi, je dois faire tout le chemin jusqu'à la rue Cadéot. Ce n'est pas juste. »

Belina ne lui prêta pas la moindre attention, mais se rendit dehors afin de relever le volet. Un passant lui apporta son aide, puis rabaissa la banne, les éclaboussant tous deux des alluvions de gouttes laissés par l'orage. Les cheveux collés aux joues,

Belina laissa échapper un rire surpris au contact soudain et glacial de l'eau. Le passant qui lui était venu en aide lui adressa un regard brillant d'intérêt, et Belina se dit qu'il supposait sans doute qu'elle n'était pas mariée, car elle ne portait pas de fichu.

« Merci beaucoup », le remercia-t-elle avec un léger sourire, avant de regagner la pénombre de l'échoppe d'un pas vif et de se heurter à Quiteira.

« Regarde donc où tu vas. » Quiteira tenta une sortie théâtrale, mais une fois dans la rue elle eut bien du mal avec ses socques sur les pavés boueux. Belina alluma une chandelle de suif et verrouilla la porte de l'échoppe donnant sur la rue. Elle traversa la relative obscurité de l'échoppe afin de gagner la porte côté cour, qu'elle ouvrit avant de souffler la chandelle, l'odeur lui arrachant une grimace.

Elle verrouilla la porte derrière elle et monta prestement les escaliers, perdue dans ses heureux projets pour la journée à venir.

CHAPITRE DEUX

Belina traversa le couloir en courant, mais fut contrariée et perplexe de trouver sa porte d'entrée fermée à clé. Où était donc Guillaume ? Pris dans l'orage ? Elle prit la deuxième plus grande clé au trousseau accroché à sa ceinture, puis ouvrit et poussa la lourde porte de sa demeure.

Guillaume était là. Une bonne nouvelle, au moins. Elle vit sur le lit des piles ordonnées de vêtements et de documents. Son mari était agenouillé devant un coffre, duquel il extrayait sa meilleure paire de chaussons.

« Ferme la porte, s'il te plaît. »

Elle avait connu accueil plus chaleureux. Plutôt que de se ruer sur lui pour l'embrasser, Belina resta là où elle se tenait. « Que fais-tu donc ? lui demanda-t-elle.

—Je fais mes bagages, comme tu le vois. Il posa les chaussons sur le lit.

—Pourquoi ?

—Parce que je pars pour Bordeaux, demain à l'aube. » Il mit le sac contenant ses éperons à côté de ses bottes cavalières et se releva.

« Mais c'est demain dimanche. Tu avais promis de m'emmener dîner. Tu avais promis de te faire pardonner ton absence lors de mon anniversaire. Tu...

—Oui, je sais, mais nous allons devoir reporter cela à nouveau, répondit Guillaume, tout en continuant à remplir de vêtements son ballot de voyage. Et où est ton fichu ?

—Dans l'échoppe, en train de sécher. Peut-être n'as-tu pas remarqué l'orage ? Elle s'extirpa de sa tunique humide et fit quelques pas jusqu'à l'évier, où elle essora l'ourlet boueux de son vêtement.

—Pourquoi n'étais-tu pas dans l'échoppe ? L'orage menaçait d'éclater toute la journée. » Il plaça son cure-dents et le savon de Castille dans leur petit sac de chanvre, tandis qu'elle prenait une vieille chemise et une cotte délavée de sa panière à linge.

« Qu'y a-t-il donc de si urgent à Bordeaux ? Elle enfila la chemise et la cotte et se mit à lacer le corsage. Pourquoi est-ce toujours toi qui dois entreprendre ces voyages imprévus ? Ou cela fait-il plusieurs jours que tu en étais informé ? »

Guillaume laissa tomber sa chemise de rechange et défit le corsage de Belina, caressant ses seins. Il lui dit que l'archidiacre lui avait donné ordre aujourd'hui même de porter un message à Bordeaux et qu'il avait tenté de son mieux de suggérer que quelqu'un d'autre fût envoyé à sa place. Quelqu'un qui n'était pas marié à « la plus belle femme de Gascogne ».

Elle le laissa l'embrasser et la caresser quelques minutes durant, s'efforçant d'oublier que son mari ne désobéissait jamais aux ordres de l'archidiacre.

Elle s'arracha à son étreinte avant que les choses n'aillent trop loin. « Pourquoi ? Pourquoi ce message est-il si urgent ? Pourquoi quelqu'un d'autre ne peut-il le délivrer ? » Elle donna un coup de pied à l'une de ses bottes cavalières, l'expédiant de l'autre côté de la pièce et manquant de peu de heurter la chatte. « Désolée, Minette. » Elle se pencha pour caresser l'animal. « À qui ce précieux message est-il adressé ?

—Le haut conseiller juridique de l'archevêque de Bordeaux.

—Pourquoi lui ?

—Rocca projette d'envoyer encore beaucoup d'argent – et pire encore, le trésor de la cathédrale – à Henri Tudor, en Bretagne. » Guillaume continua à préparer ses affaires. « Le comte de Richmond.

—Le comte anglais qui reçoit notre argent ? La cause de la

manifestation de ce matin ? » Belina prit Minette dans ses bras et s'assit au coin du lit, résolue à percer à jour la véritable raison du départ soudain de son mari pour Bordeaux.

Guillaume sortit ses éperons de leur sac et les examina. « La mère du comte de Richmond complote contre le nouveau roi d'Angleterre, Richard III.

—Pourquoi ?

—Parce que ses projets visant à garantir la justice pour les pauvres de son royaume incommodent personnellement Lady Margaret Beaufort. Le roi Richard entend empêcher que les propriétaires terriens cupides exploitent leurs tenanciers. Ce qui ne convient pas du tout à Lady Margaret, qui est une propriétaire terrienne extrêmement riche.

—Dans ce cas, dit Belina, elle peut se permettre d'encaisser moindre rente de la part de ses tenanciers pauvres.

—Bien sûr qu'elle peut se le permettre. Mais les personnes extrêmement riches sont souvent extrêmement cupides. Peu leur chaut la souffrance d'autrui.

—Comme Dame Senclar, tu veux dire, intervint Belina, pensant au principal ennemi de Condom, plutôt qu'à des gens vivant dans un pays lointain.

—Bien pire que Dame Senclar. » Guillaume remit les éperons dans leur sac. « Mais il ne s'agit pas que de cela. Le plus effrayant, ce sont les ambitions qu'elle nourrit pour son fils, Henri Tudor.

—Dame Senclar nourrit de grandes ambitions pour le *sien*, Henri, fit remarquer Belina en caressant à nouveau la chatte. »

Guillaume interrompit ses préparatifs et s'assit à côté de Belina. « Il se produira bientôt la même chose en France, dit-il. Le roi Louis n'en a plus pour très longtemps. Il est peut-être même déjà mort. Son fils Charles n'a que treize ans, ce qui signifie que sa sœur aînée, Anne de Beaujeu, régnera sur la France pendant les quelques années à venir. La noblesse n'appréciera pas qu'elle leur donne des ordres – ou son mari, d'ailleurs. Ils se révolteront, à l'instar des comploteurs anglais, qui projettent de fomenter une rébellion contre le roi Richard en l'accusant d'avoir fait assassiner ses neveux à la tour de Londres. Pour un tel crime, le roi Richard pourrait être tué par vengeance et l'on obligerait alors les Anglais à prendre pour souverain cet arriviste gallois qui vit en Bretagne. Quelqu'un qui ignore tout de l'Angleterre et qui n'a que vingt-six ans. Un an de moins que moi.

—Comment sais-tu tout cela ? lui demanda Belina.

—Mon père a eu ouï-dire du complot à Southampton. Il nuira au commerce des vins entre Bordeaux et l'Angleterre, et portera préjudice au négoce d'importation de vins de mon père.

—Ainsi qu'à celui du transport des vins de ta famille à Bordeaux, je suppose, dit Belina, s'efforçant d'éviter de laisser transparaître l'amertume que lui inspirait toujours le commerce des vins de Bordeaux.

—Bien sûr, convint-il. Je profiterai du fait que l'archidiacre m'envoie à Bordeaux pour discuter de tout cela avec mes demi-frères. L'archidiacre m'a d'ailleurs demandé de lui rapporter toute nouvelle apprise auprès des affréteurs de vin de Bordeaux.

—Pourquoi donc ? lui demanda Belina vivement, craignant que le retour de Guillaume à Condom s'en trouve différé.

—Pour de nombreuses raisons. Si Henri Tudor monte sur le trône d'Angleterre, les Anglais deviendront trop pauvres pour importer du vin, et il leur faudra boire du cidre à longueur d'année. Henri Tudor devra réquisitionner des navires pour envahir l'Angleterre depuis la Bretagne. Le transport du vin deviendra trop hasardeux et difficile, peut-être même impossible. Et le coût d'une invasion depuis la Bretagne a poussé l'ami de Lady Margaret, l'évêque Morton, à ordonner à Rocca d'envoyer le trésor de la cathédrale de Condom en Bretagne, afin qu'il y soit fondu pour financer Henri Tudor. »

Belina laissa échapper une exclamation de surprise. « La manifestation de ce matin était donc justifiée ?

—Oui, je suppose qu'elle l'était, même si les manifestants

n'avaient pas conscience des véritables raisons pour lesquelles le trésor est envoyé au comte de Richmond. » Il se leva du lit et se tint devant Belina, la dévisageant du regard. « Tu ne dois parler de tout cela à personne. Promets-le-moi. »

Elle lui promit et lui demanda ce que l'archidiacre savait au sujet du complot.

Guillaume ne pensait pas que l'archidiacre ait connaissance des machinations visant à assassiner les princes dans la Tour, bien que cela fît un certain temps qu'il menait son enquête sur les motifs des « larcins » de Rocca. L'archidiacre avait catégoriquement refusé la requête de Rocca concernant le « vol » du trésor, comme il le décrivait lui-même, et son acheminement vers la Bretagne. Il avait fait changer les verrous de la chambre forte de la cathédrale. « Il m'a dit que le palefrenier d'un avocat fraîchement arrivé de Paris avait été aperçu en train d'essayer de forcer les verrous en place. »

Belina n'écoutait plus Guillaume. Elle était trop contrariée à l'idée de son absence prolongée, et n'entendit pas sa remarque acerbe au sujet de l'avocat parisien qui logeait dans les quartiers de Rocca, à la résidence des employés de la cathédrale. Elle laissa échapper un soupir, consciente du fait que son mari profiterait de sa présence à Bordeaux – une fois de plus – pour rendre visite à sa famille et s'entretenir avec eux du commerce des vins. Les gens de Bordeaux ne semblaient avoir d'autre sujet de discussion. Les conversations au sujet du commerce des vins étaient cependant bien moins périlleuses que celles qui traitaient d'une invasion anglaise de Bordeaux. Une cause que Guillaume appelait la « *Reconquista* de Bordeaux » et qu'il soutenait ardemment. Belina craignait plus que tout que Pierre de Beaujeu eût vent de ce complot et que Guillaume fût mis aux fers.

Elle fit quelque pas jusqu'à la fenêtre, prit la carafe et la renifla avant de verser un peu de vin dilué dans une coupe. L'orage de cet après-midi n'avait pas évacué la lourdeur de l'air, et la moiteur lui donnait soif.

Guillaume lui prit la coupe des mains et en but une longue gorgée. « *Mercés.* »

Elle lui reprit sans ménagement. « J'espère que tu m'en as laissé. »

Mais avant qu'elle ne puisse se désaltérer, on frappa lourdement à la porte.

« C'est Jeannot de l'hospice, Messire Lansac. Le frère Pierre a besoin urgent de votre aide.

—Va voir ce que veut le recteur, dit Guillaume à Belina, mais ne lui dis pas que je pars pour Bordeaux demain. »

Elle entrouvrit la porte. Un gamin la salua respectueusement. « Un autre pèlerin est mort, Dame Lansac, et le frère Pierre souhaite que Messire Lansac le rejoigne de suite. Je ne dois pas revenir sans lui.

—Va donc attendre en bas dans la cour, Messire Lansac t'y rejoindra dans un instant. »

Belina referma la porte.

« Et alors ? » Guillaume, qui était en train de faire le tri parmi ses tablettes de cire, d'en ôter quelques-unes de ses cheveux blonds égarés et de vérifier que les inscriptions précédentes sur la cire avaient bien été effacées, leva les yeux vers elle.

« Un pèlerin est mort et on a besoin de toi pour découvrir pourquoi et comment, et écrire un de tes rapports. Tu ne partiras pas de bon matin pour Bordeaux. Tes rapports te prennent toujours plusieurs heures. » Elle lui adressa un sourire en coin.

« Billevesées, mon amour. » Guillaume compta ses tablettes de cire et les mit de côté afin de les ajouter à ses affaires de voyage. Il y ajouta trois styles. « Tu peux te rendre à l'hospice et mener enquête au sujet de ce qui s'est passé. Cela t'occupera pendant mon absence.

—Non, je ne le peux pas, bredouilla Belina. Tu sais très bien que je ne le peux pas, lui répondit-elle.

—Si, tu le peux. Tu m'as souvent assisté. Examine attentivement le cadavre et tout ce qui se trouve autour, interroge le frère Pierre, consigne ses remarques sur tes tablettes, demande-lui de dévêtir le cadavre et de l'envelopper dans un linceul, puis reviens ici avec tout ce que le pèlerin portait ou transportait. Absolument tout.

—Le cadavre se corrompra très vite, par ce temps. » Elle fut parcourue d'un frisson, la sueur coulant de son visage.

« Fort heureusement, c'est au frère Pierre de s'en soucier, et non à toi. Je ne m'étonne pas qu'il ait dit à Jeannot que l'affaire était urgente. Mais urgente ne veut pas dire importante. » Il la prit dans ses bras et se mit à l'embrasser.

Mais Belina n'était pas d'humeur à se laisser amadouer. Elle prit le rectangle de linon blanc qui lui faisait office de fichu de rechange et l'enroula autour de sa tête, vérifiant dans le miroir en tain que sa chevelure était en grande partie recouverte. Guillaume lui tendit sa sacoche d'enquêteur avec ses tablettes de cire, ses styles et ses fioles à échantillons, et Belina prit dans le pot sur la table un bonbon au miel pour Jeannot.

Guillaume la serra si fort qu'elle tomba en arrière sur le lit et perdit l'un de ses chaussons. Il le ramassa et lui dit : « Ne sors pas dans la boue dans ces chaussons.

—Je n'y compte pas. Mes socques sont en bas, dans l'échoppe. »

Il lui tint la porte et lui déposa un baiser sur le nez.

« Tout ira bien. Ne t'inquiète pas. J'ai la plus grande foi en toi. »

Elle s'engouffra dans le couloir, s'efforçant de ne pas trébucher sur la chatte.

CHAPITRE TROIS

Il n'était pas facile de suivre Jeannot, qui traversait en se précipitant le cimetière situé derrière la cathédrale. L'herbe était glissante après l'orage et les socques de Belina l'empêchaient de se déplacer rapidement. Tandis qu'elle se frayait un chemin difficile à travers la foule qui jasait dans le cimetière, elle perçut des bribes de conversations au sujet de la manifestation qui avait eu lieu ce matin-là à la cathédrale.

« Jacme a été arrêté pour avoir volé une gerbe de blé…

—C'est sûrement à cause de Rocca…

—Les parents de mon voisin doivent de l'argent à ce pendard d'assistant de Rocca et il va les faire expulser...

—La grêle a ravagé la récolte du père Fogerat et Rocca va saisir son troupeau en contrepartie…

—Les Mézards ont été mis à l'amende pour arriéré de loyer. Avant la fin de l'année, ils seront indigents...

—On dit que Rocca vole notre argent pour l'envoyer à Paris.

—Non, pas à Paris. Il l'envoie à un comte anglais en Bretagne. »

Ce dernier échange attira l'attention de Belina. Les rumeurs allaient apparemment déjà bon train, mêlant fables et inventions à la vérité. Elle se dit qu'elle aurait dû écouter Guillaume plus attentivement, plutôt que de pester contre son départ pour Bordeaux. Elle souhaitait en savoir plus au sujet de ce comte anglais dont tout le monde parlait depuis plusieurs semaines maintenant. La mère de Guillaume était anglaise, ce qui expliquait ses cheveux clairs, bien que Belina fût la seule à Condom à en connaître la raison. Il était né près de Southampton, en Angleterre, et le nom qui lui avait été donné à son baptême était William. Mais Guillaume prenait grand soin de feindre d'être bordelais de pure souche, né et élevé à Bordeaux. Il était plus prudent de dissimuler ses origines, maintenant que la Gascogne était rattachée à la France. Elle savait son mari très inquiet au sujet du comte anglais, car ce dernier avait le soutien de la maison de Lancastre, ennemie du roi Édouard, et donc ennemie aujourd'hui du roi Richard. Les Lancastriens se souciaient uniquement de faire croître leurs richesses et n'avaient cure des tourments du peuple d'Angleterre, ni des incertitudes que les déficiences de leur administration faisaient planer sur le commerce, et notamment sur le commerce des vins de Bordeaux, auquel Guillaume était si dévoué…

Ses pensées furent interrompues par Jeannot. « Faites vite, Dame Lansac. Le frère Pierre va s'inquiéter. »

Elle était elle aussi en proie à l'inquiétude tandis qu'elle suivait Jeannot à travers la halle du marché, puis s'engageait dans la rue Royale, soulagée maintenant de marcher sur des pavés, plutôt que dans l'herbe et la boue. Elle fut ralentie par les charrettes qui descendaient la rue Royale en direction de la porte Saint-Esprit, Jeannot loin devant, au-delà de la rue Barbazan, où un âne tentait de passer un groupe de paysannes âgées qui avaient trouvé refuge dans la ruelle voûtée. Au bout de la rue des Trois Éperons, des soldats sortaient du Cheval Blanc en chancelant. En les voyant chanter et siffler, elle pensa à son frère Géraud. Elle espérait qu'il était toujours aussi enjoué et insouciant, qu'il ne regrettait pas de s'être engagé avec d'autres jeunes Gascons pour aller combattre les Maures en Espagne. Cela faisait plus d'un an qu'elle n'avait pas eu de nouvelles de lui. Était-il toujours en vie ? Était-il tenu prisonnier dans une forteresse maure ? Elle essuya des larmes soudaines et poursuivit son chemin le long de la rue encombrée, se frayant un chemin à travers les gens, les animaux et les charrettes qui attendaient de sortir par la porte Saint-Esprit. Elle descendit aussi rapidement que possible la rue Saint-Barthélemy et se retrouva tout près de l'église. Des moines en sortaient, s'entretenant avec les pèlerins qui étaient regroupés au bout de la rue. Elle traversa la foule et pénétra dans l'hospice Pradau par la porte en face de l'église. L'appréhension faisait battre la chamade à son cœur et elle serrait si fort la sacoche d'enquêteur que son pouce était endolori.

L'assistant du recteur l'attendait. « C'est Messire Lansac qui était censé venir, lui dit-il sur un ton de reproche.

—Il est trop occupé ; une affaire très urgente pour la cathédrale, expliqua Belina, et il m'a demandé de venir à sa place. »

L'assistant fronça les sourcils et la dévisagea. « Il vous faudra faire vite, lui souffla-t-il en la menant vers le dortoir des pèlerins. Je ne pourrai pas empêcher les pèlerins d'entrer beaucoup plus longtemps. Ils sont fourbus après avoir voyagé par ce temps ingrat. »

À l'entrée du dortoir, Belina souhaita le bonjour au frère Pierre et expliqua à nouveau pourquoi elle remplaçait Guillaume.

—Nul souci, Dame Belina. Vous avez souvent assisté votre mari au cours de ses enquêtes. Je suis certain que vous saurez très bien quoi faire. »

Il s'arrêta devant un corps recouvert d'un linceul, qu'il retira délicatement.

Belina scruta le cadavre. Elle avait vu Guillaume à l'œuvre à de nombreuses reprises dans une telle situation, mais elle était toujours troublée de voir le corps nu d'un inconnu. Bien qu'elle se soit rendue aux bains publics avec Guillaume à deux reprises lorsqu'il lui faisait la cour, elle n'était pas le genre de jeune femme à fréquenter les étuves.

Elle avait devant elle un homme musclé d'environ vingt-cinq

ans, plutôt grand, aux cheveux bruns ondulés, qui n'était pas tonsuré mais perdait ses cheveux. Ses traits étaient figés dans une affreuse grimace. Ses yeux étaient grands ouverts, comme s'il la regardait fixement et tentait de lui dire quelque chose.

« Pensez-vous qu'il ait été empoisonné ? demanda-t-elle au frère Pierre.

—Une telle expression me le suggérerait. Mais cela aurait pu être un arrêt cardiaque.

—Dites-moi ce que vous savez à son sujet », lui enjoignit Belina.

Elle apprit que le pèlerin était arrivé dans l'après-midi, juste après l'orage. Il avait affirmé être venu de Mouchan et avoir traversé Condom à pied, la pluie battante le trempant jusqu'aux os. Il n'avait pas souhaité poursuivre plus loin et avait demandé à passer la nuit. Il avait donné une pièce au portier, qui l'avait mené à la grande salle où les pèlerins attendaient qu'on leur lave les pieds et qu'on leur apporte le repas du soir.

« Qu'y avait-il pour le repas ? demanda Belina.

—Un peu de ragoût de poisson, du pain surtout.

—Et du vin ?

—Oui, mais il est un peu aigre à cette époque. Le prochain cru est proche.

—Qui lui a lavé les pieds ?

—Personne. Le frère Martin l'a vu se faire ôter ses bottes. Mais ensuite, il a demandé à se rendre au dortoir, affirmant qu'il avait déjà mangé une galette à Condom et qu'il souhaitait se reposer.

—Mouchan n'est pas si loin. Il ne pouvait pas être si fatigué que cela, dit Belina.

—Peut-être ne se sentait-il pas bien », suggéra le frère Pierre.

S'agenouillant sur le sol poussiéreux, Belina étudia les yeux du défunt pour tenter de jauger combien ils étaient vitreux et aplatis, afin d'en déduire depuis combien de temps il gisait mort dans le dortoir. Elle appuya de l'index sur son épaule. Le corps avait gardé de sa chaleur, mais la peau blêmit sous son doigt.

« Supposons que le décès ait eu lieu il y a trois heures de cela, dit-elle au frère Pierre, quand l'avez-vous trouvé ?

—Il y a peut-être une heure. » Mais il n'en paraissait pas certain.

Belina tenta une approche différente. « Combien de personnes l'ont vu mourir ?

—Aucune. Tout le monde était dans la grande salle, en train de se faire laver les pieds ou de prendre leur repas. »

Elle palpa le visage du pèlerin, tâtant les paupières et la partie basse de la mâchoire pour y déceler des signes de rigidité cadavérique.

« Et les employés de l'hospice ?

—Occupés à laver de nombreux pieds très sales et à servir de la nourriture au réfectoire. Entre la boue et la sueur des pèlerins malodorants et les victuailles qui se gâtent en cette période de chaleur, les tâches ne manquaient pas mais le temps, lui, était restreint. »

Sa réponse était sensée, mais aurait-elle satisfait Guillaume ?

« Qui a trouvé le corps, et quand ?

—Un groupe de pèlerins qu'accompagnait le frère Martin. Ils sont entrés dans le dortoir ensemble et se disputaient les meilleurs endroits où laisser leurs affaires. »

Belina contempla la pénombre du grand dortoir tandis que le bourdonnement des insectes emplissait l'obscurité oppressante.

« Nous trouvons-nous au meilleur endroit, comme vous le dites ? s'enquit-elle.

—Oui. L'air est plus frais et moins lourd dans ce coin près du mur nord. On y est plus au calme, aussi. » Il pointa du doigt le cadavre. « S'il a choisi cet emplacement, il devait être un voyageur aguerri.

—Mais peu désireux de la compagnie d'autrui », fit remarquer Belina, observant le teint changeant de la peau du cadavre dans la pénombre. Son torse devenait blême, ses talons violacés. Soulevant son bras droit, elle vit que ses ongles étaient blancs et que ses doigts étaient en train de bleuir. Son bras était bien plus froid au toucher que son épaule. Elle toucha différentes parties du cadavre, s'imaginant qu'elle était Guillaume plutôt que Belina, colporteuse de médaillons, gravures et babioles, qui avant cela avait tenu les comptes d'un moulin à farine. Les bras et les jambes étaient plus froids que le reste du corps, cela ne faisait aucun doute.

« Êtes-vous certain qu'il n'y avait personne ici avec lui ?

—Non, Dame Belina, je n'en suis pas entièrement certain. Mais il est peu probable que ça n'ait pas été le cas.

—Êtes-vous certain qu'il soit arrivé seul ?

—Oui. Je me souviens l'avoir vu arriver de mes propres yeux. Comme je vous l'ai dit, il est entré à l'hospice plus tôt que n'est coutume et il était seul. Je suis formel quant à son arrivée. Absolument formel.

—Les voyageurs solitaires sont-ils si inhabituels ?

—Très inhabituels. Il est bien plus sûr de voyager à plusieurs, de même qu'il vaut mieux perdre sa route en comité. Les pèlerins qui prennent la route seuls, que ce soit pour fuir leurs familles, leurs créditeurs ou leurs ennemis – ou que sais-je encore – ont tôt fait de se joindre à un groupe. Ils trouvent toujours des compagnons de route avant d'atteindre Condom. Toujours.

—Peut-être n'est-il pas un pèlerin, suggéra-t-elle. Ou ne *l'était-il* pas, plutôt. »

Elle étudia à nouveau le défunt et remarqua quelques cicatrices anciennes sur ses cuisses. Aussi, les muscles de son épaule droite étaient plus développés que ceux de la gauche. Peut-être parce qu'il avait porté des armes.

« Un soldat ? postula-t-elle.

—C'est possible. Beaucoup de pèlerins en sont. Les soldats ont de nombreux crimes à expier. C'est pour cela qu'ils marchent jusqu'à Saint-Jacques en Galice. Ils peuvent ainsi recevoir des indulgences pour leurs turpitudes et leur violence.

—Quel est votre avis concernant la cause de son décès, frère Pierre ?

—Je n'en ai pas. Il me semble qu'il s'agit là du rôle de Messire Guillaume.

—Oui, répondit Belina, mais je suis certaine qu'il souhaiterait connaître votre avis.

—Je n'en ai aucun, comme je vous l'ai dit.

—Vous n'auriez pas envoyé Jeannot mander mon mari si vous n'aviez pas des doutes à ce sujet.

—Il y a trop d'inconnues », répliqua le frère Pierre.

Belina tira une tablette de cire de la sacoche d'enquêteur de Guillaume et examina à nouveau le dortoir, plissant les yeux dans la lumière déclinante. Elle compta le nombre de pas la séparant de la porte et nota les endroits où les pèlerins avaient laissé leurs maigres possessions. Des bâtons de marche avaient été posés ici et là, non loin du corps. Une souris tentait de s'introduire dans une musette. Un chapeau de pèlerin à large bord se trouvait au sol sous l'une des fenêtres, tandis qu'un autre reposait près du mur situé à l'opposé du cadavre.

Elle s'assit sous l'une des fenêtres et traça sur sa tablette un croquis de la pièce, indiquant les emplacements du cadavre et des divers objets lui appartenant, de la porte, des trois fenêtres et des endroits où des traces avaient été laissées dans la poussière. Elle marqua une pause et scruta la pièce à nouveau, afin d'en évaluer la longueur et la largeur. Ses calculs lui firent froncer les sourcils. Elle avait oublié la longueur exacte de ses pas au regard du système de mesure de Guillaume.

Elle examina une fois de plus le visage du défunt, de mauvaise grâce. Ses traits étaient horriblement déformés par la douleur. Peut-être avait-il subi une crise ? Ou un arrêt du cœur ? Cela valait mieux que de mourir par le poison. Mais il y avait toutes ces vomissures et immondices autour de lui.

Elle recouvrit son nez de sa manche et se baissa pour inspecter de plus près le vomi. Le frère Pierre l'en empêcha.

« Ne faites pas cela, Dame Belina. Si poison il y a, vous risquez de l'humer. N'y touchez pas. Oubliez cela.

—Je ne le peux pas, lâcha-t-elle dans un soupir, luttant pour ne pas s'étouffer.

—Asseyez-vous près de la fenêtre, lui intima le moine, pendant que je place un échantillon de ces viles substances dans les fioles de Messire Guillaume. »

Il sortit trois petites fioles sans attendre de réponse et divisa le brin de paille de Guillaume en deux. Il glissa un morceau de vomi dans la première fiole, un prélèvement d'excrément dans la plus grande des trois, et deux fragments de nattes de jonc saturés d'urine dans la troisième. Il inséra les bouchons et replaça les fioles dans la sacoche d'enquêteur.

« Merci beaucoup, Belina lui exprima sa reconnaissance. Auriez-vous l'obligeance de retourner le corps, s'il vous plaît ?

—Bien sûr. » Le moine souleva le corps inerte et le coucha face contre terre. Le dos et les fesses étaient pâles, hormis une bande épaisse et horizontale de peau violacée dans le bas du dos.

Le frère Pierre indiqua la bande violacée. « Ceci nous révèle qu'il est mort ici, sur son dos. » Belina opina du chef.

Elle se releva et revint auprès du cadavre. Elle contempla la pile de vêtements qui se trouvait à côté de lui et se demanda si Guillaume avait supposé que le défunt serait encore vêtu.

« Qui lui a ôté ses vêtements ? voulut-elle savoir.

—C'est moi, en attendant votre mari. Il me faut placer le corps dès que possible dans notre plus frais caveau, par ce temps chaud.

—Oui, naturellement. Mais ne l'enterrez pas avant d'en avoir obtenu la permission de mon mari. » Elle sortit une tablette vierge de la sacoche d'enquêteur et s'assit sur les vêtements. L'odeur et l'aspect des nattes de jonc autour d'elle étaient répugnants. Elle posa la tablette contre son genou et leva les yeux vers le frère Pierre.

« Comment s'appelait-il ?

—Robert. Le portier ne prend note que des prénoms.

—Dommage, soupira Belina.

—Beaucoup de gens n'ont d'autre nom que leur prénom, lui expliqua le frère Pierre, surtout les pèlerins flamands.

—Était-il flamand ?

—Je n'en ai pas la moindre idée. »

Belina griffonna un résumé de ce qu'elle avait appris et constaté jusqu'à présent. Cela ne représentait pas grand-chose. Elle se leva et passa en revue les vêtements du défunt, le chapeau de pèlerin orné d'une coquille Saint-Jacques, le grand bâton de marche, les bottes, la gourde et la musette. Elle enveloppa le tout dans la cape d'été légère, hormis l'une des chausses, dont elle se servit pour attacher le baluchon au bâton.

« Je vais demander à un portier de l'hospice de vous raccompagner chez vous, lui dit le frère Pierre. Il vous faudra vous hâter à cause du couvre-feu. » Il se rendit à l'entrée du dortoir et s'adressa au groupe de pèlerins qui observaient la scène.

« Reculez, je vous prie, et attendez ici l'espace de vingt *Pater Noster* au moins, implora-t-il, avant de faire signe à son assistant qui se tenait anxieusement de l'autre côté de l'attroupement. Frère Martin, aidez-moi à transporter le corps jusqu'au caveau, s'il vous plaît. Quant à toi, Jeannot, monte la garde sur ce baluchon et le bâton. N'y touche pas et ne laisse personne s'en approcher. »

Belina décrocha la lanterne et descendit les escaliers raides menant au caveau frais et humide, les deux moines à sa suite. « J'espère que les rats ne toucheront pas au cadavre, leur confia-t-elle.

—Non, assurément pas. Nous le mettrons dans ce sarcophage vide et nous le recouvrirons de l'ancienne porte de la *chrestia* qui se trouve là. » Il fit un geste en direction d'une porte reposant contre le mur.

Belina regarda les deux moines glisser le corps du pèlerin dans le cercueil de pierre. Voir un cadavre placé dans une tombe faisait toujours ressurgir la douleur de l'enterrement de sa mère. Elle déglutit et essuya ses larmes, tandis que les moines recouvraient le sarcophage au moyen de la porte en bois.

Ils remontèrent les escaliers, Belina en tête la lanterne à la main, puis le frère Pierre ramassa le bâton du pèlerin et son baluchon avant d'accompagner la jeune femme jusqu'à l'entrée de l'hospice. Il demanda à un portier de prendre le bâton et le baluchon, et celui-ci maugréa qu'il était bien lourd en le chargeant péniblement sur son épaule. Belina se demanda pourquoi il était si pesant.

La cloche du couvre-feu se mit à sonner sa première série de longs tintements et ils durent remonter la rue Saint-Barthélemy très rapidement, puis s'engager dans la rue Royale tandis que débutait la deuxième série. Leur chemin n'était pas rendu facile par l'obscurité croissante. La plus belle rue de Condom était flanquée des demeures les plus altières, bâties en pierre et surmontées d'une haute tour, éclipsant les dernières lueurs de l'astre diurne. Des serviteurs ouvraient les volets pour la nuit, afin de permettre au peu de brise de pénétrer dans les pièces cossues qui donnaient sur la rue.

Lorsque le troisième carillon de la cloche du couvre-feu se mit à retentir, Belina espéra que la garde se trouvait dans un autre quartier de la ville, car elle n'était pas censée se trouver dehors après le couvre-feu. Il lui fallait être rentrée chez elle avant que n'aient sonné les cinq derniers tintements perçants de la cloche. Interrompant leur conversation au sujet de la manifestation de ce matin contre la sévérité des agissements de Rocca, ils dépassèrent en hâte la cathédrale mal en point et arrivèrent au niveau de l'échoppe. Elle tira la plus grande clé de son trousseau et ouvrit la porte, puis trouva une chandelle pour allumer une bougie à la flamme de la lanterne du portier.
« Prenez garde à cette bougie, le portier l'avertit. Vous aurez des ennuis si la garde vous voit. Ils ne veulent pas d'un autre incendie, surtout par cette chaleur.

—Ça ira, chuchota-t-elle. Je ne fais que préparer ma lanterne pour l'escalier. Je vais laisser ces affaires lourdes ici, mon mari les montera. » Elle alluma la chandelle. « Comment retournerez-vous à l'hospice, maintenant que la dernière cloche du couvre-feu a sonné ?

—Je ne le ferai pas, c'est trop risqué. Je vais aller au Lion d'Or et leur demander de me laisser entrer.

—Accepteront-ils ?

—Oui. Mon cousin y travaille. Ils me connaissent bien. »

Elle le remercia à nouveau et ferma la porte à clé derrière elle, posa ses socques à côté, mit ses chaussons et contourna le baluchon contenant les affaires du pèlerin, qui était toujours accroché au bâton. Elle se fraya un chemin, lanterne à la main, parmi les coffres et les urnes jonchant le sol de l'échoppe, puis elle ouvrit la porte donnant sur la cour. Elle grimpa prudemment l'escalier raide en bois, car la nuit était presque tombée.

Elle fut irritée de trouver la porte de sa demeure verrouillée. Elle frappa fort et se fit mal au poing.

« Tu t'es absentée longtemps », lui dit-il. Elle aurait préféré un accueil plus chaleureux, mais après trois ans de mariage, elle était habituée à ses façons brusques lorsqu'il se préparait à voyager. Il était en train de nettoyer ses bottes cavalières et elle remarqua qu'il s'était rasé en prévision de son départ de bonne heure. Son ballot de voyage était posé au sol et la chambre – en désordre lorsqu'elle était partie – était bien ordonnée. Malgré la fatigue, elle sourit.

Il lui tendit une coupe. Elle en but la moitié d'un trait, croyant qu'il s'agissait de vin dilué, et manqua de s'étouffer lorsque l'*aygue ardente* afflua dans sa gorge. Elle grimaça. « Tu aurais pu me prévenir que c'était de l'eau-de-vie.

—Tu as besoin du meilleur remède local, après ce que tu as enduré.

Elle huma l'alcool et en but une petite gorgée.

« Où sont les affaires du pèlerin ? s'enquit Guillaume.

—Dans l'échoppe. Je ne pouvais pas les monter moi-même, elles étaient bien trop lourdes.

—Lourdes ? Comment un pèlerin peut-il voyager à pied chargé de lourds vêtements ? Tu dois être épuisée. »

Elle s'assit sur le lit. Elle était fatiguée, en effet, mais pas exténuée au point d'avoir oublié sa surprise quant au poids des vêtements du pèlerin. Par contre, sa besace lui avait paru légère pour une musette de voyage.

Guillaume réapparut, le baluchon du pèlerin dodelinant du bâton. Il entra dans la chambre, défit l'attache improvisée et posa le bâton dans le coin opposé. Ensuite, il ouvrit délicatement le baluchon.

« As-tu fait une liste de ces affaires ? lui demanda-t-il.

—Non. Je n'ai même pas essayé. Le frère Pierre était impatient d'ôter le cadavre du dortoir afin que les pèlerins puissent y entrer. Mais j'ai pris note de tout ce que je pouvais discerner sur le corps. Il semblait avoir été empoisonné. L'expression sur son visage était affreuse, vraiment affreuse. »

Guillaume passa son bras autour de ses épaules, mais l'espace d'un instant seulement. Puis il se remit à genoux et passa en revue les affaires du pèlerin, les maniant avec beaucoup de précaution.

« À la lueur des bougies, cela ne sert à rien, affirma-t-il quelques instants plus tard. Il te faudra les inspecter minutieusement demain et dresser une liste détaillée. » Il accrocha la gourde au crochet prévu à cet effet, près de l'extrémité du bâton.

« Et toi ? l'interrogea-t-elle.

—Moi ? Je pars pour Bordeaux, comme je te l'ai dit.

—Comment le peux-tu ? Examiner un cadavre à l'hospice était bien assez. C'est à toi de mener le reste de l'enquête, Messire Rapporteur.

—Je n'en ai pas le temps. Tu peux te charger de tout. Tu en es parfaitement capable et cela t'occupera pendant mon absence.

—Je te remercie, mais j'ai déjà fort à faire pour m'acquitter de mes propres tâches, sans m'occuper des tiennes en sus, rétorqua-t-elle. Garde pour toi les difficultés de ton emploi.

—Prends-le comme un défi. » Il lui jeta un sourire en coin et se remit à cirer ses bottes.

Elle défit ses cheveux et se déshabilla pendant qu'il continuait à lustrer ses bottes en fredonnant. « Cesse donc de chantonner, laisse tes bottes et viens te coucher », lui enjoignit-elle. Mais il n'en fit rien.

CHAPITRE QUATRE

Belina s'éveilla avant l'aube. Lavé et habillé, Guillaume se tenait appuyé contre le mur et grignotait un morceau de fromage sur une croûte de pain du jour précédent. Trois pommes et une pêche complétaient sa collation.

« *Adiu*, mon amour », lança-t-il en examinant la pêche.

Elle se leva et lui dit d'un air renfrogné : « Ne devrais-tu pas rester ici et enquêter au sujet de la mort de ce pèlerin ? »

—Non. Tu peux t'en charger. Cela vaut mieux que de vendre des babioles à des pèlerins – ou à de faux pèlerins.

—Certains d'entre eux le sont vraiment, rétorqua Belina.

—Le cadavre d'hier ne l'était peut-être pas. Ses vêtements sont trop pesants.

—C'est vrai, reconnut-elle. Je vais faire une entaille dans la doublure de la cape, pour voir s'il y a de l'argent dedans. Mais même s'il y en a, cela pourrait juste indiquer qu'il s'agissait d'un pèlerin prudent.

—Bien sûr, surtout si son point de départ était proche de Lectoure ou Agen et qu'il lui restait encore un beau magot pour son voyage.

—Je ne le pense pas, non. Il revenait de Messire Saint Jacques, en Galice. Il avait une coquille Saint-Jacques à son chapeau et il a dit au recteur qu'il venait de Mouchan.

—Il pourrait bien s'agir d'un faux pèlerin, dans ce cas, Guillaume répondit. Ou d'un voleur. » Il termina la pêche et entama une des pommes. « S'il s'agissait d'un pèlerin pénitentiel de retour de Saint-Jacques, il aurait en sa possession une lettre d'attestation confirmant qu'il a bien accompli le pèlerinage. Tu pourrais donc voir si tu en trouves une parmi ses affaires. »

—Je fouillerai sa musette dès mon retour de la messe, Belina l'assura.

—Ne parle pas encore de cette affaire à la cathédrale. Garde tes yeux et tes oreilles grands ouverts. Vois si tu remarques la présence d'étrangers.

—Évidemment qu'il y aura des étrangers. Entre les pèlerins, les soldats, les colporteurs, les collecteurs des impôts et les marchands, Condom est envahie, répondit-elle.

—Tu auras beaucoup de choses à observer et écouter, dans ce cas », répliqua Guillaume.

Elle eut envie de le frapper, ou de tirer ses cheveux blonds. Au lieu de cela, elle les caressa. « Toi aussi, tu es un étranger », lui dit-elle.

Il déposa un baiser sur le bout de son nez. « C'est bien pour cela que je te dis de les surveiller, plutôt que de te concentrer sur tes cibles habituelles, la famille Senclar.

—Je suis certaine que Dame Senclar est une sorcière et une empoisonneuse.

—C'est ce que tout le monde dit.

—Peut-être a-t-elle empoisonné ce pèlerin, suggéra Belina.

—C'est peu vraisemblable. Pourquoi en prendrait-elle la peine ? Elle n'empoisonne que ses ennemis.

—Pas du tout. On dit que durant son enfance, à Lectoure, elle a empoisonné de nombreux indigents pour mettre ses potions à l'essai, insista Belina.

—Maintenant qu'elle a quarante ans et qu'elle vit à Condom, elle doit connaître les effets de ses potions, répondit-il en se réajustant légèrement contre le mur. Moins de temps perdu en conjectures pour Dame Senclar, ces jours-ci.

—Elle me fait peur, avoua Belina. N'a-t-elle vraiment que quarante ans ? »

Guillaume hocha la tête. « Oui. C'est une riche héritière qui fut mariée à l'âge de douze ans et accoucha d'un enfant un an plus tard. Elle a eu de la chance d'y survivre. Sa mère devait être bien cruelle pour lui faire épouser une telle crapule. » Il mangea la dernière pomme. « Il en fut de même pour Lady Margaret Beaufort. »

—La mère du comte anglais qui vit en Bretagne ?

—Hélas, oui. » Guillaume se pencha par la fenêtre, tendit le bras vers le bas et cueillit une pêche sur l'arbre qui poussait là. « Il est plus gallois qu'anglais, à vrai dire, car il est né au Pays de Galles et il y a été élevé. »

—Est-ce le comte auquel Rocca envoie l'argent ? » Guillaume opina du chef. « Notre argent, notre trésor. De quel droit lui reviendraient-ils ? » Belina tapa du poing sur la table. « L'archidiacre doit empêcher cela.

—Comme je te l'ai dit hier, il tente d'y mettre fin, mais Rocca est très puissant. » Guillaume se mit à manger la pêche. « Il bénéficie de la protection de l'archevêque Cato à Paris, qui est le confident du roi Louis. »

—Le roi Louis approuve-t-il l'envoi de notre argent en Bretagne ?

—Bien sûr. Si Henri Tudor s'empare du trône d'Angleterre, il ne cherchera pas à envahir la France, alors que le roi Richard, nous dit-on, se prépare à le faire.

—Comment peux-tu être si certain qu'Henri Tudor n'envahira pas la France, Guillaume ?

—Il préférera siéger dans sa salle des coffres, entouré de l'argent extorqué aux paysans et commerçants d'Angleterre pour financer les intérêts commerciaux de l'évêque Morton. »

Belina lui demanda si le commerce des vins de Bordeaux faisait partie de ces intérêts, mais Guillaume affirma qu'il s'agissait principalement de l'achat de terres. De plus, dès que Morton deviendrait archévêque de Cantorbéry, il exploiterait le minerai de fer du Sussex et réaliserait d'immenses profits découlant de la ferronnerie. Il assécherait les Fens. Il…

Belina ne l'écoutait plus. Elle ignorait où se trouvaient le Sussex ou les Fens. En ce qui la concernait, même Bordeaux était une ville lointaine. Le lieu de naissance de Guillaume, Southampton, lui semblait à l'autre bout de la terre. Elle savait que son mari souhaitait l'y emmener un jour, mais elle craignait un tel voyage plus encore que de rencontrer sa famille anglaise.

Guillaume l'étreignit soudain, interrompant le flot de ses pensées. « N'oublie pas d'aller jouer aux échecs avec Sir John en mon absence. Cela le distraira des dangers auxquels son Angleterre bien-aimée est confrontée, maintenant que le roi Édouard est mort. Je sais qu'il apprécie le duc de Gloucester ; il a combattu à ses côtés en Écosse.

—Le roi Richard, tu veux dire, interjecta Belina.

—Oui, le roi Richard. Dieu le garde. » Guillaume enfila ses bottes, ramassa son ballot de voyage et son sac à éperons, puis s'éloigna d'un pas lourd.

Elle le regarda traverser la cour et ouvrir la porte donnant sur l'extérieur. Il se retourna et lui envoya un baiser, enfonça son chapeau sur ses cheveux blonds et disparut.

Elle se lava le visage et les mains et mit sa robe du dimanche. Elle coiffa sa longue chevelure noire et l'enroula en torsade sur le sommet de son crâne. Elle mangea ce qui restait de la croûte de pain et fit ses prières, demandant pardon à Notre Dame pour ses paroles peu aimables envers Guillaume, la suppliant de le protéger lors de son voyage à Bordeaux. « Et surtout, faites qu'il revienne bientôt, je vous en prie », ajouta-t-elle.

Elle drapa la cape du pèlerin sur la table de travail de Guillaume. Son mari l'aurait étendue sur le lit, les exposant tous deux aux puces et autres insectes indésirables. Elle avait passé bien des nuits urticantes à cause de son manque de précaution.

Sitôt qu'elle eut étalé la cape sur la table, la chatte bondit dessus et se mit à faire sa toilette.

« Minette, descends de là », la gronda-t-elle, avant de l'emmener dans la pièce principale et de la poser sur le lit. Mais la chatte revint immédiatement sur la table et se pelotonna au beau milieu de la vieille cape usée. Elle se mit à ronronner.

Belina inspecta la cape en essayant de ne pas déranger Minette. Elle était plus poussiéreuse que sale, et avait été raccommodée avec soin à plusieurs endroits. Elle passa ses doigts sur l'ourlet, toujours curieuse de savoir pourquoi ce tissu ordinaire était si pesant. Elle en retourna une section et remarqua que l'ourlet avait été refait sur une grande partie de la surface, avec de plus gros points. Belina prit ses ciseaux et découpa une partie de la couture.

Elle laissa échapper un cri de surprise en voyant tant de pièces d'or et d'argent. Cela représentait de nombreuses semaines de recettes de l'échoppe. Les pièces provenaient de pays différents, ce qui était plus étrange encore. Elle prit deux des plus grosses pièces et se mit à la fenêtre, mais ne put les identifier malgré la lumière accrue.

Elle trouva une vieille chausse dans le coffre de Guillaume, puis dressa une liste des pièces en les décrivant de son mieux sur une tablette, avant de les ranger dans la chausse. Elle sortit sa cotte d'hiver de son coffre à vêtements, enveloppa la chausse avec et plaça le tout au fond de son coffre.

Elle examina ensuite le reste des affaires du pèlerin. Un chapeau typique à large bord orné d'une coquille Saint-Jacques, une musette bien usée, des bottes de bonne facture, des chausses malodorantes qu'elle enfonça dans la botte gauche, une tunique crasseuse et le bâton de pèlerin avec sa gourde, que Guillaume avait accrochée au crochet près du sommet du bâton. Belina huma la gourde vide. L'odeur était âcre. Elle fit une grimace et replaça le bâton et la gourde dans le coin de la pièce. Elle passa ensuite à la large bourse en cuir qui contenait quelques pièces. Aucun signe d'une lettre d'attestation certifiant qu'il était un pèlerin pénitentiel.

Belina fronça les sourcils. Elle ne comprenait pas pourquoi un pèlerin qui *revenait* de son pèlerinage en Galice aurait autant d'argent sur lui. S'agissait-il d'un voleur ? Pouvait-il s'agir d'un vrai pèlerin ? Peut-être était-il avare, faisant halte dans des hospices pour ne rien dépenser ? Peut-être était-il joueur et avait-il gagné toutes ces pièces ? Elle n'arrivait pas du tout à cerner la vérité.

Minette renifla la musette ouverte, en ôta un morceau de fromage et l'engloutit.

Belina vida le reste de son contenu, qui comprenait deux petites sculptures en bois. L'une d'elles était de saint Roch, saint patron des pèlerins. L'autre représentait un jeune garçon en train d'uriner. En y regardant de plus près, elle remarqua que les têtes des deux figurines étaient tachées, sans doute par le vin.

Elle nota tous les objets sur sa tablette, puis les replaça dans le même ordre, comme Guillaume le faisait toujours.

« Pourquoi n'es-tu pas là lorsqu'on a besoin de toi ? » s'enquit-elle de la pièce vide, avant de la traverser. « Seul le silence lui répondit », ajouta-t-elle. Elle s'assit à la table et parcourut les observations qu'elle avait consignées au sujet du cadavre du pèlerin. Quel poison avait-il ingéré ? Pourquoi un pèlerin si riche avait-il avalé du poison ? S'il était victime d'un empoisonnement, pourquoi le meurtrier ne s'était-il pas emparé de son or et son argent ?

Ses pensées furent interrompues par la cloche de la cathédrale. Elle mit son fichu du dimanche, en replia le bord à l'avant (mais peut-être pas aussi soigneusement qu'elle aurait dû), prit une pièce dans la petite boîte en bois sur l'encoignure, puis regarda par la fenêtre pour voir le temps qu'il faisait. Il ne faisait pas assez sec pour porter ses chaussons de ville habituels, et elle perdit un peu de temps en cherchant ses chaussures. La cloche avait cessé de sonner lorsqu'elle fut enfin prête pour la messe. Elle allait être en retard.

Elle pénétra comme à son habitude dans la cathédrale par la porte sud. L'expert en conservation avait affirmé au printemps dernier dans son rapport que la tour située à l'extrémité occidentale de la nef était instable, et susceptible de s'écrouler à tout moment. Il faudrait soit l'étayer avec précaution – et à grands frais – soit démolir l'édifice tout entier et le remplacer par une version neuve et plus solide. Pour l'heure, on avait demandé à tous les habitants de contribuer à un fonds d'étayage de la tour. C'était ce fonds dont la rumeur disait qu'il était détourné au profit d'Henri Tudor, le comte anglais sis en Bretagne.

Elle se tint parmi les autres employés de la cathédrale et leurs familles, écoutant résonner la musique entre les murs peints de la cathédrale. Une très jolie fille, portant un fichu élégant en tulle vert pâle, tenta de venir se placer auprès des employés de la cathédrale, mais ils la repoussèrent. « Pas de catins ici, lui lança le chef palefrenier. Retourne à la Bouquerie, d'où tu viens. »

Les consuls et leurs familles étaient assis de l'autre côté du chœur. Les Senclar occupaient le premier banc ; Henri au milieu entre sa femme Jeanne, à la forte poitrine, et sa mère Edith l'Empoisonneuse, petite et émaciée. De l'autre côté de Jeanne se trouvaient les filles jumelles d'Henri, issues de son premier mariage. René Chezelle, le médecin d'Edith, était assis auprès de sa patiente – selon la rumeur, il procurait à Dame Senclar de singuliers poisons qu'il lui trouvait dans les environs d'une ville du nom de Châtellerault. Belina ignorait où se trouvait cette ville et espérait que la Gascogne en était fort éloignée. Henri Senclar chuchotait à l'oreille de Jeanne, tout en caressant son sein gauche, qui faisait mine d'échapper à son carcan de tissu. Sa mère lui adressait un regard plein de reproche, mais il n'y prêtait aucune attention. Il avait beau être consul de Condom, il n'en demeurait pas moins un gamin avide et choyé.

Belina tourna son attention vers la question du pèlerin mort. Elle refit mentalement l'inventaire de ce qu'elle avait constaté, de ce que le frère Pierre lui avait dit (ce qui ne représentait pas grand-chose) et de ce qu'elle avait appris au cours des six dernières années en vendant des babioles aux pèlerins. Combien de pèlerins l'étaient vraiment ? Combien de leurs reliques étaient authentiques ? Pour Guillaume, poser cette question revenait à « ouvrir la boîte de Pandore ». Pandore était apparemment une femme grecque – une chose de plus que Belina avait du mal à comprendre. Lorsqu'elle avait demandé à Guillaume si la boîte de Pandore contenait une relique – et si oui, de quel saint – il avait éclaté de rire et l'avait prise dans ses bras. Elle savait nombre de choses au sujet des principes de la médecine grecque ; les quatre humeurs cardinales, par exemple. Mais les nonnes qui lui avaient appris à lire, écrire et compter ne lui avaient jamais parlé de Pandore et de sa boîte.

Le présent reprit ses droits lorsqu'une main se posa sur l'épaule de Belina. Elle se retourna vivement et son regard se plongea dans celui de son frère aîné, Jordi.

« Je dois te parler, de toute urgence », chuchota-t-il.

Belina épousseta la farine qu'il avait laissée sur son épaule. « Allons-y », lui répondit-elle à voix basse.

Ils sortirent sur la pointe des pieds et se rendirent à l'échoppe. Belina attendit que la rue soit vide, feignant de vérifier les volets.

« Que se passe-t-il ? On dirait que cela fait huit jours que tu n'as pas dormi.

—Pas tout à fait huit jours. » Il laissa échapper un soupir.

Belina attendit qu'il s'explique. Cela ne ressemblait pas à Jordi d'être si taciturne. Comme tous les Gascons, il était très volubile de nature.

« La peste emporte ce maudit assistant du trésorier Rocca. »

Belina le dévisagea, bouche bée. « Ne dis pas cela, ça porte malheur.

—C'est la présence de tels scélérats à Condom qui nous porte malheur. Rocca et Loupmont devraient s'en retourner d'où ils viennent, à Saint-Mihiel, et y rester à jamais.

—Je croyais qu'ils étaient venus de Paris, répliqua Belina.

—Avant d'arriver ici, oui. Mais ils sont originaires du Barrois.

—Où cela se trouve-t-il ?

—À des centaines de lieues à l'est. Le duché de Bar. »

Belina n'en avait jamais entendu parler. Elle attendit que son frère lui explique les causes de sa colère et son angoisse, prenant garde à éviter que de la farine ne macule sa robe du dimanche.

« Loupmont a porté accusation formelle à mon encontre. »

Elle en eut le souffle coupé. « Pour quel motif ?

—Fraude sur le poids du blé de l'évêque.

—As-tu commis telle tromperie ? lâcha-t-elle dans un souffle, plongeant son regard dans le sien, comme le faisait Guillaume lorsqu'il interrogeait un suspect.

—Bien sûr que non. Je ne suis pas sot. Les meuniers ont pour réputation de commettre des fraudes sur le poids du grain et de la farine, mais cela ne signifie pas pour autant que je me risquerais à tromper l'évêque. »

Ils se dévisagèrent longuement. L'évêque Montbrun n'était pas très apprécié, ni respecté en tant qu'homme, mais il était leur évêque et propriétaire du moulin familial des Moulié à Gauge. S'il le souhaitait, il pouvait les expulser – ou même si l'archidiacre en décidait ainsi, et ils savaient fort bien que l'archidiacre était si sollicité et surmené qu'il n'aurait pas de temps à consacrer à l'évaluation de la véracité de griefs mensongers et malveillants. L'accusation était très grave.

« J'aimerais demander conseil à Guillaume, Belina. » Il se mit à ouvrir la porte de la résidence des employés de la cathédrale, voisine de l'échoppe fermée.

Belina hésita. Comment pouvait-elle dire à son frère que Guillaume était parti ?

« Ce n'est pas le moment de le déranger, lui mentit-elle. Il est en train d'écrire un de ses longs rapports pour l'évêque.

—Maudits soient ses longs rapports.

—Nous sommes d'accord, répondit Belina, descendons jusqu'à la rivière et essayons de trouver une solution. Attends-moi dans la cour, je vais monter me changer et ôter ma robe du dimanche. »

Lorsque Belina revint, elle portait sa tunique ordinaire, ainsi que sa sacoche contenant les tablettes de cire.

« Pourquoi donc as-tu besoin de toutes ces tablettes ? lui demanda Jordi.

—Pour tout à l'heure. Je dois faire inspection des plantes vénéneuses dans le jardin des Senclar.

—Pourquoi ?

—Guillaume m'a demandé d'en faire des croquis sur ces tablettes », déclara-t-elle.

Lorsqu'ils arrivèrent au pont Barlet, Belina contempla la haute tour et la porte, à travers laquelle les gens qui venaient de la Bouquerie ou de l'extérieur de la ville arrivaient à pied ou à cheval, à dos de mule ou d'âne. Elle observa le cours de la Baïse, qui s'écoulait vive et profonde sous le pont massif. L'eau était brune après une semaine d'orages d'été dans les Pyrénées, et on y voyait flotter des branches, des canards sans vie et des planches de bois arrachées à des embarcadères en amont.

Ils discutèrent d'une solution possible au problème que posait l'accusation de Loupmont, tout en observant leur cousin Christau et la manière experte dont il menait sa barque, déjouant les dangers des courants capricieux. Ils allèrent à sa rencontre sur la rive, où Jordi aida Christau à amarrer sa barque, à décharger quelques sacs de farine et à les entreposer dans leur remise, près du quai. Ils observèrent ensuite tous les trois les manœuvres paniquées de Bernard Troubat et son équipage sur le bateau imposant qui appartenait à Henri Senclar.

« Pourquoi le consul emploie-t-il un tel incapable ? maugréa Jordi.

—Parce que le consul ne se déplace jamais en bateau, rétorqua Christau. Mais surtout parce que la fonction première de Troubat a bien plus d'importance aux yeux du consul Senclar.

—Quelle fonction ?

—Tu n'étais pas au courant ? Il se charge de transporter la catin du consul, la fabricante de fichus qui vit à la Bouquerie. À chaque fois que le consul veut jouir de ses faveurs – et l'envie le prend souvent – il faut lui faire traverser la rivière. »

Belina se sentit gênée. Elle serra les dents et fixa du regard le cours d'eau, sur lequel un amas de végétation était emporté vers le nord. Elle écouta le bruit des branches qui heurtaient la roue du moulin, et celui des éclaboussures d'objets divers entraînés par-dessus le barrage.

« Pourquoi le consul ne fait-il pas en sorte qu'elle soit amenée à lui de façon plus sûre, si elle est si essentielle à ses besoins ? Pourquoi n'envoie-t-il pas un palefrenier la chercher à cheval en passant par le pont ? voulut savoir Jordi.

—Il paraît qu'il ne souhaite pas qu'elle sente le cheval.

—Mais elle doit remonter le chemin qui mène à la rue des Argentiers, puis jusqu'au manoir des Senclar, fit remarquer Jordi, ajoutant que ses vêtements seraient couverts de boue et que son fichu serait envolé.

—Le consul possède un prétendu abri à bâteaux en face de la Bouquerie. Abri à catins, plutôt. »

L'embarras de Belina se fit plus intense. Elle serra son fichu, croisa les bras et contempla le quai en pierre maculé de boue.

« Une fois qu'elle est dans l'abri à catins, le fichu est vite ôté, comme tout le reste. Très vite, poursuivit Christau en gloussant.

—Comment peux-tu savoir cela, Christau ?

—Nous autres bateliers, nous regardons à travers les trous dans la porte de derrière de l'abri à bâteaux. » Il arbora un large sourire. « Le consul y met beaucoup d'énergie, mais sa catin arrive à le faire durer des heures. Elle a beaucoup d'idées et de méthodes intéressantes. » Il chuchota à l'oreille de Jordi pendant quelques minutes et ils éclatèrent tous les deux de rire.

Belina en avait eu assez. « Il est temps pour toi de retourner au moulin, dit-elle à son frère d'un ton sec. Catalina doit se demander où tu es passé. » Christau prit son congé, regagnant sa barque en hâte. « Lui parleras-tu de ce que nous projetons de faire ? s'enquit Belina avec plus de ménagement.

—Pas vraiment, non. Elle est trop bavarde. Et sa mère est encore pire.

—As-tu toujours des ennuis avec sa mère ? lui demanda Belina avec douceur.

—Oh, que oui ! Elle passe sans arrêt nous voir et nous critique sans cesse. Elle nous fait perdre notre temps et gâte les enfants.

—Toutes les grands-mères le font.

—Notre belle-mère ne le fait pas, rétorqua-t-il. Elle ne se donne jamais la peine de venir voir les enfants.

—Elle est bien trop jeune pour être grand-mère », lui fit remarquer Belina. Elle l'embrassa en guise d'au revoir et s'éloigna, sans attendre que Jordi et Christau aient solidement amarré la barque et prennent le chemin de halage qui remontait le cours de la rivière jusqu'au moulin à Gauge.

CHAPITRE CINQ

En remontant le quai en direction des écuries du consul Senclar, chassant les mouches qui se rassemblaient près de la rivière dans la chaleur du jour, Belina entendit des bribes de conversations. L'orage avait endommagé des récoltes, ce qui faisait moins de grain à moudre pour le moulin de son frère. La chaleur avait fait enfler le raisin trop tôt, et la pluie battante l'avait broyé. C'était le raisin de table, cultivé dans les jardins de la ville, qui avait le plus souffert des intempéries. Les commerçants réparaient leurs volets. Le sol était encore humide et jonché de détritus, ce qui attirait plus de mouches encore. Belina se couvrit le nez en contournant un amas d'immondices particulièrement répugnant, détournant le regard.

Elle fut soulagée d'atteindre les écuries Senclar. Elle jeta un coup d'œil à l'intérieur pour y trouver Tomas Forgues, le frère du palefrenier de Guillaume, Antoni. Il n'était pas facile de le reconnaître parmi tous les autres palefreniers, occupés à bouchonner de beaux chevaux. Le consul ne pouvait pas avoir besoin de vingt montures. Belina était perplexe devant tant d'activité.

« *Adishatz*, Dame Belina. »

Elle se retourna et adressa un sourire à Tomas. « Vous avez l'air très occupés, dit-elle. J'espère que je ne vous dérange pas.

—Cela ne fait rien.

—Le consul a-t-il acheté beaucoup de chevaux ? lui demanda-t-elle.

—Non. La plupart ici appartiennent aux gens qui sont arrivés d'Eauze hier. De riches pèlerins de retour de Compostelle. Arborant tous leurs coquilles pour montrer qu'ils sont allés voir Messire Saint Jacques en Galice.

—Après si long voyage, ils doivent être las, affirma Belina.

—S'ils sont allés aussi loin qu'ils le prétendent. Beaucoup de pèlerins font demi-tour à Bierzo, avant même d'entrer en Galice. Et il y a les marchands qui feignent d'être pèlerins, en quête d'opportunités de commerce, avec cette nouvelle guerre dans le sud de l'Espagne.

—Et ceux-ci, où retournent-ils ? » Elle désigna du doigt les chevaux.

« Ils vivent au Luxembourg.

—Où est-ce ?

—À l'est, entre la Flandre et la Lorraine.

—C'est là que se trouve Saint-Mihiel ?

—Je n'en ai jamais entendu parler. Qu'y a-t-il à Saint-Mihiel ?

—Je n'en sais rien. Mon frère y a fait allusion. » Elle se tut, réticente à en dire plus car elle ne souhaitait pas trahir le secret de Jordi.

« Le Luxembourg est un duché, fief des comtes de Saint-Pol. La jeune Dame Senclar aime beaucoup recevoir des gens du Luxembourg. » Tomas se mit à bouchonner un autre cheval. « Sans doute parce que Dame Edith n'aime pas les Luxembourgeois. Elle n'aime personne, excepté les nobles français. »

—Mais elle n'est pas noble elle-même, fit remarquer Belina.

—Non, mais elle a reçu une éducation, et elle est fière de savoir lire et écrire le latin. Elle méprise la jeune dame pour son manque d'érudition. Elle lui adresse toujours des moqueries en présence de visiteurs.

—Peut-être jalouse-t-elle simplement la jeunesse de sa belle-fille, suggéra Belina.

—La mère de Messire Guillaume est-elle ainsi ? lui demanda Tomas.

—Elle est morte.
—Oh, je suis désolé. C'est plus facile pour vous, alors.
—Oui », Belina reconnut. Il lui fallait détourner la conversation, qui menaçait de se muer en interrogatoire au sujet de la famille de Guillaume. Elle savait très bien que la mère de son mari n'était pas morte (ou du moins, elle était bien vivante la dernière fois qu'ils avaient reçu des nouvelles la concernant), mais Guillaume lui avait fait promettre de ne dire à personne que sa mère était anglaise.
« Je me demandais si vous pourriez me faire visiter le potager de Dame Senclar, dit-elle.
—Bien sûr, mais pourquoi voulez-vous voir un tas de légumes trempés ?
—Mon mari m'a demandé d'y jeter un œil, ainsi qu'aux herbes, afin qu'il puisse se faire une idée de ce qui y pousse en ce moment.
—Vous voulez en manger ? lui demanda-t-il en souriant.
—Non, non, répondit-elle immédiatement. Je dois faire une liste des plantes vénéneuses. Guillaume enquête au sujet de l'empoisonnement d'un pèlerin à l'hospice Pradau.
—Et vous pensez vraiment que Dame Senclar l'a empoisonné ?
—Non, bien sûr que non, rétorqua Belina.
—Ce n'est pas impossible, vous savez, affirma Tomas. La maîtresse du manoir a très mauvaise réputation. En ce qui me concerne, jamais je ne mangerais ni ne boirais quelque chose qui viendrait d'elle. »

Belina brûlait d'envie de le questionner plus longuement, mais elle savait très bien qu'il y avait trop de personnes aux alentours qui pourraient l'entendre et en rendre compte à Dame Senclar. Changeant de sujet, elle expliqua à Tomas que l'enquête sur la mort du pèlerin était du ressort de son mari, et qu'il devait remettre son rapport à l'évêque Montbrun, car le défunt avait trouvé la mort dans un édifice religieux. Elle aurait préféré que le sénéchal et ses hommes eussent été chargés de l'enquête, plutôt que Guillaume.

Tomas lui fit traverser les écuries et l'amena au jardin potager. Elle sortit une tablette de cire et se mit à faire un croquis d'une plante, son style grattant la surface de la tablette maintes fois réutilisée. Elle pinça l'une des feuilles et huma ses doigts.

« Ne faites pas cela, ma dame. »

Elle leva les yeux. Une jeune aide de cuisine l'observait en fronçant les sourcils, un panier de pêches calé contre sa hanche.

« Cette plante-là peut vous donner un furieux mal de ventre. Le maître-cuisinier nous répète sans arrêt que nous ne devons jamais la toucher. Et surtout ne jamais la toucher puis nous frotter les yeux.

—Comment s'appelle-t-elle ?

—Arnic, ou quelque chose comme ça.

—Quelles sont les autres plantes dangereuses ? s'enquit Belina.

—Je vais vous montrer. » L'aide de cuisine posa son panier et mena Belina à travers les carrés d'herbes et de légumes, lui indiquant les plantes vénéneuses et attendant patiemment que Belina en fasse le croquis sur ses tablettes. Elle donna également à Belina sa version du nom de chacune des plantes.

« Comment arrives-tu à te souvenir de tous ces noms ? lui demanda Belina.

—Le maître-cuisinier exige que nous les connaissions tous, pour que nous puissions aller lui chercher ce qu'il nous demande, expliqua la jeune femme.

—Mais pourquoi aurait-il besoin de plantes vénéneuses ?

—Pour tuer les rats et les taupes et ce genre de vermine, pardi !

—Vous pourriez garder un chat pour attraper les rats et les souris, rétorqua Belina.

—La famille Senclar n'aime pas les chats. Ils aiment les chiens – les lévriers, surtout. Ça leur donne un sentiment d'importance, comme le roi Louis.

—De l'importance, ils en ont déjà, fit remarquer Belina, même sans leurs chiens et leurs chevaux.

—Oh, oui ! Et ils ont beaucoup de bijoux, même le consul. »

Belina le savait déjà. Henri Senclar était un client régulier de l'échoppe. Elle avait appris à ses dépens à l'esquiver, lui et ses mains baladeuses. Il avait une façon bien à lui de se tenir très près d'une femme et de fouiller du regard son décolleté, jusqu'à ce que s'agitent les rubans sur sa brayette. Belina ne travaillait à l'échoppe que depuis peu lorsqu'un jour il avait demandé à Quiteira de lui trouver un article particulier dans l'arrière-pièce, puis il avait coincé Belina contre le comptoir et passé une main sous sa jupe, tandis que l'autre pressait son visage contre le sien. Heureusement, Quiteira l'avait pris au fait et l'avait éloigné d'elle. Belina se demanda s'il se comportait ainsi avec toutes les jeunes femmes, et s'il avait poursuivi de ses assiduités cette jeune aide de cuisine serviable.

« Le consul m'a donné un très joli bracelet pour la fête de ma sainte, dit la jeune femme, mais il m'a fait promettre de ne pas le porter lorsque je travaille.

—Bien sûr. Il ne faudrait pas l'abîmer, accorda Belina.

—Non, ce n'est pas ça, répondit l'autre. Les maîtresses de maison, la jeune et l'aînée, ne seraient pas contentes d'apprendre que le consul m'en a fait cadeau. Ce sont des crabes rongés par la jalousie. De vilaines harpies.

—Quand portes-tu ton bracelet, alors ? » lui demanda Belina.

La jeune fille baissa les yeux. « Quand le consul me demande de le rejoindre aux étuves. » Son regard resta rivé sur le sol à ses pieds.

« J'espère qu'il te paie généreusement pour lui tenir compagnie, Belina déclara.

—Pas trop mal. Au moins, je peux mettre un peu d'argent de côté pour mon mariage.

—Es-tu promise ?

—En quelque sorte. Mon ami Ramon met de l'argent de côté lui aussi, il travaille au Cheval Blanc. Nous espérons tenir un jour notre propre auberge.

—Y a-t-il beaucoup de pèlerins au Cheval Blanc, en ce moment ? Belina l'interrogea.

—Pas assez pour bien payer les employés. » Elle eut un haussement d'épaules. « L'autre jour, ils ont accueilli un curieux pèlerin, vêtu comme un ancien soldat. Il s'est ensuite rendu à la cathédrale, ou du moins c'est ce qu'il a dit, et il en est revenu vêtu comme un pèlerin, avec bâton, musette et chapeau orné d'une coquille Saint-Jacques. Ramon a eu grande peine à le reconnaître.

—C'était peut-être quelqu'un d'autre, suggéra Belina.

—Non, il avait la même démarche singulière. Comme un cavalier souffrant d'une blessure de longue date.

—Peut-être son retour de Compostelle l'avait-il juste épuisé ?

—C'est justement ça qui est étrange, répondit l'aide de cuisine. Lorsqu'il est arrivé, vêtu comme un ancien soldat, il a dit à Ramon qu'il venait d'Abrin, et de Moissac avant ça. » Elle pointa du doigt une plante et dit à Belina qu'il s'agissait de fenugrec, qu'elle emmenait avec elle lorsqu'elle se rendait aux étuves pour y retrouver le consul.

« Pour ma part, je mâche un peu de millefeuille, affirma-t-elle.

—Pourquoi donc ?

—On dit que c'est un philtre d'amour.

—Souhaites-tu tomber amoureuse du consul ? Ne m'as-tu pas dit que tu étais promise ? la questionna Belina, s'efforçant de ne pas laisser transparaître sa surprise.

—Bien sûr que non. Mais si je mâche une millefeuille, je ne suis pas incommodée d'être aux étuves avec le consul. Le fenugrec lui donne beaucoup d'ardeur et de passion. »

Belina préféra changer de sujet. « Lorsqu'il veut te voir, comment le sais-tu ?

—Le matin, l'intendant me chuchote à l'oreille que je dois m'y rendre en début d'après-midi, car c'est l'heure qui convient le mieux au consul.

—Elle lui convient le mieux pour se soustraire à ses tâches, ou se soustraire à l'attention de son épouse ?

—Ni l'un, ni l'autre. C'est son moment préféré de la journée pour faire l'amour, expliqua l'aide de cuisine, impassible. Cela dit, il préfère parfois ce qu'il appelle le « dîner-avec-sieste », et dans ce cas je le retrouve dans son abri à bateaux, où nous mangeons un peu, nous buvons beaucoup de vin corsé et nous faisons l'amour longtemps.

—Comment entres-tu dans l'abri à bateaux ? N'est-il pas sous clé ? s'enquit Belina.

—Je descends à pied jusqu'au quai et j'attends le chef batelier, qui a la clé à sa ceinture, révéla-t-elle. Le problème, c'est que le batelier veut lui aussi son tour avant l'arrivée du consul. Troubat n'est pas très fougueux, mais il prend un peu de la poudre de cantharides du consul et je tente de l'aviver. Cela prend du temps. Deux fois déjà, le consul a frappé à la porte pour entrer, mais Troubat me couvre la bouche de sa main et reste immobile jusqu'à ce que le consul s'en aille en pestant.

—Et tu perds ton dîner, ainsi que l'argent du consul », fit remarquer Belina. Elle se mit à dessiner une autre plante, en espérant que l'aide de cuisine ne remarquerait pas que sa main tremblait.

« Non. J'attends que Troubat se rhabille et s'en aille par une porte dérobée, dont le consul ignore l'existence, je crois.

—Peut-être qu'il ne s'en va pas vraiment, suggéra Belina. Peut-être qu'il vous observe, le consul et toi. » Elle s'obligea à poursuivre son croquis.

« Ça m'est égal. Beaucoup de gens peuvent me voir avec le consul aux étuves, après tout. Une fois que Troubat est parti, je m'allonge sur les beaux coussins en soie, je mâche ma tige de millefeuille et j'attends l'arrivée du consul.

—Est-il en colère lorsqu'il arrive ? » lui demanda Belina. Elle sortit une autre tablette de cire.

« Oui, bien sûr. Mais ça le rend d'autant plus ardent. Il est assez amusant lorsqu'il est dans cet état. »

Belina décida que cette conversation était non seulement indécente, mais elle lui faisait prendre du retard dans son étude des plantes, et elle s'attaqua à son croquis suivant – un iris blême, cette fois – d'une main peu assurée.

L'aide de cuisine sembla comprendre et retourna à l'intérieur. Belina décida de ne pas faire grand cas du récit concernant l'étrange pèlerin, car il s'était trouvé à l'auberge du Cheval Blanc, et non à l'hospice. Elle se concentra plutôt sur les plantes et les poisons.

Lorsqu'il se mit à faire trop chaud pour rester assise dans le jardin à dessiner, elle retourna aux écuries. Les chevaux mangeaient et les palefreniers nettoyaient les selles ; le calme régnait sur l'endroit. Tomas s'entretenait avec le chef palefrenier, et elle attendit quelques minutes avant d'interrompre leur conversation au sujet de l'état préoccupant de la paille humide. Après une courte révérence, elle expliqua au chef palefrenier qu'elle devait l'interroger, lui et tous ses employés, pour savoir s'ils avaient vu « son » pèlerin mort.

« Non, Dame Lansac, répondit-il sans hésiter. Tous les pèlerins se ressemblent. Ils boitent plus ou moins, la seule différence est là. Je garde un œil attentif sur ceux qui sont susceptibles de voler un cheval ou une mule. » Il laissa échapper un soupir. « Les temps sont durs. Je dois soupçonner tout le monde. »

Belina opina du chef. « Pourrais-je parler à vos employés, je vous prie ? lui demanda-t-elle à nouveau.

—Oui, mais ne leur faites pas perdre leur temps.

Il fit faire le tour des écuries à Belina, en faisant bien comprendre à ses palefreniers et ses garçons d'écurie qu'ils ne devaient pas « abuser du temps de la dame ». Belina se rendit compte qu'il parlait en fait de *leur* temps, mais elle persista. Quelques-uns des palefreniers avaient vu des pèlerins quitter la cathédrale samedi après l'orage et acheter à manger dans la rue, mais aucun d'entre eux ne s'était trouvé près de l'hospice Pradau, qui était de l'autre côté de la ville.

Belina se tourna vers Tomas pour lui dire au revoir, prenant soin de ne pas mentionner qu'il l'avait menée dans le potager des Senclar, mais son attention était tournée toute entière vers les ordres que le chef palefrenier était en train de lui donner.

« Tu dois te rendre immédiatement à l'abbaye de Flaran à cheval et y apporter ce colis de la part de Dame Senclar, décréta son supérieur.

—L'aînée des deux dames ? s'enquit Tomas.

—Oui, il s'agit évidemment de Dame Edith. La jeune dame ne fait pas l'aumône à Flaran. Ni où que ce soit, d'ailleurs. »

Personne n'aime Dame Jeanne, songea Belina, s'incluant dans le lot. « Parvenue astreignante et acrimonieuse », se dit-elle en remontant le chemin qui menait à la porte Gachiou, qu'elle traversa avant de parcourir le terrain communal. Il faisait très chaud et l'herbe était glissante, ce qui rendait sa marche difficile, et elle fut heureuse d'échapper aux attentions torrides du soleil en faisant route entre les remparts croulants situés en face de la porte Sainte-Claire, puis dans l'ombre de la rue des Trois Éperons, jusqu'au Cheval Blanc. Des groupes de soldats bruyants étaient attroupés dans la rue, avisant les ateliers des artisans qui fabriquaient selles et éperons. Un apprenti forgeron façonnait des outils fermiers tandis que son collègue aiguisait des couteaux. L'épouse du bridier houspillait une chèvre qui tentait de ronger des rênes pendues à un volet ouvert.

Belina traversa la rue. Sa sacoche pleine de tablettes lui semblait désormais bien lourde, mais elle ne se serait pas risquée à la poser au sol. Elle était si occupée à éviter les excréments d'animaux qu'elle percuta le sac bien rempli d'un colporteur et se retrouva pressée contre l'étal du cloutier, s'éraflant la main sur une grappe de clous qui pendaient de son comptoir.

Atteindre la porte principale du Cheval Blanc fut un soulagement. Belina espérait qu'il ferait plus frais à l'intérieur, mais elle hésita avant d'ouvrir la porte de l'auberge imposante et de pénétrer dans le tumulte de la pièce bondée. Soldats, marchands et voyageurs d'apparence aisée se désaltéraient et débattaient du mauvais état des routes. Cela changeait des mornes conversations au sujet de morts et d'expulsions.

L'aubergiste se fraya un chemin jusqu'à elle à travers la foule de ses clients. « Cette auberge n'est pas un endroit convenable pour une femme seule », lui affirma-t-il. Il la prit par le bras et l'escorta dehors, dans la rue. « Nous ne sommes pas le genre d'établissement qui approuve les femmes… » Il marqua une pause. « … qui viennent divertir nos clients. »

Belina le dévisagea, en proie à l'embarras et courroucée par ses insinuations.

« Je ne suis pas venue voir vos clients, lui rétorqua-t-elle sèchement, je cherche l'un de vos employés, le dénommé Ramon.

—Ce n'est pas de chance. Il est déjà fiancé, déclara-t-il en lui adressant un sourire narquois.

—Je le sais très bien. C'est sa promise qui a suggéré que je vienne m'entretenir avec lui.

—Eh bien, c'est impossible. Il est bien trop occupé. Nous le sommes tous. Et maintenant, va-t'en. »

Elle le fixa du regard, toujours partagée entre embarrras et irritation. Elle pinça les lèvres fermement et sa tête fut prise d'un tremblement à peine perceptible.

« Essaie donc la taverne du Chat Gris, à la Bouquerie, si tu cherches des clients à égayer. Ils ont toujours un lot de filles prêtes à servir leurs chalands. »

Il tourna les talons et rentra par la porte, la laissant dans la rue animée, à se faire bousculer par des hommes désireux de pénétrer dans l'auberge.

Elle attendit le temps de cinq *Pater Noster*, puis retourna à l'intérieur. Elle vit sur sa droite deux marchands et leurs épouses (ou du moins, elle supposa qu'il s'agissait de leurs épouses), et elle s'assit près d'eux. Leur accent du nord de la France n'était pas toujours facile à comprendre, mais elle tenta de suivre leur conversation. Ils parlaient du roi Louis mourant, et des conséquences que pourrait avoir sa mort sur le commerce et les impôts. L'aîné des marchands était convaincu qu'elle ferait baisser l'impôt, parce que celui-ci ne pouvait en aucun cas être augmenté. Le cadet des deux prédisait qu'une guerre civile éclaterait, ce qui entraînerait une augmentation de l'impôt ainsi qu'une vague de destruction et des dangers accrus pour le commerce et les voyages. La discussion s'orienta ensuite vers les profits qui pourraient être réalisés en cas de capture du royaume de Grenade, dans le sud de l'Espagne.

Deux soldats se joignirent à la conversation, en expliquant qu'ils allaient eux-mêmes à la guerre pour combattre les Maures. « Nous voulons faire de leurs femmes nos esclaves. »

Belina déglutit. Elle se demanda si son frère soldat s'était procuré des esclaves.

« Ne seriez-vous pas juifs, à tout hasard ? demanda un troisième soldat aux marchands.

—Et quand bien même nous le serions ?

—Évitez l'Espagne, messires. On dit que la reine Isabelle a pris le parti de s'opposer aux juifs.

—Et pourquoi donc ?

—Afin de contenter à la fois l'Église et la roture de Séville. Confisquer les trésors des juifs permet de financer l'assaut royal contre les Maures. Mieux que les impôts. C'est une décision très appréciée.

—Mais cela ne concerne que le sud de l'Epagne, assurément.

—N'en soyez pas si certain, messire. On dit que l'Inquisition remonte vers le nord et qu'elle a déjà atteint Ciudad Real. »

Tout le monde se mit à parler en même temps de l'Inquisition en Espagne, et Belina se désintéressa de la discussion. Il semblait peu probable que le pèlerin défunt soit lié de quelque manière imaginable à cette horreur.

Elle quitta l'auberge, prit à droite dans la rue Royale, passa la porte Saint-Esprit et ses processions de bêtes de somme, puis remonta la rue Saint-Barthélemy jusqu'à l'hospice.

CHAPITRE SIX

Guillaume et son palefrenier Antoni étaient arrivés à Vianne, la première halte de leur long voyage jusqu'à Bordeaux. Ils mirent pied à terre, s'acquittèrent du péage et entrèrent par la porte ancienne pour rallier l'auberge la plus proche, où ils laissèrent leurs chevaux aux écuries. Ils connaissaient bien l'auberge Chapon, du fait de leurs nombreux périples allant et revenant de Bordeaux, et l'aubergiste les accueillit respectueusement. « Bonjour messires, que désirez-vous ? Du vin de Buzet, peut-être, avec une tourte au poulet ? »

Ils prirent place dans un coin tranquille de l'établissement et parlèrent du déroulement de leur voyage jusqu'à présent. Le trajet avait été aisé sur la grande route plate et droite qui menait à Nérac, mais les choses s'étaient compliquées lorsqu'il avait fallu traverser cette ville, car la Baïse avait inondé les tanneries situées près du pont. Ils s'étaient frayé un chemin à travers des ruelles qui leur étaient inconnues, persécutés par la puanteur atroce. La ville était plongée dans le tumulte, et ils avaient perdu un temps précieux à s'extirper de ce chaos.

« Nous n'atteindrons pas la porte Sainte-Marie à temps pour le dîner, Guillaume avait fait remarquer. Il nous faudra traverser Barbaste et Lavardac aussi rapidement que possible et nous arrêter au Chapon, à Vianne.

—Et si Barbaste aussi est inondée ? avait répliqué Antoni.

—Le pont à côté du moulin de Tours est haut et bien bâti.

Nous n'y aurons pas d'ennuis, même si le meunier nous fait payer plus cher le passage qu'il ne le devrait, et qu'il garde pour lui une part excessive plutôt que de la reverser au seigneur de Barbaste.

—Mais cela fait trop loin pour les chevaux avant qu'ils ne puissent dîner, Antoni avait insisté. Et avant que nous ne puissions dîner, de surcroît. »

Mais Guillaume n'y avait pas prêté la moindre attention. Il pensait à Belina. Comment se débrouillait-elle avec la tâche qu'il lui avait confiée, l'enquête au sujet de la mort de ce pèlerin à l'hospice Pradau ? Avait-il eu raison de le lui demander ? Il aurait pu se servir de la mort du pèlerin comme prétexte, après tout, et convaincre l'archidiacre d'envoyer Josep à Bordeaux à sa place. Guillaume faisait rarement preuve d'arrogance et il s'estimait encore moins souvent indispensable. Cela dit, ses chances de jouer un rôle important dans la *Reconquista* de la Gascogne se verraient certainement améliorées du fait de sa présence à Bordeaux.

Tandis qu'ils avançaient le long de la grande route boueuse en direction de Barbaste, en évitant les branches tombées et les alluvions des ruisseaux engorgés qui se répandaient sur la route, Guillaume s'était demandé s'il avait enseigné à sa femme de façon suffisamment efficace les compétences de son métier d'investigateur.

Il avait échafaudé son plan initial car il avait su qu'il lui faudrait se rendre disponible au pied levé pour apporter son aide au complot de la *Reconquista*, et servir sa véritable patrie plutôt que la France. Les ordres secrets qu'il avait reçus avaient indirectement évoqué le besoin pour les agents de trouver une personne en qui ils pouvaient avoir pleinement confiance et qui pourrait s'occuper des tâches habituelles de leur emploi, afin que leur absence de leur lieu de travail à Bordeaux passe inaperçue. Si Guillaume était resté dans la région de Bordeaux, où tous les autres agents secrets résidaient, cela n'aurait pas été trop compliqué. Mais il était établi à plusieurs jours de voyage de là désormais, bloqué à Condom. De plus, la seule personne à laquelle il pouvait même envisager de confier son secret était son épouse, sa chère et tendre Belina. C'est ainsi qu'il l'avait formée, pas à pas et avec grand soin, sans jamais lui laisser penser qu'un jour elle doive mener seule une enquête.

Le cours de ses pensées avait été interrompu par Antoni. « Si vraiment vous souhaitez atteindre Vianne avant de dîner, il vous faudra forcer l'allure. »

Guillaume était revenu à l'instant présent, avait éperonné son cheval et rattrapé Antoni à l'entrée de Lavardac. Une fois passé la ville, la grande route était en meilleur état et ils avaient pressé la cadence, ce qui avait obligé Guillaume à se concentrer sur le fait de rester en selle, plutôt que de penser à sa femme.

Ce n'est qu'une fois arrivé à l'auberge Chapon et occupé à dévorer la tourte au poulet que Guillaume se mit à nouveau à songer à Belina et à la tâche difficile qu'elle était en train d'accomplir en son nom. Y arrivait-elle ? Il l'espérait, bien évidemment, mais c'était la première fois qu'elle avait dû s'occuper seule d'un cadavre. Demanderait-elle de l'aide ? Et si oui, à qui ? Il passa en revue les différentes personnes auxquelles elle serait susceptible de s'adresser, et conclut qu'aucune d'entre elles ne serait à même d'effectuer une tâche comme celle-là.

Antoni fit irruption dans ses pensées en posant sa coupe à côté du pichet de vin. Guillaume saisit l'allusion et leur en versa à tous deux. « Ce cru est plutôt bon, même si ce n'est pas du bordeaux. Commandons-en un autre. » Il fit signe à l'aubergiste.

Lorsque ce dernier leur apporta un autre pichet en étain, Guillaume lui demanda si ce vin de Buzet était exporté en Angleterre, sans toutefois mentionner l'intérêt de sa famille à ce sujet.

« Nous tentons de le faire, messire, mais ces misérables marchands de Bordeaux ne nous autorisent pas à acheminer notre vin jusqu'à leur ville avant Noël, et à cette époque il supporte assez mal de voyager d'un bout à l'autre du golfe de

Gascogne. De toute manière, la navigation est plus hasardeuse par temps d'hiver. Je n'aime pas les gens de Bordeaux. »

Guillaume sourit mais ne dit rien. Antoni, lui, fut moins réservé. « Je suis d'accord. Je les trouve cupides et égoïstes. Je préfère Toulouse. » Il but une gorgée de sa coupe. « On y trouve également de meilleurs chevaux.

—Pourquoi cela ?

—On dit qu'ils ont du sang espagnol. Les chevaux espagnols sont les meilleurs, car ils sont poulinés dans un pays rude et escarpé. Les genets espagnols sont prestes et agiles. Les Portugais et les Maures s'en servent, eux aussi. » Antoni but à nouveau. « On dit que les Maures sont excellents cavaliers. »

Guillaume suggéra qu'il en était peut-être ainsi car leur religion leur interdisait de boire du vin, mais Antoni ne mordit pas à l'hameçon. Le palefrenier se vengea une fois que l'aubergiste se fut éloigné pour servir d'autres clients, en disant : « Mes collègues parlent tous du nouvel arrivant à la résidence des employés de la cathédrale.

—Quel nouvel arrivant ? Un homme ou un cheval ?

—Les deux, mais c'est de l'homme dont nous parlons. Un avocat flamand qui affirme provenir de Paris, mais Miqueu a découvert qu'il a vécu en Angleterre. »

Guillaume termina sa tourte au poulet, puis il dit : « Et à ce qu'on m'a dit, son palefrenier force les serrures.

—J'ai entendu cela aussi, répondit Antoni. Mais c'est l'avocat flamand qui nous intéresse. Il est très bel homme et jouit d'un franc succès auprès de la gente féminine. » Il marqua une pause et jeta un regard en direction de Guillaume. « Miqueu a observé la façon dont il a séduit plusieurs belles jeunes femmes. Il les emmène dans des auberges, ou les y trouve, et leur offre du vin, des sourires et des étreintes. » Il fit à nouveau une pause et plongea son regard dans les yeux noisette de Guillaume. « Et bien plus que des étreintes, ajouta-t-il.

—Pourquoi Miqueu trouve-t-il cela si fascinant, Antoni ?

—Je crois qu'il espère en tirer leçon. Miqueu n'a que dix-sept ans. » Antoni but le reste de sa coupe de vin, mais le pichet étant trop éloigné pour lui permettre de se resservir, il continua à asticoter Guillaume. « Miqueu nous faisait remarquer que ce nouvel arrivant constituait un péril pour Dame Belina. »

Guillaume le dévisagea et fronça les sourcils. « Mon épouse n'est pas femme à suivre un séducteur flamand – ou quiconque, d'ailleurs – dans une auberge.

—Bien sûr que non, messire Guillaume. Ce n'est que ce que disait Miqueu. » Il s'interrompit à nouveau. « Mais j'ai vu cet avocat à deux reprises déjà, et c'est un très bel homme. Il a de longs cheveux noirs bouclés, et il est fort bien vêtu.

—S'il a les cheveux noirs, il ne peut être flamand, rétorqua Guillaume. Ils ont les cheveux clairs, comme moi. » Il rabattit un peu plus son chapeau, comme s'il souhaitait les dissimuler. « Que fait-il dans la résidence des employés de la cathédrale ?

—Nul ne le sait vraiment, mais il partage les quartiers de Rocca, dont il semble être un proche.

—Et après ? » s'enquit Guillaume. Il croisa les bras et fixa son palefrenier du regard. Son esprit se tourna à nouveau vers les doutes qu'il entretenait au sujet de Belina, si elle serait capable de mener l'enquête seule ou si elle souhaiterait le faire. Et si elle cherchait à obtenir de l'aide d'un homme de loi ? Et si cet avocat flamand qui vivait si près de chez elle acceptait de l'aider ? Si les bavardages d'Antoni contenaient ne serait-ce qu'une once de vérité, il profiterait de la présence de Belina pour la frôler, lui sourire, toucher ses cheveux sous son fichu… peut-être même lui ôter son fichu…

Guillaume tressaillit et faillit renverser son vin. Il fronça les sourcils, la belle chevelure sombre de Belina ancrée dans son esprit.

Les rêveries de Guillaume furent interrompues par Antoni, qui suggéra sournoisement que Rocca avait peut-être tramé le déplacement de Guillaume à Bordeaux, afin que le séducteur ait les coudées franches pour faire plus ample connaissance avec Dame Belina.

« Antoni, je te répète que mon épouse n'est pas femme à

accompagner un séducteur flamand dans une auberge, insista Guillaume. De toutes les façons, c'est l'archidiacre qui m'a donné l'ordre de me rendre à Bordeaux, et non Rocca.

—En êtes-vous certain ?

—Bien sûr que j'en suis certain », Guillaume rétorqua sèchement. Il commanda un troisième pichet de vin.

Antoni tenta une approche différente. « Peut-être Rocca a-t-il suggéré de vous envoyer à Bordeaux et l'archidiacre, las et surmené, a-t-il simplement approuvé sa suggestion.

—Cela m'étonnerait. » Guillaume s'empara du pichet et versa du vin dans sa coupe. Il le reposa hors de portée d'Antoni.

« Dame Belina est peut-être aimable et chaleureuse envers tout homme qui entre dans l'échoppe de la cathédrale, fit remarquer Antoni, fixant du regard le pichet de vin et triturant sa coupe vide. Je n'oublierai jamais l'accueil chaleureux qu'elle vous a fait à l'échoppe lors de votre première rencontre, lorsque l'archevêque de Bordeaux vous avait chargé de remettre un document à la cathédrale. » Antoni souleva sa coupe vide et la contempla d'un air triste. « Ce devait être il y a presque trois ans, je suppose, lorsque…

—Trois ans et demi », Guillaume interrompit son palefrenier. Il sourit en se rappelant la première fois qu'il avait vu Belina, ses yeux superbes, son nez, sa tunique bleue qui suggérait un corps gracile, sa magnifique chevelure noire qu'il brûlait d'envie de défaire avant de l'embrasser…

« Et ensuite, vous avez demandé à être muté au personnel de l'évêque de Condom, poursuivit Antoni, interrompant à nouveau le cours des pensées de Guillaume, alors même que vous tentiez d'obtenir un poste au service du sénéchal à Bordeaux, aux côtés de votre frère. Vos projets furent modifiés lorsque vous vous éprîtes de Dame Belina. La fille du meunier savait bien évidemment comment attirer votre attention, et comment vous happer par ses ruses dans les rets du mariage. »

Le sourire de Guillaume disparut. « Cesse donc d'être impertinent, Antoni. Je sais très bien que cela ne t'arrangeait pas de quitter Bordeaux et la vie facile que tu y menais. » Il but le reste du vin. « Si je me souviens bien, tu as décidé de ne pas rester à Bordeaux car mon successeur t'aurait mené la vie bien plus dure que moi.

—Ce n'est pas vrai, messire Guillaume, bredouilla Antoni.

—Il n'est pas vrai non plus que mon épouse laisserait un séducteur flamand l'emmener dans une auberge. » Il appela l'aubergiste et demanda la note, qu'il lui régla avant de quitter l'auberge d'un pas raide, accompagné du cliquetis de ses éperons.

Ils allèrent récupérer leurs chevaux et Guillaume donna un denier au garçon d'écurie. Ils montèrent en selle et parcoururent au pas la rue menant à la grande place qui se trouvait au cœur de Vianne. Tout était calme et ordonné, comparé à Nérac, et ils n'eurent aucun mal à traverser la petite ville et à en ressortir par la porte nord, où ils payèrent le péage et se mirent en route pour la rive de la Garonne, d'où ils prendraient le bac pour Port-Sainte-Marie.

Guillaume tint son regard braqué droit devant lui durant la traversée difficile du fleuve agité. Son expression demeura sévère et silencieuse toute la journée. Il s'efforça, sans succès, de se concentrer sur sa rencontre à venir avec le haut conseiller juridique à Bordeaux, et d'éviter de penser au « séducteur flamand » qui résidait dans le même édifice que sa femme. Il les imagina ensemble, à l'hospice Pradau d'abord, puis rentrant à l'échoppe. Se laisserait-elle entraîner dans une auberge ? Il ne le pensait pas. Belina accordait beaucoup d'importance à sa réputation à Condom. Elle n'oserait pas se rendre dans une auberge accompagnée d'un étranger, elle…

Guillaume mit fin à ses spéculations optimistes. À sa propre requête, son épouse bien aimée avait examiné un cadavre et il l'avait chargée d'en découvrir plus au sujet de ce cadavre empoisonné, d'en retrouver le meurtrier. Avait-il mis sa femme en danger ? Peut-être n'était-ce pas uniquement sa réputation qui était en péril. Peut-être sa vie l'était-elle également.

Il tenta de voir les choses à la froide lumière de la raison. La vie de Belina n'était pas en danger, il en était quasiment certain. Mais sa réputation ? Il en était moins sûr. Et sa réputation en tant que mari trompé ? Il s'évertua à ne pas y penser non plus. Mais il ne put en chasser l'idée de toute la journée ou de la nuit.

CHAPITRE SEPT

Le portier de l'hospice Pradau était affairé dans la cour extérieure en raison du départ tardif d'un groupe de pèlerins pour La Romieu, ce qui permit à Belina d'entrer sans être vue. Elle décida d'aller jeter un œil au réfectoire, qui se trouvait sur sa gauche. C'était une vaste pièce emplie du bourdonnement des mouches et des odeurs mêlées de sueur, d'urine et de vin aigre. Un chat passa près d'elle furtivement, une souris à moitié morte couinant dans sa gueule. Un autre chat jetait une souris en l'air. Non loin, un chien se grattait. Belina espéra que ses puces ne trouveraient pas refuge sur sa jupe. Elle se demanda si le pèlerin avait choisi de ne pas manger ici – mais assurément, un voyageur serait habitué à ce genre de conditions. Guillaume lui avait décrit des endroits de ce type, et il était rentré à deux reprises avec des puces plein ses vêtements. Il avait fallu du temps et de la patience pour s'en débarrasser.

« Bonjour, Dame Belina, la salua le frère Martin de la porte de la cuisine. Comment va votre enquête ? Quand pourrons-nous mettre en terre ce pauvre pèlerin ?

—Il est encore trop tôt, lui répondit-elle.

—Peut-être, mais son odeur emplira bientôt le caveau. » Belina était d'avis que l'odeur du réfectoire ce matin était déjà bien assez désagréable. « Souhaitez-vous examiner le cadavre dans le sarcophage ? » lui demanda-t-il.

Elle secoua la tête et s'efforça d'ignorer son haut-le-cœur.

« Non, merci. Je dois d'abord interroger tout le monde pour savoir ce qu'ils faisaient et ce qu'ils ont vu samedi dernier. Si vous me le permettez, je vais commencer par vous. »

Il suggéra de s'asseoir sur le banc, près de la fenêtre. « J'ai du mal à me souvenir de quoi que ce soit de singulier. Les après-midi se resssemblent tous, ici. Les gens arrivent, on leur lave les pieds, ils prennent leur repas, leurs chaussures et vêtements sont raccommodés, ils parlent entre eux de leur périple… »

Elle l'interrompit. « Quand le pèlerin qui nous intéresse est-il arrivé ?

—Oh, assez tôt dans l'après-midi. Il portait son bourdon comme quelqu'un qui n'a pas l'habitude de marcher avec un bâton.

—Voilà qui semble inhabituel, fit remarquer Belina.

—Oui, peut-être. » Le frère Martin réfléchit un moment. « Une autre chose insolite était qu'il ne remplisse pas sa gourde. D'ordinaire, les gourdes des pèlerins sont vides lorsqu'ils arrivent ici, et nous leur faisons faire la queue dans ce coin, là, afin de les remplir. » Il pointa du doigt le coin situé près de la porte de la cuisine.

« En êtes-vous certain ? s'enquit Belina.

—Bien sûr que j'en suis certain. Comme je vous l'ai dit, les pèlerins remplissent leur gourde là.

—Oui, je comprends. Mais voyez-vous, la gourde de ce pèlerin mort était vide lorsque je l'ai examinée hier. »

Il haussa les épaules et balaya de la main une mouche qui volait autour de son crâne tonsuré.

« Frère Martin, appela un garçon de cuisine, nous avons besoin de vous sur-le-champ. »

Ainsi prit fin l'opportunité qui s'était présentée à Belina d'interroger un témoin important. Elle quitta la pièce étouffante et se rendit dans la cour extérieure. S'assurant que personne ne l'observait, elle cracha dans l'herbe du bas-côté.

Sous un mûrier, quelques hommes et femmes âgés étaient

assis sur des bancs. Quatre d'entre eux jouaient aux dés. Belina espéra qu'ils ne pariaient pas, car elle savait que le frère Pierre y était opposé. Il lui avait déclaré plusieurs fois que les moines réprouvaient tout ce que saint Louis avait condamné.

Elle s'approcha lentement mais bruyamment des joueurs de dés, et des cailloux furent ôtés à la hâte de la table improvisée. Belina n'y prêta aucune attention, pas plus qu'à leurs mines déconfites. Elle s'assit à côté d'une des vieilles femmes, leur expliquant en gascon pourquoi elle était là et ce qu'elle souhaitait leur demander.

Il y eut un silence. Des pieds remuèrent la poussière. Quelqu'un toussa. Les joueurs de dés se remirent à jouer, mais sans faire de bruit et sans que ne réapparaissent leurs cailloux.

Belina insista. « Je sais que d'ordinaire, aucun d'entre vous n'a grand-chose à faire avec les pèlerins, que vous mangez et dormez dans une partie différente de l'hospice, mais peut-être pourriez-vous m'aider dans mon enquête, juste au cas où vous auriez remarqué quelque chose. Je vous serais très reconnaissante de votre aide. »

Le silence perdura. Belina se demanda s'il serait avisé d'offrir une pièce pour délier les langues. L'homme le plus âgé dit qu'il avait vu une pie donner des coups de bec à l'un des volets du dortoir des pèlerins, l'après-midi précédent. « C'est signe de mort », affirma-t-il.

Belina acquiesca et écouta les récits de tous au sujet de pies annonçant une mort. Elle tenta d'orienter la conversation vers le pèlerin mort le jour précédent. « Le frère Martin m'a dit que le pèlerin n'avait pas l'air habitué à marcher avec un bâton. L'un d'entre vous a-t-il aperçu un nouvel arrivant correspondant à cette description ?

—Oui, moi, dit l'un des joueurs de dés. Un homme qui avait un accent d'ailleurs. Je l'ai salué amicalement en lui disant *adishatz*, mais il ne m'a pas compris. Un étranger.

—Vous rappelez-vous autre chose au sujet de ce pèlerin ? lui demanda Belina. Est-ce qu'il boitait ? Était-il voûté ? Avait-il mal aux pieds ? »

L'homme réfléchit un moment, puis lui dit que le pèlerin n'était pas voûté et qu'il n'était pas très âgé. Il ne boitait pas, mais sa démarche était semblable à celle d'un cavalier.

« Mais il passait la nuit dans cet hospice, plutôt que dans une auberge ? Belina commenta.

—Peut-être n'avait-il plus d'argent », suggéra l'aînée des doyennes.

La suggestion était bonne, mais Belina avait vu les pièces d'or et d'argent cachées dans sa cape.

« Peut-être s'était-il brouillé avec un aubergiste ? » quelqu'un proposa.

Encore une suggestion sensée, surtout après ce qui était arrivé à Belina ce jour même au Cheval Blanc.

« Est-il arrivé ici à pied ou à cheval ? voulut-elle savoir.

—À pied, comme la plupart d'entre eux. Ceux qui ont un cheval ou une mule ne s'en servent pas comme monture, mais pour transporter leurs affaires. » Il marqua une pause, avant d'ajouter : « J'ai remarqué qu'il se tenait le ventre et qu'un des employés de l'hospice a porté sa besace et son bourdon à l'intérieur pour lui. Mais ils le font souvent, lorsque les pèlerins ont l'air fatigués – et c'est fréquemment le cas. »

Belina demanda de quel employé il s'agissait.

« Je n'en suis pas certain, mais je crois que c'était Ferdinan.

—Où puis-je le trouver à cette heure ? s'enquit Belina.

—À la cuisine, en train de faire chauffer l'eau pour laver les pieds des pèlerins.

Belina se leva, sourit et les remercia. Elle entra dans l'hospice et se dirigea vers la cuisine. Elle fut accablée par le bruit, la chaleur et les odeurs avant même de l'atteindre.

Elle arrêta un garçon de cuisine en sueur qui passait par là. « Pourrais-tu me dire où je puis trouver Ferdinan, je te prie ?

—Là-bas, ma dame. » Il indiqua le feu dans la cuisine, où l'on faisait présentement bouillir de l'eau et mijoter des légumes.

Surmontant sa nausée, Belina se fraya un chemin à travers la cuisine animée et attendit que Ferdinan décroche l'un des chaudrons. « Excusez-moi, êtes-vous Ferdinan ? lui demanda-t-elle, avant de se présenter.

—Oui.

—Si vous avez quelques instants à m'accorder, je vous serais très redevable si vous pouviez me parler d'un pèlerin qui est arrivé hier, dont vous avez porté la besace et le bâton au dortoir des pèlerins.

—Pourquoi voulez-vous me parler de cela ?

—Parce que ce pèlerin est mort plus tard, cet après-midi-là, et qu'on m'a demandé d'investiguer concernant sa mort. »

Il hésita, tandis qu'autour d'eux les gens s'activaient et que les chaudrons sifflaient et bouillonnaient. Il faisait très chaud près du feu. Il finit par se décider, prit un chaudron et le porta à travers le réfectoire et dans la grande salle. Belina le suivit, soulagée de s'éloigner de la chaleur et des odeurs désagréables.

Ferdinan posa le chaudron dans un coin et ramena deux tabourets, ne s'asseyant qu'une fois qu'elle l'eut fait. « Le pèlerin avait l'air assez fatigué, commença-t-il, et je crois qu'il ne se sentait pas très bien.

—Ah oui ? l'encouragea Belina.

—N'allez pas croire que cela signifie qu'il était vraiment atteint de maladie. Beaucoup de pèlerins sont fatigués et ne se sentent pas bien lorsqu'ils arrivent ici.

—Je n'en doute pas.

—Ce qui était inhabituel chez lui, c'est à quel point il paraissait incertain, expliqua Ferdinan. Il ne semblait pas habitué à faire usage d'hospices.

—Que voulez-vous dire ?

—Il ne s'attendait pas à ce qu'on lui lave les pieds. Et même, il estimait que ses pieds n'avaient nul besoin d'être lavés. Mais tous les pèlerins ont besoin de se laver les pieds, Dame Lansac, je peux vous l'assurer. Tous sans exception. » Il se pinça le nez pour illustrer son propos.

« Et s'ils ont voyagé à cheval ? lui soumit Belina.

—Les riches pèlerins de cette espèce ne passent pas la nuit

dans un hospice. Ils s'arrêtent dans des maisons d'hospitalité spéciales, comme le manoir Senclar. On les y accueille – à un prix, bien entendu.

—Quel ordre de prix ? demanda Belina.

—Je ne sais pas exactement, répondit-il, mais j'ai entendu dire que le tarif pratiqué par Dame Jeanne Senclar est très élevé. On dit aussi qu'elle était hôtesse à l'hospice d'Aubrac, dans les montagnes, à vingt lieues au nord-est de Rodez, et que son père y était l'intendant en chef.

—Vous voulez dire qu'elle a appris l'hospitalité en tant que servante ? s'enquit Belina, stupéfaite.

—On peut exprimer la chose ainsi, convint-il, mais jamais elle n'admettrait une telle chose. Elle s'accorde bien trop d'importance pour cela. En tant qu'épouse d'un consul, de surcroît le fils d'une dame auguste et fortunée de Lectoure, elle ne se considère pas comme une servante.

—Non, en effet, acquiesca Belina.

—Regardez, quand on parle du loup, la voilà. » Ferdinan indiqua le portique d'entrée de l'hospice. Jeanne Senclar y pénétrait à grandes enjambées, accompagnée d'un palefrenier aux cheveux clairs, tandis que Jeannot et d'autres jeunes serviteurs se tenaient à l'écart et s'inclinaient. Le palefrenier tourna son regard en direction de Belina.

Elle déglutit et se demanda ce que Jeannot avait bien pu dire à Dame Senclar au sujet du pèlerin décédé.

Le « loup » passa devant Belina et la regarda sans la voir, comme si elle était un carreau transparent du manoir Senclar. Mais ensuite, elle se retourna et la foudroya du regard.

« Dame Lansac, j'ose espérer que vous ne faites pas perdre leur temps aux employés de l'hospice en bavardages oisifs et inutiles. » Belina la contempla bouche bée, incapable de lui répondre. « Ne devriez-vous pas être à l'échoppe de monseigneur l'évêque, en train de contribuer aux finances du diocèse ?

—Mon assistante s'en charge, bredouilla Belina.

—C'est un manquement à votre devoir, à mon sens, rétorqua Dame Senclar avec un sourire méprisant. Ou peut-être tentez-vous de nouer des liens d'amitié avec des pèlerins ? » Belina ne lui répondit pas. « Je suppose qu'il vous faut trouver d'autres hommes car votre mari est si souvent absent. Combien de temps cela fait-il que vous êtes mariée ?

—Trois ans.

—Qu'est-ce qui ne va pas dans votre mariage, alors ? l'interrogea Dame Jeanne.

—Rien.

—Il doit bien y avoir quelque chose. Un mari qui n'est jamais chez lui atteste d'une mauvaise épouse. Ou d'un mauvais mari. » Belina détourna le regard, gênée. Dame Jeanne insista avec acharnement, haussant la voix plus encore. « Mon mari a eu trois filles de sa première épouse, et je lui ai donné trois jeunes fils. Voilà la marque d'une union aboutie. »

Ferdinan décida d'intervenir. « Combien de frères et sœurs avez-vous, Dame Jeanne ?

—Cela ne vous regarde en rien, riposta-t-elle sèchement.

—Il est dit, poursuivit Ferdinan, que vous êtes fille unique de l'intendant en chef de l'hospice d'Aubrac. Cela signifie-t-il que le mariage de vos parents n'était pas réussi ? »

Jeanne Senclar tourna les talons sans mot dire et entra dans l'hospice. Belina prit la main de Ferdinan dans la sienne. « Merci, chuchota-t-elle.

—Il n'y a pas de quoi. Cette femme est une punaise, un vil scarabée. Il est agréable d'être important, mais il est plus important d'être agréable.

—Tout à fait », acquiesca Belina en souriant. Elle se tourna vers Jeannot, qui avait malheureusement écouté les remarques cruelles de Dame Jeanne de là où il se tenait.

« Jeannot, pourrais-tu aller me trouver le frère Pierre, je te prie ? Je dois lui parler de la mort de ce pèlerin.

—Veuillez m'excuser, Dame Lansac, dit Ferdinan, mais je dois me mettre à laver des pieds sales.

—Bien entendu. Je vous souhaite bon courage pour une telle tâche.

—Merci à vous. Mais il s'agit bien sûr d'une tâche sacrée, et le voyage entrepris par les pèlerins est sacré lui aussi. » Il marqua un temps de pause. « Du moins, j'aime à le penser. Cela rend l'office plus tolérable. »

Il souleva le chaudron et retourna au réfectoire. Belina se mit à observer le groupe de pèlerins las et poussiéreux qui entraient dans la cour. Ils décrochèrent leur gourde et s'évertuèrent à en extraire les dernières gouttes. Ils laissèrent tomber leur bâton au sol avec fracas et s'affaissèrent sur les bancs disposés dans la cour. Ils avaient l'air trop épuisés pour parcourir les quelques mètres qui les séparaient du réfectoire de l'hospice. Ou peut-être savaient-ils, Belina spécula-t-elle, que l'odeur y serait très désagréable et remettaient-ils à plus tard le moment où ils pourraient remplir leur gourde.

« Vous vouliez me voir, Dame Belina ? » Le frère Pierre interrompit sa réflexion.

« En effet, oui, répondit-elle en se levant et faisant la révérence. J'ai trouvé quelque chose dans la besace du pèlerin que je souhaiterais vous montrer. »

Il la mena jusqu'à son bureau et l'invita à s'asseoir. Il faisait frais dans la pièce, les herbes répandues sur le sol carrelé dégageaient une odeur douce et il n'y avait guère que deux mouches qui bourdonnaient ça et là. Son chien de compagnie ne se grattait pas, et souhaita la bienvenue à son maître en pressant doucement son museau contre lui.

« Comment se passe l'enquête ? lui demanda le frère Pierre. Messire Guillaume a-t-il découvert la cause du décès ?

—Non, pas encore, Belina répondit. Il m'a demandé de m'entretenir avec quelques-uns de vos employés et de vos résidents, pour voir s'ils se souviennent du pèlerin.

—Et s'en souviennent-ils ?

—Certains d'entre eux, oui. Il ne leur a pas paru être un véritable pèlerin.

—Malheureusement, Dame Belina, je dois bien avouer que les visiteurs qui s'arrêtent ici sur le chemin de Saint-Jacques, en Galice, ne sont pas tous d'authentiques pèlerins. Mais je pense qu'ils effectuent tous une sorte de pèlerinage de l'âme et que, malgré leurs pieds et membres endoloris, leur esprit s'en porte mieux.

—Est-il vrai que certains d'entre eux font le Chemin par pénitence ?

—Un moine ou prêtre dévoyé doit le faire de temps à autre, mais c'est très rare. Il est plus commun que des personnes ayant commis un crime – ou plusieurs – se rendent à Compostelle afin d'obtenir des indulgences pour leurs péchés. Mais bien entendu, nous ne demandons jamais à nos hôtes s'ils cherchent repentance, ni pourquoi. » Il se tut un instant avant de poursuivre. « Vous vouliez me montrer quelque chose, je crois. »

Elle tira de sa sacoche deux morceaux de tissu et les déplia avec soin sur son pupitre.

Il ramassa les deux petites sculptures et fronça les sourcils. « Celle-ci représente saint Roch, saint patron des pèlerins, avec sa blessure à la cuisse et son chien à ses côtés. Mais vous l'aviez déjà reconnu, j'imagine.

—Oui. »

Il tourna son regard vers la deuxième sculpture et la contempla d'un air contrarié. Elle semblait représenter un jeune garçon en train d'uriner. Le sommet de sa tête était taché d'un rouge sombre, comme l'était la petite statue de saint Roch. Le frère Pierre la reposa d'un geste brusque et examina à nouveau la tête du saint.

« Des pèlerins me montrent souvent les babioles et gravures qu'ils ont achetées sur le chemin de Compostelle ou sur celui du retour, Dame Belina. Je vois souvent des statues de saint Roch, et plus souvent encore des statues de saint Jacques. Parfois, je vois des statues de saint Pierre, ajouta-t-il en souriant, que vous leur avez vendues, je suppose. »

Belina lui rendit son sourire.

« Mais cette sculpture est fort singulière, plutôt malséante et n'évoque en rien la sainteté. » Il tourna la statue du jeune garçon, de manière à ce que nul d'entre eux ne puisse voir ce qu'il était en train de faire.

—Frère Pierre, Belina proféra d'un ton plus assuré que ce qu'elle ressentait, je vous serais redevable si vous – ou l'un de vos employés – pouviez montrer ces deux sculptures aux pèlerins qui reviennent de Compostelle, et leur demander s'ils ont croisé la route de celui à qui elles appartenaient. Et le cas échéant, leur demander de vous parler de la personne en question. Cela serait d'une aide considérable à l'investigation de mon mari. »

Il saisit à nouveau la sculpture de saint Roch. « C'est une bonne idée, mais les figurines de saint Roch sont assez courantes, vous savez.

—C'est pour cela que je vous demande de montrer cette autre sculpture aussi, frère Pierre.

—Je comprends, mais je ne le ferai pas. Cet hospice est une maison du Seigneur, et cette sculpture est vulgaire. » Il la plaça près d'elle.

« Même s'il s'agit d'un jeune garçon ? lui demanda Belina.

—*Surtout* parce qu'il s'agit d'un jeune garçon. » Il se leva et se dirigea vers la porte, la petite statue de saint Roch à la main. Belina enveloppa la figurine offensante dans son morceau de tissu et la rangea dans sa sacoche.

« Je vous remercie de votre aide, frère Pierre. Dès que cela me sera possible, je vous dirai quand le pèlerin pourra être enseveli. » Elle fit la révérence et le suivit dans la cour.

« *Adishatz.* »

CHAPITRE HUIT

Sur le chemin du retour, Belina passa des paysans qui avançaient péniblement le long de la rue Barthélemy et faisaient la file pour quitter Condom à travers la porte Pradau. Elle prit à gauche en direction de la porte Sainte-Claire pour demander à boire au garde-barrière. L'air fétide des cuisines de l'hospice lui avait donné mal à la gorge. Tout autour d'elle, la colère transpirait des conversations au sujet de Rocca et Loupmont. Belina entendit des bribes d'échanges concernant voisins et parents qui avaient subi – et continuaient à subir – les amendes et taxes impitoyables de Rocca, concernant le fait qu'il persécutait les fermiers dont les récoltes avaient été détruites par les orages, et dont la subsistance avait déjà été mise en danger par deux hivers rudes, où la plupart de leurs semences avaient été réduites en bouillie.

« Il est de Paris. Il ne connaît rien à la terre. Peu lui importe d'où lui vient sa nourriture. C'est un citadin. Et il hait les chevaux. Ils lui font peur, à mon avis. »

Elle traversa l'ancien fossé de la ville, recouvert d'herbe aujourd'hui, prenant soin d'éviter les excréments laissés par les chèvres et les moutons, puis elle remonta la rue des Boucheries, sentant la fatigue la gagner. Plus elle approcha de la cathédrale, plus elle entendit de menaces murmurées à l'encontre du Parisien. On espérait qu'il mourrait écrasé sous les gerbes de blé qu'il prétendait siennes, ou par le poids des pièces qu'il exigeait qu'on lui paie en amendes pour les arriérés de loyer et autres factures impayées.

Belina pensait sans cesse à Henri Tudor, le mystérieux comte anglais établi en Bretagne qui recevait tant d'argent des Gascons, et dont la mère projetait apparemment de faire assassiner les princes dans la Tour. De quel droit Rocca envoyait-il tant d'argent gascon au comte anglais ? Elle savait que certains des propriétaires terriens et marchands de Condom étaient quelque peu malhonnêtes et cupides. Dame Senclar était d'ailleurs connue pour son avarice et sa sévérité envers ceux dont le loyer avait du retard. Mais elle apparaissait douce et généreuse par rapport à Rocca, toute harpie qu'elle fût. Belina n'était pas non plus certaine que Jordi ait fait preuve d'une honnêteté absolue en déterminant le poids du grain et de la farine. Pour un homme comme lui dont la famille se faisait plus nombreuse, peut-être la tentation avait-elle été trop forte. Elle espérait que non. Leur belle-mère veuve, qui n'avait aucune affection pour eux, ne les aidait pas ; elle se contentait de vivre de l'héritage qui lui avait été légué dans le testament de leur père. Jordi et Belina nourrissaient des soupçons concernant ce document, qui avait été rédigé par le cousin de leur belle-mère, notaire à Montréal. La conséquence était que le moulin manquait de fonds, et il avait été difficile de ne pas prendre de retard sur le loyer.

Catalina Moulié avait tout d'un bon parti, offrant certaines garanties, pour un meunier comme Jordi, car elle était issue d'une lignée de métayers. Mais la ferme de sa famille, située en amont de Condom, avait subi deux graves inondations, et beaucoup de ses récoltes avaient été dévastées. L'abbé de Flaran, propriétaire de leurs terres, avait gracieusement annulé leur loyer lors des deux dernières années, mais il avait annoncé à tous ses métayers qu'à partir de la Saint-Martin, les loyers devraient être à nouveaux payés, et ce quelle que soit la situation dans les champs et les vignes. Le 11 novembre n'était plus très loin. Belina se demanda si l'abbé avait été obligé à envoyer de l'argent à ce comte étranger cupide, lui aussi. Il lui fallait poser la question à Guillaume. Il le saurait.

Belina ouvrit la porte menant à la résidence des employés de la cathédrale. Elle entra dans la cour et fit un signe de la main à Sir John et son valet, qui se reposaient à l'ombre. Elle gravit l'escalier raide qui menait à son logis et déverrouilla la lourde porte d'entrée, se demandant pourquoi Guillaume avait fait mettre une porte si massive. Ses longs rapports ? Ses mystérieux déplacements au nom de l'évêque ? Le secret de sa véritable nationalité ? Son rôle dans les projets de reconquête de la Gascogne du roi d'Angleterre, Édouard ? Des projets dont elle supposait que le nouveau roi, Richard, se servirait aussi.

Elle était trop fatiguée pour élucider la question. Elle se contenta de porter à l'intérieur les deux seaux d'eau en bois que le portier de la résidence avait posés à côté de sa porte, puis elle se déshabilla et se lava à la hâte, utilisant très peu d'eau. Elle suspendit sa tunique au crochet près du coffre, enfila sa robe de maison et défit ses longs cheveux noirs. Perdue dans ses pensées, elle mit un moment à réaliser qu'on frappait à sa porte.

« Qui est là ? appela-t-elle.

—C'est Alain, Dame Belina. Sir John vous attend pour sa partie d'échecs. »

Elle avait complètement oublié le rappel de Guillaume au sujet de sa partie habituelle du dimanche avec leur voisin anglais, Sir John Keyham.

« Mes excuses, Alain, répondit-elle à travers la porte. Dites-lui que je descends dans un instant, je vous prie. »

Elle attacha à nouveau ses cheveux et remit son fichu, caressa le chat, déverrouilla la porte et descendit jusqu'au coin de la cour où Sir John se trouvait, assis dans son fauteuil préféré, en train de disposer les pièces du jeu d'échecs. Il lui adressa un sourire sans mot dire.

Belina posa une main légère sur son bras gauche. « Je suis

vraiment désolée, Sir John. J'étais si occupée que j'ai oublié que le soleil était déjà derrière la rivière. »

Il la contempla avec tristesse.

« Peut-être Dame Belina se reposait-elle, Sir John, suggéra son valet.

—Oh non, pas du tout », répliqua-t-elle plus sèchement qu'elle avait eu l'intention de le faire.

Sir John sourit à nouveau et avança son pion Roi de deux cases. Alain s'éclipsa et Belina se concentra sur la partie, en espérant que Sir John lui pardonnerait sa performance médiocre cet après-midi. Peut-être l'attribuerait-il au temps chaud et orageux, mais il était toujours difficile de connaître le fond de ses pensées car il ne pouvait parler.

Le moment venu, sa reine renversa le roi de Belina. « Aaahh, laissa-t-il échapper, satisfait.

—Je suis désolée d'avoir été une piètre adversaire », s'excusa Belina.

Sir John forma un « G » avec sa main gauche.

« Guillaume ? devina-t-elle.

—Aaahh.

—Il est en déplacement pour l'évêque », expliqua-t-elle à voix basse. Sir John ne pouvait trahir les secrets de Guillaume, mais elle ne savait pas qui d'autre pouvait l'entendre. Sept personnes vivaient dans la résidence, sans compter les serviteurs et les palefreniers. La discrétion n'était jamais chose aisée.

Sir John appela Alain et mima l'acte de boire. Ils burent une coupe d'hypocras et grignotèrent de petits gâteaux au miel tandis que les ombres s'étiraient dans la cour.

Belina dit au revoir à Sir John et traversa la cour en direction de l'escalier. Elle fut surprise de voir que quelqu'un le descendait. L'étranger la salua en s'inclinant, puis sourit en la regardant droit dans les yeux. Derrière lui se trouvait le si méprisé Rocca, pâle et efflanqué. Il n'y eut pas de sourire de sa part. Tout le monde savait à la cathédrale que Rocca n'aimait pas les femmes – au contraire de Loupmont, son assistant douteux et embesogné. Belina se demandait si elle était responsable d'une manière ou d'une autre du fait que ce dernier ait accusé son frère d'être malhonnête. Elle faisait tout pour éviter Loupmont et son sourire narquois insolent depuis le mois de mars, depuis qu'il vivait lui aussi dans la résidence. Certains des employés de la cathédrale affirmaient que Loupmont détestait lui aussi Rocca, et qu'il attendait son heure pour prendre sa place. D'autres rapportaient que Loupmont éprouvait du ressentiment en raison du degré d'instruction plus élevé de Rocca. Dans la rue et dans les auberges fusaient des accusations plus salaces concernant les deux hommes.

Elle eut du mal à croiser l'étranger car il ne s'écarta pas pour lui permettre de passer sans que leurs vêtements se touchent. Elle était si proche de lui qu'elle sentait l'essence de romarin sur son visage. Rocca, en revanche, pressa son corps malingre contre la rembarde et détourna le regard. Elle traversa le couloir en hâte et regagna son logis.

Minette l'attendait et se rendit directement auprès de son bol vide, près de l'évier. Belina renifla la cruche de lait de brebis et fit la moue. Le lait avait tourné, bien qu'elle l'eût placé dans le grand pot refroidisseur (dont elle se servait en hiver pour conserver le canard). Elle versa quelques gouttes dans l'espoir de tenter Minette, mais n'obtint en réponse qu'un miaulement indigné, même si la chatte fit montre de plus d'enthousiasme pour laper l'eau fraîche provenant du seau recouvert.

Belina était très consciente du fait qu'hormis les deux gâteaux au miel que Sir John lui avait offerts, elle n'avait rien mangé depuis ce matin. Mais il faisait trop chaud et elle était bien trop fatiguée pour faire la cuisine. Elle laissa échapper un soupir maussade en pensant au repas du dimanche qu'ils avaient été censés partager à l'auberge du pont Barlet, que Guillaume avait annulé pour la deuxième fois. Elle termina ce qui restait du fromage, ainsi qu'une grande partie de la miche de pain que son frère lui avait donnée, tournant ses pensées vers le pèlerin et sa mort mystérieuse. L'excellente qualité du pain la revigora et elle résolut de faire l'inventaire de ce qu'elle savait déjà et de ce qu'il lui fallait découvrir.

Elle passa en revue les points importants. Premièrement, les doutes concernant le fait que le cadavre appartenait à un véritable pèlerin de retour de Compostelle ; deuxièmement, la quantité mirobolante de pièces qu'il transportait en secret ; troisièmement, comment et quand il aurait pu être empoisonné étant donné qu'il n'avait pas pris le repas offert à l'hospice ; quatrièmement, pourquoi il n'avait pas rempli sa gourde à son arrivée à l'hospice alors qu'elle était vide ; et enfin, l'assortiment inexpliqué des affaires qui se trouvaient dans sa besace. Le premier article de sa liste de choses à faire était d'interroger le garde en poste au pont Barlet au sujet des pèlerins qui étaient entrés à Condom de la rive occidentale, et ensuite les employés de la cathédrale concernant ce que le pèlerin y avait fait, car vraisemblablement il s'y était rendu à son arrivée en ville pour rendre grâce à Dieu d'être arrivé sain et sauf, et pour y acquérir ses indulgences. Elle se demanda quels crimes il avait pu commettre exigeant de lui qu'il se rende et revienne de Compostelle à pied. Elle se demanda également où son pèlerinage – si c'était bien de cela qu'il s'agissait – avait débuté.

Belina examina à nouveau le contenu de la besace, afin de former dans son esprit une image plus précise de son propriétaire. La besace elle-même était d'assez bonne facture, mais crasseuse et usée. Elle sentait le fruit moisi. Belina la vida des objets qu'elle contenait, parmi lesquels une aiguille, du fil et des ciseaux, ainsi que quelques petites pièces qu'elle posa sur un côté de la table. Au fond de la besace se trouvaient des miettes et quelques morceaux de fromage. Elle huma les miettes et les tria. Certaines d'entre elles n'étaient pas des miettes de pain gascon à base de blé. Il s'agissait sans doute de pain de seigle, provenant donc d'une région de hautes terres. Les plus grosses miettes provenaient d'un gâteau, mais leur couleur était étrange et l'odeur légèrement salée. Quelques-unes des miettes étaient presque blanches. Peut-être s'agissait-il aussi de miettes de gâteau ? Elle songea à avaler quelques miettes, mais Minette l'interrompit en miaulant pour sortir. Belina lui ouvrit la porte.

Belina oublia les miettes et tourna son attention vers la chemise qui avait été placée dessus en boule. Au vu des taches qui la maculaient, le pèlerin l'avait portée à l'envers autant de semaines qu'à l'endroit. Elle empestait la sueur rance. Belina grimaça et examina la chemise que portait le pèlerin le jour de sa mort. Son aspect et son odeur étaient également abjects, mais c'était dû au poison, et non au fait d'avoir été portée. Elle jugea que le pèlerin ne l'avait portée que quelques jours. Elle toucha un endroit propre et sentit sous ses doigts une protubérance dans la couture de la manche. Elle défit la couture, ce qui ne lui fut pas facile car la nuit tombait, et finit par en sortir un petit morceau d'étoffe qui recelait un insigne en argent. Belina le scruta aussi attentivement que possible dans la lumière déclinante. Il tranchait avec les vêtements miteux et très ordinaires, dégageait l'impression d'un travail de grande qualité. Elle le plaça dans sa boîte à bijoux, à côté de la médaille qu'elle avait reçue vingt-deux ans plus tôt, à l'occasion de son baptême. Puis elle changea d'avis et dissimula l'insigne et son enveloppe de soie sous son fichu du dimanche.

Belina passa ses doigts le long de la couture de l'autre manche et sentit une bosse légèrement plus petite, mais il faisait maintenant trop sombre pour défaire la couture. Elle plia la chemise de manière à ce que la petite bosse se trouve sur le dessus, puis la plaça dans le coffre de Guillaume. Elle sortit et verrouilla la porte derrière elle, bien qu'elle ne compte s'absenter que quelques minutes pour se rendre aux latrines communes. En s'y rendant juste avant qu'il ne fasse complètement noir, elle espérait éviter de croiser l'un de ses voisins.

Lorsqu'elle revint chez elle, la chatte était devant la porte, en train de la gratter. Ils entrèrent ensemble. Belina ferma les verrous du haut et du bas, puis tourna la lourde clé dans la serrure. Minette dormit mieux qu'elle, cette nuit-là. D'étranges et terrifiants cauchemars de cadavres troublèrent son sommeil toute la nuit, la réveillant à de nombreuses reprises.

CHAPITRE NEUF

Il faisait plus clair et plus frais ce matin, et Belina aurait aimé que cela se reflète dans son état d'esprit. Elle se lava les mains et la figure, puis enfila sa tunique. Elle mit ses chaussures et son fichu et se rendit chez le volailler, place du Lion d'Or, car il lui fallait acheter des œufs. En revenant, elle acheta également du fromage, fit remplir sa cruche de lait et se procura des fruits frais. Elle monta les marches avec précaution, en faisant attention à la cruche de lait. Elle était si concentrée sur le fait de ne pas en renverser qu'elle ne vit pas que quelqu'un descendait l'escalier.

« Oh ! » Elle s'efforça de rester debout et garder la cruche droite, tout en tenant les œufs, le fromage et les fruits. Mais une poire lui échappa des mains et roula en bas des marches.

Une voix très près d'elle lui dit : « Ne bougez pas, Dame Lansac, je vais vous chercher votre poire. »

C'était l'inconnu qui accompagnait Rocca l'après-midi précédent. Il passa à côté d'elle, récupéra la poire et lui prit délicatement les œufs, le fromage et les autres fruits, avant de remonter l'escalier.

« Quelle est votre porte ? » lui demanda-t-il. Sa voix était très agréable, musicale et marquée d'un léger accent qu'elle n'arrivait pas à identifier.

« Au bout du couloir », répondit-elle sans réfléchir. Ils s'y rendirent.

Elle se demanda ce qu'elle devait faire. S'introduirait-il chez elle, et aurait-elle du mal à l'en faire sortir ? Elle avait eu ce problème avec Loupmont à deux reprises déjà. Remarquerait-il la porte renforcée et la lourde clé ? Pire encore, se rendrait-il compte que son mari était absent ?

Elle posa la cruche au sol et se rendit à l'extrémité du couloir, où elle s'appuya contre la balustrade et scruta la cour en contrebas. « Logez-vous avec Messire Rocca ? » lui demanda-t-elle. Il s'approcha très près d'elle et la regarda longuement de haut en bas, son regard braqué d'abord sur son fichu et terminant à ses pieds.

Belina s'était habituée à ce type de lorgnade lorsqu'elle vivait au moulin. La réputation des femmes et filles de meuniers l'avait rompue aux regards insolents. Elle réitéra sa question.

« Oui, je suis arrivé de Paris vendredi dernier. Je réside à Paris », expliqua-t-il en bombant le torse. Mais rencontrer un Parisien n'avait rien d'excitant pour Belina. Nombre d'entre eux avaient fréquenté l'échoppe – ils parlaient fort et tentaient de passer devant les autres clients qui faisaient la queue pour payer. En ce qui la concernait, ce n'étaient que des étrangers, et qui plus est, des étrangers mal élevés.

« Mais êtes-vous parisien ? voulut-elle savoir.

—Qu'est-ce qui vous en fait douter ? s'enquit-il à son tour, lui adressant un sourire et posant sa main sur son bras.

—Vous ne parlez pas assez vite pour un Parisien », rétorqua-t-elle sans le regarder.

Il éclata de rire. « Vous avez vu juste, Dame Lansac. Je suis flamand, de Bruges. »

Belina se souvint que quelqu'un lui avait parlé des Flamands récemment. Elle fronça les sourcils et tenta de se rappeler qui avait fait allusion à eux – et où, et pourquoi.

« Beaucoup de Flamands viennent-ils à Condom ? demanda-t-il, interrompant ses pensées.

—Je l'ignore. Nous demandons aux gens où leur pèlerinage a débuté, pas leur nationalité. »

Belina ramassa la cruche de lait et lui reprit les œufs et les fruits. Elle se tourna vers sa porte. « *Adischatz* », dit-elle dans l'espoir de le congédier. Elle espérait qu'il saisirait l'allusion.

Par chance, son voisin le chef de chœur surgit de chez lui à ce moment-là et s'adressa à elle : « Le nouveau chant vous a-t-il plu, hier ?

—Il n'était pas si nouveau, répliqua-t-elle, je vous ai entendu le répéter tout le mois durant.

—J'espère que je ne vous ai pas dérangée, Dame Belina, lui dit-il avec son habituelle douceur.

—Non, non, pas du tout.

—Il ne m'est pas agréable de penser que ma musique puisse déranger votre mari, voyez-vous, ajouta-t-il.

—D'ordinaire, ce n'est pas le cas. Il travaille en ce moment sur un long rapport pour Monseigneur l'évêque. » Belina espéra qu'aucun des deux hommes ne percevrait son mensonge. « Il est si occupé qu'il n'a même pas attendu que j'aille chercher des œufs pour le petit déjeuner. » Elle se demanda où Guillaume en était de son voyage à Bordeaux à cet instant précis.

L'inconnu n'avait pas bougé d'un pouce et la dévisageait. Il adressa un grand sourire à Belina tandis qu'elle l'examinait. Elle ne pouvait que reconnaître, bien malgré elle, qu'il était d'aspect plaisant : de taille moyenne et bien bâti ; des cheveux noirs bouclés, qu'il portait assez longs ; des yeux sombres aux paupières lourdes, surmontés de sourcils qui se rejoignaient presque ; un menton prononcé à fossette et des lèvres charnues. Il était très élégamment vêtu d'un pourpoint vert foncé assez court, doté d'un collet raidi soigné et d'une belle ceinture en cuir. Sa culotte et son chapeau étaient de couleur brun-roux. Il se tenait si près d'elle qu'elle sentait l'odeur de l'essence de romarin sur son visage. Elle se demanda si son apparence était caractéristique de celle des hommes en Flandre. Elle était assurément très différente de celle de Guillaume.

En proie à un vague sentiment de culpabilité, elle tourna son attention vers le chef de chœur âgé. « Frère Charles, le pria-t-elle, pourriez-vous m'aider un instant avec mes emplettes ? »

Elle plaça les œufs, le fromage et les fruits dans ses bras avant que l'inconnu flamand ne puisse s'en emparer à nouveau, posa la cruche et tira la clé de son logis de sa ceinture. Ses mains tremblaient tandis qu'elle déverrouillait la porte. La vue du chef de chœur n'était pas très bonne, mais l'autre homme l'avait peut-être remarqué. Elle retira la clé, ramassa la cruche et fit entrer le frère Charles, à sa grande surprise.

« Où est Messire Guillaume ? s'enquit-il en regardant autour de lui d'un air anxieux.

—Dans l'autre pièce, avec tous ses documents. » Elle posa la cruche sur la table et lui prit des mains les œufs, le fromage et les fruits. « Merci beaucoup, frère Charles. Ce nouvel arrivant me rend nerveuse.

—Mais pourquoi donc, Dame Belina ?

—J'ai eu l'impression qu'il voulait s'introduire ici.

—Messire Guillaume n'aurait pas apprécié telle interruption, fit-il remarquer.

—Non, il a horreur d'être interrompu dans son travail. Pas même la chatte n'a le droit de le faire. » Elle adressa un sourire à son voisin bienveillant. « J'espère que je ne vous ai pas fait prendre de retard.

—Pas vraiment, non. Mais il me faut me hâter, maintenant. » Il s'esquiva et elle verrouilla immédiatement la porte derrière lui.

Belina versa un peu de lait dans le bol de Minette et coupa une tranche de pain de la miche que son frère lui avait donnée le jour précédent. Son regard se bloqua sur le morceau de pain tandis qu'elle tentait de se souvenir pourquoi, à cet instant, le pain avait tant d'importance à ses yeux.

Mais ce fut la deuxième protubérance dans la couture de la manche du pèlerin dont elle se souvint. Elle défit la couture avec soin et en retira un morceau de soie, à l'intérieur duquel se trouvait un médaillon en or. L'objet était si beau qu'elle en eut le souffle coupé. Il était bien plus finement ouvragé que ceux qui étaient vendus à l'échoppe de la cathédrale. Elle décida de le montrer à Messire Benasse, l'orfèvre qui lui avait appris à façonner des objets en métal pour l'échoppe.

Belina remit le médaillon dans son enveloppe de soie, qu'elle entoura d'un morceau de tissu épais, avant de placer le tout dans sa bourse. Elle y ajouta l'insigne en argent qu'elle avait trouvé le soir précédent, puis elle accrocha la bourse à sa ceinture et descendit à l'échoppe, où elle informa Quiteira qu'elle se rendait chez l'apothicaire.

Quiteira fit la moue et continua à disposer les éventaires de gravures et de babioles. Des clés factices de tailles diverses reflétaient les rayons du soleil. Elle plaça l'étal de médaillons en étain de saint Pierre muni de clés plus loin de la rue, pour dissuader tout chapardeur. L'imposante statue de saint Pierre assis trônait au sein des marchandises de l'échoppe, hors de portée des passants.

Belina surveillait les grappes de gens qui marchaient dans la rue, au cas où quelqu'un tente de voler quelque chose, mais tout le monde semblait se diriger vers la cathédrale, tête basse. Belina vit que la plupart d'entre eux pleuraient. La cloche de la cathédrale se mit à sonner. D'autres obsèques, peut-être ? Elle se joignit à la foule.

Il y avait déjà beaucoup de monde au cimetière, derrière la cathédrale, et elle apercevait à peine la charrette qui acheminait le corps enveloppé dans un linceul. Belina se signa. « Paix à son âme, que le Seigneur le délivre du Purgatoire », murmura-t-elle en observant les proches du défunt se rendre, inconsolables, à la nouvelle tombe creusée à l'intérieur des murs du cimetière.

« Qui est décédé ? demanda-t-elle à l'un de ceux qui pleuraient, plaçant son bras sur ses épaules.

—Mon voisin, Jehan Duffour, le pâtissier. Il a mis fin à ses jours samedi, car il était à bout après que Rocca eut ordonné son expulsion. Il était déjà très abattu après la mort de son fils nouveau-né la semaine dernière, et sa femme était trop souffrante pour lui prêter main-forte à l'échoppe. Leurs dettes sont si lourdes.

—Rocca était-il au fait de tout cela ? voulut savoir Belina.

—Peut-être, peut-être pas. Cela ne change rien, maintenant que Jehan est mort. Rocca saisira son échoppe plus tôt qu'il ne l'avait escompté. L'emplacement est bon et il en tirera un loyer plus élevé. Et Loupmont aura droit à une prime de la part de Rocca pour s'être débarrassé de Jehan et de sa famille. »

Tristement, cela ressemblait fort à ce qui était arrivé au cordonnier et sa famille le mois précédent, dans la même rue. Rocca lui avait « volé » son atelier et sa demeure, prétextant un travail de mauvaise facture, alors que tout le monde savait le cordonnier habile et consciencieux. Ses difficultés étaient dues au fait qu'il avait trop d'enfants à nourrir et vêtir. Il était devenu trop pauvre et désespéré pour préparer le cuir comme il le fallait.

Belina se demanda si sa vue s'était détériorée. Les aptitudes et les forces des gens s'amoindrissaient car ils mangeaient moins. Les maçons qui réparaient la cathédrale travaillaient plus lentement que le maître d'œuvre ne l'avait prévu, et Rocca les avait tous mis à l'amende pour ce retard.

« C'est un voleur », dit une voix derrière elle.

Belina se retourna vivement. Comment cette personne avait-elle deviné ses pensées ? C'était la couturière qui réparait les chasubles à la cathédrale. « Qui est un voleur ? lui demanda Belina, scrutant son visage ridé et ses yeux las.

—Cet étranger, Rocca. Tous les Parisiens sont des voleurs. Ils parlent si vite que je n'arrive pas à les comprendre. Ils sont odieux, avec leurs manières outrecuidantes. Rocca a tué le meilleur pâtissier de Condom.

—Il s'est donné la mort, fit remarquer Belina.

—Non, Dame Lansac. C'est à cause du cruel Rocca qu'il est mort. Nous affirmons qu'il est mort d'un arrêt du cœur, afin qu'il puisse bénéficier d'obsèques honorables et qu'il puisse être mis en terre au cimetière. »

Belina comprit la logique de cet argument. « Où vivra sa veuve, désormais ? s'enquit-elle.

—On dit qu'elle compte se rendre à l'hospice Pradau et y travailler dans les cuisines.

—Mais leurs employés de cuisine sont déjà bien trop nombreux », répliqua Belina, consciente du fait que le frère Pierre s'efforçait de trouver un travail aux personnes mal loties lorsqu'il le pouvait. Cela n'aidait pas l'hospice à être rentable, mais sa bonté avait plus d'importance que les finances de l'institution. Du moins, Belina espérait que Dieu voyait les choses ainsi. À quoi bon la rentabilité si tous devaient en souffrir ?

« Une personne méritante de plus ne nuira pas à l'hospice, la couturière affirma, interrompant à nouveau la réflexion de Belina.

—Non, mais peut-être la cathédrale pourrait-elle employer la veuve du pâtissier, suggéra-t-elle.

—L'intendant l'aurait embauchée l'an dernier, mais Rocca refuse d'engager de nouveaux employés. Nous devons tous travailler plus dur, et plus longtemps. » Elle laissa échapper un soupir. « Et on nous a déplacées dans un local sombre où nous sommes à l'étroit, pour que son nouveau chef comptable venu de Paris puisse disposer de notre atelier de couture spacieux et bien éclairé. Rocca prétend qu'il a besoin de la lumière pour mieux étudier les comptes.

—Je ne comprends pas cela du tout, déclara Belina. Comment arrivez-vous à coudre dans une pièce obscure ?

—Je n'y arrive pas.

—Mais que pouvez-vous faire ? » lui demanda Belina.

La couturière jeta un regard autour d'elle. Personne ne se tenait très près, et elle chuchota à l'oreille de Belina : « Mon mari veut tuer Rocca. Quelques-uns de ses copains et lui vont lui tendre un guet-apens dans une ruelle sombre et le battre à mort. Ou presque à mort. »

Belina la dévisagea, bouche bée. « Mais il s'agirait là d'un meurtre.

—Pas s'il n'était pas tout à fait mort. »

Belina était stupéfaite. La couturière était une femme douce d'âge mur, soigneuse et habile. Elle devait être aux abois. Mais pourquoi donc ? « Vous pourriez exiger que l'on vous mette à disposition un atelier plus convenable, suggéra-t-elle.

—Je l'ai déjà essayé.

—Eh bien, essayez à nouveau. Pourquoi n'iriez-vous pas toutes voir l'intendant après la messe, pour lui soumettre votre requête ?

—Jamais nous n'oserions faire une telle chose.

—Mais ce serait bien moins dangereux que de faire assassiner Rocca, Belina argumenta.

—Pas assassiné, Dame Lansac. Juste roué de coups et laissé pour mort.

—Et s'il venait à mourir de ses blessures, il s'agirait alors d'un meurtre.

—Personne ne le saurait.

—Pourquoi cela ?

—Parce qu'ils le jetteraient par-dessus un mur. Sur un chantier de construction, par exemple. Mon mari et ses copains sont maçons. Ça leur serait facile. »

Loin d'être convaincue, Belina décida néanmoins de ne rien dire de plus. Si Guillaume avait été là, elle aurait pu lui demander conseil. Elle posa délicatement la main sur le bras de la couturière et prit congé, la laissant au cœur du cimetière, tandis que les proches du défunt passaient d'un pas lourd à côté d'elle en pleurant.

Belina n'attendit pas de voir les porteurs du poêle soulever le corps dans son linceul de la charrette, puis le porter jusqu'à la tombe. Les funérailles lui rappelaient toujours la détresse à la mort de sa mère. À certains égards, elle ne s'en était jamais vraiment remise, et l'arrivée de la jeune belle-mère un an plus tard l'avait grandement contrariée.

Elle s'approcha du mur du cimetière, n'écoutant qu'à moitié les remarques furieuses qui fusaient autour d'elle, tenant Rocca et Loupmont responsables d'une mort de plus dans la ville. Quelqu'un mit son bras autour de ses épaules, et elle supposa qu'il s'agissait d'une personne qui lui était proche, qui savait à quel point les obsèques l'affectaient et souhaitait lui apporter réconfort.

Elle se retourna et se retrouva nez à nez avec l'ami flamand de Rocca. Elle eut un pas de recul instinctif, qui la fit heurter quelqu'un qui pleurait le défunt.

« Tout le monde semble bouleversé, observa la Flamand. Qui est le mort ?

—Le pâtissier que Rocca a expulsé car il n'avait pu payer son loyer.

—Quelle est la cause du décès ? »

Belina hésita un instant avant d'expliquer que les gens pensaient qu'il avait subi un arrêt du cœur.

« Peut-être a-t-il été empoisonné par l'une de ses tartes avariées ? suggéra le Flamand.

—Certainement pas, rétorqua-t-elle. C'était un excellent pâtissier.

—Quand bien même, par cette chaleur ses tartes auraient pu se gâter, insista-t-il.

—Sottises. Il ne fait pas particulièrement chaud, aujourd'hui. C'est une journée d'été typique pour la Gascogne.

—Peut-être négligeait-il la salubrité de ses conditions, s'il était devenu si pauvre, poursuivit le Flamand. Peut-être était-ce une de ses tartes avariées qui a empoisonné ce pèlerin mort ?

—Quel pèlerin mort ? lâcha-t-elle sèchement.

—Celui au sujet duquel vous menez enquête, riposta-t-il.

—Je ne vois pas de quoi vous parlez.

—Mais si, vous le voyez très bien. Six personnes différentes m'ont déjà dit que vous enquêtiez en personne concernant la mort d'un pèlerin à l'hospice Pradau. » Belina ne dit rien. Comment tant de gens pouvaient-ils le savoir, si rapidement ? « Dame Lansac, continua-t-il. Je suis investigateur. Je peux vous aider. Je mets mes compétences à votre service. » Elle garda une fois de plus le silence. « J'attends l'arrivée d'un collègue de Lleida, et il me faut rester quelques jours à Condom. Je peux facilement vous aider. Je pense d'ailleurs que vous avez besoin de mon aide.

—Messire, répondit-elle, c'est mon mari qui mène cette enquête, et non moi. Il est rapporteur au service de l'évêque et son expérience dans ce domaine est considérable.

—C'est pourtant vous qui vous êtes rendue à l'hospice hier pour y interroger tout le monde, rétorqua-t-il.

—Les gens me parlent plus librement qu'à mon mari, expliqua-t-elle.

—Surtout lorsque le mari s'est absenté, bien évidemment. » Il lui sourit, la dévisageant de ses grands yeux sombres et se rapprochant d'elle.

Elle eut un mouvement de recul et déclara qu'il lui fallait retourner à l'échoppe.

Quiteira pensait que Belina s'était déjà rendue chez l'apothicaire, et devint revêche lorsqu'elle apprit qu'elle allait à nouveau devoir s'occuper seule de l'échoppe de la cathédrale.

« Beaucoup de pèlerins sont passés ici pendant ton absence, maugréa-t-elle en posant bruyamment trois pots de baume pour les pieds sur le comptoir. Si tu avais été là, nous aurions pu vendre bien plus de choses.

—Mes excuses, Quiteira. Je me rendais chez l'apothicaire, mais un enterrement m'a fait prendre du retard.

—Encore des obsèques. Qui était-ce ?

—Jehan Duffour, le pâtissier de la rue Jean-Baptiste, paix à son âme. »

Elles se signèrent toutes les deux.

« La pâtisserie des frères Castanéa sise rue Cadéot aura plus de clients, Quiteira déclara.

—Le malheur des uns fait le bonheur des autres, fit remarquer Belina.

—Cela ne fera pas le bonheur des frères Castanéa, répliqua Quiteira. Loupmont les a déjà obligés à céder leur commerce à Rocca, menaçant de les dénoncer pour avoir enfreint le couvre-feu le mois dernier en cas de refus.

—Voilà qui était vraiment idiot de leur part, lâcha Belina.

—Oui, bien entendu. Ils étaient à un combat de coqs et ils se sont saoulés avec leurs gains.

—Payer une amende leur aurait coûté moins cher que de céder leur échoppe, Belina argua.

—Loupmont leur a dit que s'ils refusaient de la céder, ils seraient emprisonnés cinq ans et on leur couperait la main droite. »

Belina laissa échapper un cri de surprise. « Et ils l'ont cru ? Cela fait des lustres que l'amputation est interdite.

—Bien sûr qu'ils l'ont cru. Loupmont a intimidé Jiroma Corrent à la Bouquerie de la même manière au mois de juillet dernier. Un bon apprenti boucher, ce garçon. Mais il avait la langue trop pendue pour les oreilles délicates de Loupmont. »

Belina se demanda si la famille Corrent projetait elle aussi de coincer Rocca – ou Loupmont – dans une ruelle et de lui infliger une mort violente. Mais à voix haute, elle se contenta de répéter qu'on ne mutilait plus les gens pour un vol.

CHAPITRE DIX

Belina descendit la rue des Argentiers et s'arrêta vers le milieu, chez l'orfèvre. Il fut à la fois surpris et ravi de la voir. « Bonjour, ma chère Belina, entrez donc. Quel plaisir de vous voir. »

Elle tira la révérence. « Comment allez-vous aujourd'hui, Messire Benasse ?

—Plutôt bien. Grâce à mes nouvelles bésicles, j'oublie mes maux et douleurs. Elles me donnent le sentiment d'avoir dix ans de moins.

—J'espère que vos nouvelles bésicles vous aideront à identifier deux médaillons pour moi », lui dit-elle en souriant. Elle lui montra ce qu'elle avait trouvé dans la chemise du pèlerin.

Il fut particulièrement admiratif du médaillon en or. « Très belle pièce, très belle, vraiment très belle. » Il le retourna encore et encore entre ses mains gantées. « De facture bourguignonne, peut-être, ou de Lorraine. » Il l'examina à nouveau. « Ou peut-être d'Italie. »

Le médaillon en argent suscita moins d'enthousiasme. L'image d'une sainte était gravée d'un côté. De l'autre, des armoiries avec en-dessous les lettres « E », « L » et « Y ». Ils se demandèrent ce que signifiaient les lettres.

« Puis-je vous demander comment vous êtes entrée en possession de ces objets ? »

Belina lui parla de l'enquête qu'elle menait en l'absence de Guillaume, ainsi que des nombreuses pièces d'or et d'argent qu'elle avait trouvées dans la doublure de la cape du pèlerin. Il lui faudrait emprunter le tableau des pièces étrangères de l'échoppe de la cathédrale afin de les étudier à la lumière du jour, mais Quiteira et elle s'en servaient tous les jours car les clients de différentes nationalités les payaient en pièces battues par différents hôtels des monnaies. Quiteira s'apercevrait rapidement que le tableau ne se trouvait pas à son endroit habituel.

L'orfèvre se leva lentement et se massa le dos. « Comment vont vos rhumatismes, ces jours-ci ? lui demanda Belina.

—C'est pire lorsqu'il pleut. Et il pleut la plupart des jours, cette année.

—Je vous plains. Mais vous disiez que vos nouvelles bésicles vous aidaient.

—Oui, en effet, je l'ai bien dit. Mais ma douleur n'est rien comparée à ce que les métayers ont eu à endurer. Récoltes dévastées, semences moisies et ainsi de suite. Les deux dernières années ont été très pénibles pour eux.

—Je le sais. La récolte de blé de cette année a été très mauvaise, déclara Belina.

—Comment votre frère s'en sort-il avec son moulin et la clientèle réduite ?

—Il se débrouille, tant bien que mal, mais il est inquiet. Et sa femme attend un autre enfant. » Belina tenta d'orienter la conversation sur un sujet autre que les soucis pécuniaires de son frère, mais l'orfèvre ne se laissa pas distraire.

« Saviez-vous qu'il a emprunté de l'argent ? » demanda-t-il. Belina fit non de la tête. « Cela dit, beaucoup de gens ont dû emprunter cette année, poursuivit-il, et pas seulement parmi les paysans. Beaucoup des commerçants et des étalagistes de la ville sont endettés, eux aussi.

—Et Rocca ne fait qu'empirer la situation, Belina ajouta, lui et Loupmont, son assistant.

—Loupmont vous importune-t-il à la résidence ? »

Elle secoua à nouveau la tête. « Du moins, pas encore. »

Elle s'efforça de ne pas penser à ce que lui avait dit son frère au sujet de l'assistant redouté de Rocca.

L'orfèvre fouilla dans une pile de documents, y trouva un grand tableau et le lui tendit. Belina avisa des dessins de pièces de provenances diverses. « Prenez-le et identifiez les pièces de votre pèlerin mort.

—Merci beaucoup, messire. J'en prendrai grand soin et je vous le rapporterai dès que possible, bien entendu.

—Gardez-le aussi longtemps que vous en aurez besoin, ma chère. Et prenez bien garde. Ne dites à personne que vous avez trouvé des pièces. Placez-les dans un endroit très sûr, où nul ne les trouvera. Certains pourraient être tentés de les voler, en ces temps difficiles.

—Je suis certaine que Rocca trouverait un prétexte pour mettre la main dessus, répliqua-t-elle.

Il roula le tableau et le recouvra d'un morceau d'étoffe. « Mieux vaut que nul ne voie ce tableau. » Il replaça les deux médaillons dans leurs enveloppes de soie. « Mettez-les dans votre bourse et gardez-la bien accrochée à votre ceinture. Il m'est avis que celui en or pourrait être de grande valeur. Il a l'aspect d'un médaillon en or de qualité de Saint-Mihiel.

—Saint-Mihiel ?

—Oui, c'est une ville dans le Barrois, réputée pour ses orfèvres.

—C'est de là que viennent Rocca et Loupmont. Du moins, c'est ce qu'affirme mon frère.

—Je croyais qu'ils étaient de Paris, fit remarquer l'orfèvre.

—Moi aussi, mais Jordi soutient qu'ils sont originaires de Saint-Mihiel. Au fait, où se trouve cette ville ? »

Il expliqua qu'elle était située dans l'est du royaume, près de la Lorraine, et qu'elle avait des liens de commerce avec l'Italie qui y faisait souvent venir de l'or.

Belina lui demanda si cela signifiait qu'il pouvait exister un lien entre Rocca et le pèlerin mort.

« C'est possible, répondit-il. J'ai quelque part des croquis de travail de l'or effectué à Saint-Mihiel. » Il balaya du regard la pièce encombrée. « Malheureusement, ma femme persiste à ranger mes documents. Il me faudra sans doute du temps pour retrouver ces croquis. Je vous ferai parvenir un mot dans quelques jours et vous pourrez revenir me voir.

—Dans quelques *jours* ? s'enquit-elle.

—Êtes-vous pressée ?

—À vrai dire, je l'ignore. Guillaume donne toujours priorité à ses enquêtes, et j'ai donc pensé que je devrais faire de même.

—Quand sera-t-il de retour ?

—Je n'en ai aucune idée. Il ne le savait pas lui-même. Les routes seront lourdes et boueuses après toute cette pluie. » Elle marqua une pause. « Ne dites à personne que Guillaume s'est absenté, je vous prie, l'implora-t-elle.

—Toujours anxieuse au sujet de Loupmont ? »

Belina hocha la tête, songeant également à l'étranger flamand. « Guillaume m'a enjoint de ne révéler son absence à personne.

—Peut-être amène-t-il de l'argent à Bordeaux ? » suggéra l'orfèvre.

Belina était d'avis que son voyage précipité était plus probablement lié aux activités clandestines de Guillaume concernant la reconquête de la Gascogne par les Anglais. Mais elle garda le silence au sujet des projets secrets de son époux, et répondit : « Si tel est le cas, il ne m'en a rien dit. Il n'a fait mention que d'un message de l'archidiacre de Condom pour l'archevêque de Bordeaux.

—Peut-être ne vous a-t-il pas tout dit ?

—C'est très probable, mais je ne souhaite pas en savoir plus », répondit-t-elle.

Il sourit et se leva. « *Adiu*, ma chère Belina. Prenez soin de vous. »

Elle tira la révérence et descendit à ses côtés. « N'oubliez pas, lui dit-il en tirant le verrou de sa porte d'entrée. Verrouillez toujours votre porte. *Toujours*.

—Je vous le promets. Je le fais quoi qu'il advienne.

Elle l'entendit rabattre les verrous derrière elle tandis qu'elle traversait la rue et s'engageait en direction de l'hôtel de ville. Elle remarqua du coin de l'œil un palefrenier dont le large chapeau recouvrait les cheveux clairs. Il était appuyé contre un mur et se mit à marcher dans la même direction qu'elle. Deux hommes bien vêtus passèrent Belina et entrèrent dans le bâtiment, conversant au sujet des Senclar sur un ton irrité. Belina décida d'entrer à leur suite et d'écouter la réunion du lundi matin des consuls de Condom. Guillaume avait parfois pour ordre d'y assister et de rapporter à l'évêque Montbrun toute remarque le concernant, ainsi que de l'informer du comportement des différents consuls. Elle se demanda quelles observations les consuls émettraient en public au sujet de la manifestation de samedi.

Elle se plaça dans un coin et tenta de passer inaperçue. Les discussions étaient très ennuyeuses la plupart du temps, et elle en ressentit une vive déception. Il fallait à nouveau modifier la rotation de la ronde de nuit, la puanteur qui se dégageait des tanneries de la Bouquerie incommodait tout le monde. Le pont Barlet était dans un état précaire à cause du mauvais temps, et les consuls se demandaient où trouver l'argent pour financer les réparations. Cela s'avérerait très difficile. Les impôts du roi Louis étaient extrêmement élevés et les consuls n'approuvaient pas qu'ils servent à payer les mercenaires suisses à Pont-de-l'Arche, près de Rouen. Les citoyens de Condom se plaignaient toujours de devoir contribuer à la reconstruction de la ville voisine de Lectoure, mise à sac dix ans plus tôt par les troupes du roi. Les impôts baisseraient-ils à la mort du roi ? Quelqu'un avait-il des nouvelles fraîches au sujet de son état de santé ?

Belina se demanda si elle perdait son temps. Puis elle entendit des tirades courroucées concernant l'évêque.

« L'évêque n'est jamais présent, mais son trésorier, lui, est toujours là. Il ne manque pas la moindre opportunité de réclamer paiement. Il est grand temps que l'évêque cesse ses exactions sur nos ressources.

—Cela ne me gênerait pas tant si l'argent demeurait dans notre ville. Mais ce n'est pas le cas. Il est expédié à Paris. Je déteste Paris. »

Des grognements d'approbation se firent entendre. « Les Parisiens ne font jamais l'effort d'apprendre le gascon, déclara un consul âgé. Ils attendent de nous que nous les accommodions, mais ne savent pas même dire bonjour ou au revoir.

—L'évêque Montbrun n'est guère mieux. Il tire une immense richesse de Condom, mais ne sait pas même dire merci en gascon.

—Une partie de cette richesse provient de la dîme, rétorqua Henri Senclar, et cette portion demeure ici, à Condom.

—Comment pouvez-vous en être certain ? voulut savoir l'un des hommes qui étaient entrés avant Belina.

—Je le suis, croyez-moi, répondit Senclar. Je vous garantis que je m'assure que la dîme reste ici.

—Qu'entendez-vous par « ici » ? La trésorerie de la ville ou vos propres coffres ? quelqu'un l'interrogea.

—Présentez sur-le-champ vos excuses pour cette remarque ! s'écria le consul Senclar.

—Très bien, très bien, je vous présente mes excuses – pour vous avoir mis en colère – mais j'exige néanmoins que l'on nous montre les comptes séance tenante. »

Senclar donna l'ordre à un greffier d'apporter les comptes. Durant l'attente, le consul tripotait le col de son pourpoint violet.

« J'espère qu'ils indiqueront également que Rocca et Loupmont ne reçoivent aucune rémunération à titre personnel, proféra le notaire d'une voix traînante.

—Bien sûr que non ! rétorqua Senclar.

Ils restèrent dans l'expectative. En attendant l'arrivée du registre des comptes, ils écoutèrent l'exposé monocorde du secrétaire de l'hôtel de ville au sujet du recensement de l'année en cours, leur expliquant que certaines personnes possédaient moins de terres que l'année précédente, et qu'il avait remarqué que très peu de gens possédaient plus d'une page de biens dans le document du recensement.

Le registre des comptes finit par arriver et ils s'attroupèrent autour en étudiant les chiffres, en pestant contre l'écriture dense et en scrutant la déclaration au bas de chaque page qui attestait de l'exactitude des montants.

Belina en profita pour s'éclipser et retourner à l'échoppe de la cathédrale, toujours suivie par le palefrenier inconnu. Comme il ne se passait pas grand-chose à l'échoppe, elle se déroba à nouveau, ne prêtant aucune attention aux plaintes de Quiteira. Elle traversa la cour, parcourut l'allée menant aux écuries de la cathédrale, et de là se rendit au pont Barlet. Le garde-barrière s'entretenait avec un couple de juifs accompagnés d'une mule à laquelle un coffre pesant avait été sanglé. La femme était affalée sur un âne et avait l'air enceinte ; Belina entendit le garde-barrière leur demander de payer double tarif pour la juive.

« Pourquoi le double pour mon épouse ? s'enquit le juif.

—Car telle est la loi, messire, répondit le garde-barrière.

—Nous sommes réfugiés de Castille et de l'Inquisition, et nous avons très peu d'argent.

—Je suis désolé de l'entendre, messire, mais je dois faire respecter la loi. » Il tendit la main pour recevoir le solde du péage.

« Cette loi est-elle récente ?

—Elle existe chez nous depuis des siècles », l'assura le garde-barrière. Il tendit sa main plus près des juifs. Ils lui réglèrent le péage et le garde-barrière en prit note dans son registre. L'homme mena la mule lourdement chargée à travers la porte et pénétra dans Condom, suivi de sa femme à dos d'âne.

Belina s'approcha du garde-barrière et lui adressa un sourire. « Votre tâche n'est pas aisée, lui dit-elle.

—C'est de pire en pire, répondit-il. L'évêque et les consuls se partagent les recettes, et ils sont cupides comme le Malin. » Belina posa sa main sur son bras pour lui signifier sa sympathie. « Ils ne me remercient pas de collecter leurs taxes, et les voyageurs se plaignent des péages. Les gens n'ont plus d'argent de côté, entre les deux années de mauvaises récoltes et les impôts élevés du roi Louis.

—Peut-être les choses iront-elles mieux lorsque le roi mourra ? Belina suggéra.

—Pas si cela fait revenir les soldats anglais ici, rétorqua-t-il. Ce n'est que grâce au roi Louis que les Anglais n'ont pas tenté de reconquérir la Gascogne.

—Les pèlerins ne paient pas de péages, bien entendu, dit Belina.

—Non, et c'est bien dommage, grommela-t-il. En ce qui me concerne, je suis persuadé que nombre de canailles et de fraudeurs se déguisent en pèlerins pour éviter de les payer.

—Les employés de l'hospice ont le même souci, fit-elle remarquer, lorsqu'ils demandent aux pèlerins de leur donner quelque chose pour le gîte et le couvert. » Comme le garde-barrière n'offrit pas de réponse, elle essaya à nouveau. « Certains pèlerins – ou soi-disant pèlerins – ne semblent pas faire montre de la fatigue qu'une pleine journée de pèlerinage devrait occasionner. Le frère Martin me disait, par exemple, qu'un pèlerin est arrivé de Mouchan il y a deux jours de cela, en milieu d'après-midi, affirmant qu'il était si las qu'il ne pouvait poursuivre sa route au-delà de l'hospice de Pradau.

—Je peux aisément le vérifier, déclara le garde. Allons consulter mon registre de voyageurs. »

Elle le suivit dans son poste et attendit qu'il consulte son registre. « Il y a deux jours, dit-il en le feuilletant. C'était samedi. » Il étudia ses annotations. « Pas de pèlerins de Mouchan ce jour-là. Ils venaient tous de plus loin, de Cazeneuve pour la plupart, ou d'Eauze. »

Elle jeta un œil par-dessus son épaule et pointa du doigt une entrée qui mentionnait Mouchan.

« Ce n'était pas un pèlerin. Il s'est acquitté du péage, comme vous pouvez le voir. Il s'agissait d'un jeune homme à la recherche d'un emploi de maçon.

—Oh !

—Mais je ne sais pas s'il y a du travail ces jours-ci pour des ouvriers bâtisseurs. » Il indiqua un complexe d'entrepôts inachevés, près de la rue Barlet. « Il pourrait travailler là, à l'ancien entrepôt de bois, mais le site a bien des soucis. Les maçons s'en plaignent sans arrêt.

—Il pourrait essayer de travailler sur les réparations de la cathédrale, Belina suggéra.

—Cela m'étonnerait. Rocca a déjà fait main basse sur le fonds de remise en état de l'édifice.

—J'en ai eu ouï-dire, affirma Belina. Il se dit qu'il envoie l'argent à un comte anglais en Bretagne.

—Maudits soient tous les comtes anglais. » Le garde-barrière passa la tête par la porte de sa loge et cracha.

« Êtes-vous certain, vraiment certain, qu'aucun pèlerin venu de Mouchan n'est passé par ici samedi ? insista Belina.

—Oui, Dame Lansac, j'en suis tout à fait certain. » Il lui montra à nouveau le registre. « Voyez vous-même. »

—Merci beaucoup, lui dit Belina. J'en informerai le frère Martin dès que je le pourrai. Il sera fort intéressé de l'apprendre. »

Elle lui glissa sa plus petite pièce et s'éclipsa tandis qu'il s'occupait d'un groupe de paysans accompagnés de six chèvres. Elle marcha le long des quais, perdue dans ses pensées. Pourquoi le pèlerin décédé avait-il menti ? Après tout, il importait peu aux employés de l'hospice si leurs hôtes se rendaient à Compostelle ou en revenaient. De toutes les façons, la plupart des personnes qui séjournaient à l'hospice – et dans les autres hospices de Condom – n'étaient pas des pèlerins. Ces établissements étaient surtout destinés aux gens malades, aux infirmes, aux personnes âgées sans famille, ainsi qu'à diverses sortes d'infortunés qui traversaient une mauvaise passe.

Pourquoi se faire passer pour un pèlerin, alors ? Une raison possible, raisonna-t-elle, était d'avoir un endroit où passer la nuit sans devoir débourser quasiment quoi que ce soit. Mais cela pouvait-il vraiment s'appliquer à « son » pèlerin, dont la cape était truffée de tant de pièces d'or et d'argent ?

CHAPITRE ONZE

Belina poursuivit sa route le long des quais, remontant la Baïse à partir du pont Barlet. Le cours de la rivière était toujours vif après les orages de la semaine dernière, et il avait l'air difficile – voire hasardeux – de s'y aventurer à la rame. Elle s'écarta afin de laisser passer un cheval de trait et vit que celui qui le menait n'était autre que Tomas.

« Bien le bonjour, Dame Belina. » Il fit s'arrêter le cheval. « Comment avance votre enquête ?

—Assez lentement, je le crains. J'ai perdu trop de temps à écouter geindre les consuls lors de leur assemblée publique du lundi matin.

—Messire Senclar les mène-t-il tous par le bout du nez ? s'enquit Tomas.

—Je suis certaine qu'il aimerait pouvoir le faire, répondit Belina, mais ils étaient tous contre lui. Cela m'a fait du bien de les entendre.

—Cela me ferait du bien, à moi aussi, Tomas affirma. La famille est riche et prétentieuse, mais ce sont de mauvais maîtres envers leurs serviteurs. De mauvaises maîtresses, également. Nous avons tous d'anciens collègues morts subitement et dans d'atroces douleurs. Dame Senclar est sans pitié, absolument sans la moindre pitié. » Il jeta un coup d'œil par-dessus son épaule, pour vérifier que personne ne l'écoutait. « On dit qu'elle a empoisonné des enfants, et même l'un de ses propres petits-enfants.

—Non ! s'exclama Belina.

—Si fait. L'une de ses petites-filles, qui était un peu simple d'esprit, est morte dans d'étranges circonstances à l'âge de trois ans environ.

—Mais c'est affreux, Tomas !

—La pauvrette est morte dans d'horribles souffrances, dit-on. »

Belina vit à nouveau l'expression hideuse du pèlerin mort à l'hospice. « Dame Senclar a-t-elle déjà empoisonné des pèlerins ? »

Tomas lui adressa un regard consterné et s'appuya nerveusement sur une jambe, puis sur l'autre. « Pas que je sache. Les personnes qui l'intéressent sont les métayers et les propriétaires endettés. Ceux dont elle peut acquérir à moindre coût les terres et les biens.

—Et Dame Jeanne ? voulut savoir Belina. Il me semble qu'elle s'intéresse aux pèlerins. Elle est toujours en train de parler du chemin de Saint-Jacques.

—C'est parce qu'elle s'est rendue elle-même à Compostelle, répondit Tomas. Mais sur le chemin du retour, elle n'est pas allée plus loin que Condom.

—Pourquoi donc ?

—Le plus vieux tour au monde. Elle s'est fait engrosser et elle a pu prouver que Messire Senclar était le père. Dame Jeanne est une femme très rusée.

—Ses parents virent-ils cela d'un bon œil ?

—Bien sûr. Cela leur permit de se débarrasser d'une mégère despotique et dédaigneuse. » Tomas sourit. « Ils firent semblant d'être furieux, mais ils étaient ravis. La mère de Dame Jeanne a séjourné ici jusqu'à la naissance de l'enfant, puis elle est retournée à Aubrac.

—Dame Jeanne se rend-elle aux hospices ? demanda Belina.

—Tout le temps. Elle aime mener à la baguette les pèlerins exténués, ainsi que les vieux indigents qui y vivent.

—Je l'ai vue à l'hospice Pradau hier après-midi, expliqua Belina. Je me demandais si elle y était également samedi après-midi.

—Je l'ignore, Tomas répondit, mais je connais quelqu'un qui aura la réponse à votre question. » Il fit faire demi-tour au cheval. « Suivez-moi jusqu'aux écuries, je vais vous présenter Arnaud. C'est son palefrenier – il saura où elle s'est rendue, et quand.

—Mais il va penser que je surveille sa maîtresse », protesta Belina en passant la main sur son fichu.

—Dame Belina, il est de votre devoir de vérifier ce que faisait chacun samedi après-midi. Vous nous l'avez déjà tous demandé. Tous sauf Arnaud, qui servait Dame Jeanne. La famille déjeunait à La Romieu avec l'oncle du consul lorsque vous nous questionniez. »

Ils pénétrèrent dans la cour des écuries. « Ne donnez pas l'impression à Arnaud que vous pensez que Dame Jeanne ait pu empoisonner le pèlerin.

—Je serai prudente. »

Il s'avéra que Dame Jeanne avait fait la tournée de tous les hospices de Condom samedi matin, et que celui du Pradau avait été le dernier où elle s'était rendue. Elle leur avait remis de la nourriture, qu'Arnaud avait transportée. Il ne se rappelait pas ce que contenaient les paniers, mais il donna à Belina le panier vide dans lequel s'étaient trouvées les victuailles apportées à l'hospice Pradau.

« Comment savez-vous qu'il s'agit du bon panier ? » lui demanda Belina. Arnaud indiqua les trois couteaux parallèles sur l'écusson de saint Barthélemy fixé au panier. « Ah oui, les couteaux des tanneurs qui commémorent la mort de saint Barthélémy. Puis-je l'emporter avec moi, je vous prie ?

—Bien sûr, Dame Lansac. Peut-être cela vous aidera-t-il pour votre enquête, ajouta-t-il en souriant. Mais rapportez-le avant samedi prochain.

—Ne fait-elle don de nourriture que le samedi ? »

Il opina du chef. « Dame Jeanne est pingre comme un Hollandais. Je suis bien placé pour le savoir. »

Belina remonta le cours de la rivière jusqu'au moulin des Moulié, à Gauge. Elle ne pensait pas que le panier révélerait d'indices au sujet du poison infligé au pèlerin mort, mais cela valait la peine de demander à son frère d'examiner les miettes qui se trouvaient au fond. Il serait peut-être en mesure d'y déceler la trace d'un poison. Elle se demanda si Dame Jeanne avait décidé de prendre exemple sur sa cruelle belle-mère et s'était mise à empoisonner des gens pour quelque dessein expérimental. Ou peut-être faisait-elle don de la nourriture qui s'était gâtée à cause du temps chaud et orageux ? Auquel cas, c'étaient peut-être les employés de cuisine des Senclar qui avaient empoisonné le pèlerin. Mais si telle chose s'était produite, d'autres pèlerins en auraient subi les effets néfastes.

Elle montra le panier à Jordi et Catalina Moulié, s'assurant que Catalina ne le touche pas. Jordi le huma.

« Pain rassis, fruits trop mûrs.

—Cela pourrait-il causer une intoxication alimentaire ? le sonda Belina.

—Je ne crois pas. Quoi qu'il en soit, un pèlerin de retour de Compostelle aurait l'estomac coriace à force de manger des plats espagnols.

—C'est vrai. J'ai entendu à l'échoppe des chalands parler de ces auberges espagnoles redoutées, affirma Belina. Apparemment, tout le monde amène sa propre nourriture dans ces établissements. Sinon, ils meurent de faim.

—Ce doit être affreux de voyager en Espagne, déclara Catalina, entre les brigands, les mauvaises auberges et les eaux corrompues, tout étranger risque la mort en Espagne, ou presque la mort. »

Presque la mort. Belina repensa à la couturière ce matin-là, au cimetière. Elle demanda à son frère si Loupmont l'avait à nouveau menacé.

« Pas encore, il est trop occupé à fêter la mort du pâtissier.

—Fêter ? Pourquoi cela ? s'enquit Belina.

—La rumeur dit que Loupmont compte mettre les personnes endettées au travail dans ses cuisines, pour préparer la nourriture du clergé. Cela lui permettrait de congédier une partie des employés de cuisine de la cathédrale, de les remplacer par des indigents mal payés qui ont désespérément besoin de travail.

—Nul Gascon ne ferait chose si cruelle et malhonnête, commenta Catalina. Mais les Parisiens comme Loupmont ont l'habitude de traiter la main-d'œuvre ainsi.

—Jordi, intervint Belina, il me semblait que tu avais dit que Loupmont et Rocca venaient de Saint-quelque-part-à-l'est.

—Saint-Mihiel, près du château de Koers, répondit-il, où la reine Marguerite d'Anjou vivait en exil jusqu'à il y a sept ans de cela.

—Où s'est-elle rendue ensuite ?

—Elle est retournée en Anjou. Elle est morte sans le sou à Saumur l'année dernière et il n'y avait personne pour la pleurer. »

Catalina servit la garbure dans des bols et leur passa une miche de pain ronde à tremper dans la soupe épaisse et fumante. Elle les pressa de commencer à manger avant que le plat ne refroidisse.

Comme le matin précédent, Jordi pria Belina de demander à son mari de l'aider. Guillaume connaissait les membres de l'administration et de la trésorerie de la cathédrale. Surtout, il connaissait l'évêque Montbrun. Guillaume saurait comment échapper à l'étreinte cupide de Loupmont. Jordi proposa à sa sœur de la raccompagner chez elle et de plaider sa cause lui-même auprès de Guillaume.

Belina secoua la tête. « Mon époux exige d'être laissé seul toute la journée lorsqu'il rédige ses rapports.

—Dans ce cas, ce sera à toi de le convaincre de faire en sorte que Loupmont me laisse en paix, répliqua Jordi. Pour t'aider à le faire, je vais te donner une belle et grosse miche de pain. » Il en prit une dans le panier près de la fenêtre et l'enveloppa dans un carré de tissu.

« C'est un pain de marché, Belina. C'est par l'estomac que l'on tient son homme, comme on dit. » Il eut un temps d'hésitation. « Mais c'est à toi de faire que Guillaume nous vienne en aide.

—S'il t'entendait dire cela, Guillaume pourrait penser que tu as bien trompé l'évêque sur le poids de sa farine.

—Tu sais très bien que je n'ai rien fait de tel, s'offusqua-t-il, se levant et renversant son tabouret.

—Sur quoi Loupmont base-t-il ses accusations, alors ? manda-t-elle.

—Sur rien. Sa cupidité n'a pas de bornes. Il est capable de tout pour gagner de l'argent.

—Il est donc comme Rocca.

—Peut-être pire que Rocca. Ce serait une très bonne chose qu'ils meurent tous les deux. »

Catalina et Belina se signèrent en hâte. « Ne dis pas cela, dirent-elles à l'unisson. Je t'en prie.

—Nul besoin de vous inquiéter, rétorqua Jordi. La moitié de la ville souhaite leur mort. Ainsi que tous les paysans dont les terres appartiennent à l'évêque. C'est leur seul sujet de conversation lorsqu'ils viennent au moulin. Et maintenant je vous prie de m'excuser, il faut que je m'assure que la roue à eau n'est pas obstruée par des branches ou des cadavres de canards.

—N'oublie pas de ramener le poisson pris dans les paniers », lui rappela Catalina. Mais il était déjà parti.

Belina remercia Catalina pour le déjeuner, dit au revoir aux deux enfants qui jouaient près de la porte, prit le panier de l'hospice Pradau et la miche de pain que Jordi lui avait donnée, puis s'aventura sous le soleil de plomb d'après-midi.

CHAPITRE DOUZE

Belina chemina d'un pas lourd le long de la rive jusqu'à la porte Gachiou. La Baïse précipitait en aval les nombreux débris végétaux qui la jonchaient. L'eau d'habitude si claire était épaisse et chargée de boue, son cours très vif. Des canards avaient trouvé refuge dans les roseaux, près de la berge. Elle prit à droite et gravit un chemin en pente, puis passa la porte Gachiou. Des moutons étaient attroupés à l'ombre d'un chêne, sous l'œil d'un garçon et de son chien. Belina poursuivit son chemin le long de la rue Latournerie en direction de la cathédrale, s'attachant à rester dans l'ombre des maisons hautes, tout en évitant les amas d'immondices laissés par les animaux de passage – ce qui n'était pas chose facile. Des mouches bourdonnaient dans le panier apparemment vide. Elle se demanda comment le pèlerin était entré à Condom à pied samedi pendant l'orage. Il était curieux que ses vêtements et ses bottes ne fussent pas trempés, mais peut-être avaient-ils séché au dortoir de l'hospice.

Elle avait exclu la plupart des poisons du tableau de Guillaume comme causes possibles de la mort du pèlerin, car leurs effets étaient immédiats. Il était possible qu'il se soit lui-même donné la mort, mais pourquoi l'aurait-il fait d'une manière si horriblement douloureuse ? De plus, le suicide était un acte impie, un affront au Seigneur. Personne ne choisissait de mettre fins à ses propres jours, surtout lors d'un pèlerinage religieux.

Puis elle se souvint du pâtissier enseveli ce matin même. Selon la rumeur, il s'était donné la mort, et c'était uniquement afin qu'il puisse recevoir des funérailles chrétiennes que l'on avait affirmé que la cause de son décès était un arrêt du cœur.

Belina avait le sentiment d'avancer très peu dans son enquête. Elle était certaine que Guillaume aurait déjà résolu le mystère. Perdue dans ses pensées, elle heurta Dame Edith Senclar, qui se rendait à la cathédrale.

Belina s'effaça. « Je vous demande pardon, Dame Senclar », dit-elle en tirant la révérence.

La doyenne minuscule la fusilla du regard. « Regarde donc où tu mets les pieds, fillasse », s'écria-t-elle.

Tous ceux qui se tenaient autour d'eux s'arrêtèrent et dévisagèrent Belina. Un prêtre âgé déclara que les jeunes gens d'aujourd'hui étaient mal élevés et manquaient de respect envers leurs aînés. Le médecin qui accompagnait Dame Senclar dit la même chose, en des termes plus durs.

« Je vous demande pardon, Dame Senclar », s'excusa Belina à nouveau.

Dame Senclar émit un grognement offusqué, et c'est alors qu'elle remarqua le médaillon des Senclar près de l'écusson de saint Barthélémy, sur le panier dont sa belle-fille s'était servie pour faire porter des victuailles à l'hospice Pradau. « Qu'as-tu là ? » gronda-t-elle, tentant de s'emparer du panier.

Belina le tint fermement et s'efforça de trouver une justification plausible au fait qu'elle était en possession d'un objet appartenant aux Senclar, et ce, sans la permission de sa propriétaire courroucée.

« Être fille de meunier, et donc voleuse de nature, ne te donne pas le droit de prendre ce qui m'appartient, cracha Dame Senclar.

—Je ne suis pas une voleuse, Dame Senclar, rétorqua Belina, serrant le panier bien fort dans sa main afin qu'elle ne puisse pas le lui arracher.

—Tu dois l'être, rossarde. Comment se fait-il que tu aies mon panier à la main, sinon ?

—Mais ce n'est pas votre panier à vous. C'est le panier dont se sert Dame Jeanne pour faire don de nourriture à l'hospice Pradau.

—Pourquoi l'as-tu entre les mains, alors, fillasse ? » exigea de savoir Dame Senclar.

Belina aperçut Jeannot du coin de l'œil. Elle l'appela et lui demanda d'apporter le panier de Pradau au frère Martin, « qui l'avait fait mander ».

Dame Edith lui adressa un regard malveillant. « Pourquoi un moine voudrait-il mon panier ?

—Pour l'examiner, Dame Senclar. Tous les réceptacles de nourriture que l'hospice Pradau a reçus samedi doivent être vérifiés, afin de voir si l'on y trouve la trace d'éventuels poisons. » Derrière Belina, quelqu'un laissa échapper une exclamation de stupeur. « Un pèlerin est mort à l'hospice samedi, et bien entendu il est de la plus haute importance de découvrir pourquoi il est mort, et qui est à l'origine du poison. Il ne fait aucun doute qu'un empoisonnement est la cause de son décès. »

Dame Edith parut se rabougrir plus encore. « J'espère que tu n'as pas l'outrecuidance de m'accuser d'empoisonnement, lâcha-t-elle d'un ton glacial.

—Je ne vous accuse de rien, répondit Belina. Du moins, pas encore.

—Pour ma part, déclara Dame Senclar, je t'accuse de nombreux péchés : de vol et d'insolence en premier lieu, mais aussi d'être impropre à l'emploi dans l'échoppe de la cathédrale, et de vivre illégalement à la résidence des employés de la cathédrale. »

Belina fut abasourdie face à cette accusation malveillante. « Dame Senclar, je peux vous assurer que je vis en toute légalité à la résidence des employés, dans les quartiers de mon époux, et que mon emploi à l'échoppe est parfaitement légal.

—Cela m'étonnerait, fillasse. Jamais l'occasion ne devrait être donnée à une fille de meunier de pouvoir chaparder dans la boîte à sous, ou pire encore, faire main basse sur les gravures et médaillons sacrés de l'échoppe. Je vais m'entretenir avec Monseigneur l'évêque au plus tôt, pour lui demander de te retirer ton emploi à l'échoppe et t'expulser de la résidence. Ton mari pourra y rester, si Monseigneur l'évêque le souhaite vraiment, mais on ne t'y verra plus. » Elle releva le menton, laissant transparaître sa jubilation face au malaise de Belina.

Belina tourna les talons, laissant Dame Senclar entourée de ses amis et ennemis près de la porte de la cathédrale. Un quincailler qui avait manifesté le samedi prit Belina par le bras et la félicita pour son courage.

« Merci, mais je suis très inquiète. Cette riche harpie jouit d'un immense pouvoir. Je crains d'être perdue.

—Ne vous alarmez pas, Dame Lansac, il y a dans cette ville bien plus de gens qui vous apprécient que cette vieille vipère. » Il l'accompagna jusqu'à l'échoppe de la cathédrale. « Reposez-vous là. Votre place est ici. Dame Senclar est de Lectoure, c'est une étrangère. Il est dit que sa famille a prêté main-forte à l'envahisseur lors du sac de Lectoure, il y a dix ans de cela. C'est pour cette raison que leur manoir fut l'un des seuls à être épargné. Et ensuite, ils emplirent leurs coffres en acquérant des terres et des propriétés à l'abandon pour une bouchée de pain, et en les revendant plus tard pour d'immenses profits. »

Belina lui serra le bras. « Il est dommage que sa famille ait survécu. Il m'est égal que quelqu'un ait tué le comte d'Armagnac, mais un Lectourois aurait pu avoir la bonne idée d'occire Dame Senclar au sein de tout ce chaos.

—Peut-être l'aurait-il fait, mais elle vivait alors déjà à Condom, mariée au père d'Henri Senclar. » Il marqua une pause. « Un être crapuleux, lui aussi, épousant Dame Senclar alors qu'elle n'avait guère que douze ans et l'engrossant aussitôt. »

Le quincailler prit congé de Belina, la laissant assise à l'arrière de l'échoppe, la tête entre les mains.

Lorsqu'elle finit par lever les yeux, elle vit que Quiteira vendait des pots de baume pour les pieds avec brusquerie. Elle ne cherchait pas à dissimuler son irritation, et les pèlerins hésitaient à lui acheter quoi que ce soit. Belina prit conscience du fait qu'il était grand temps qu'elle mette en pratique ses propres techniques de vente. Elle espérait que Dame Senclar ne l'obligerait pas à quitter l'échoppe et il était d'autant plus important, maintenant que planait cette menace au-dessus de sa tête, qu'elle prête attention à la réussite et aux profits réalisés par le commerce qui l'employait.

Belina se leva et alla à la rencontre d'un groupe de pèlerins qui se tenaient près du comptoir à médaillons et tripotaient les sceaux qui représentaient la tour du pont Barlet.

« Oh, regardez, le pont Valentré, affirma le plus corpulent des pèlerins, ramassant un médaillon en étain sur lequel on pouvait voir un pont surmonté d'une haute tour.

—Non, le corrigea Belina. Il s'agit du pont sur la rivière Baïse, ici à Condom. Vous l'avez d'ailleurs sans doute traversé, ajouta-t-elle en voyant sa coquille Saint-Jacques.

—Si tel est le cas, je devais être trop fatigué pour m'en rendre compte, rétorqua-t-il. Le pont Valentré est bien plus long que ce pont, de toute façon, ajouta-t-il en indiquant la médaille en étain avec dédain. Qu'avez-vous d'autre à me montrer ? »

Belina sortit une autre boîte de médaillons et de broches de la cathédrale de Condom, qu'elle garda à portée de main au cas où l'un des pèlerins décide d'en prendre un et de filer. Ils avaient l'air trop bien nourris et vêtus pour cela, mais elle avait appris à ses dépens à faire preuve de prudence.

« Combien pour le petit médaillon de saint Pierre et ses clés ?

—Deux sous.

—Disons trois pour cinq sous ?

—Mes excuses, messire, mais je n'ai pas le droit de réduire les prix, l'informa Belina.

—Qui est le propriétaire de cette échoppe ?

—Monseigneur l'évêque de Condom.

—Menez-moi à lui.

—Je ne le peux pas, répondit Belina.
—Et pourquoi donc, jeune femme ?
—Parce qu'il n'est pas ici, expliqua-t-elle.
—Oui, je le vois bien. Menez-moi à son palais. »

Belina remit la boîte dans son tiroir, fit le tour du comptoir et enjoignit le pèlerin impatient à la suivre. Elle se demanda si elle avait mal compris sa requête. Son accent était difficile à comprendre, et elle avait elle-même d'ailleurs un accent gascon très marqué – ou du moins, c'était là ce que lui faisait remarquer Dame Jeanne Senclar, sur un ton méprisant et supérieur qui excédait tant Belina.

Elle mena son client irascible jusqu'à l'antichambre de l'évêque. « Ce pèlerin souhaite s'entretenir avec Monseigneur l'évêque, annonça-t-elle au serviteur qui se trouvait là, lui adressant un clin d'œil.

—Par ici, messire, je vous prie. » Le serviteur lui indiqua une porte sur sa droite.

Belina s'esquiva avant que le pèlerin ne se rende compte de l'artifice. L'évêque ne recevait jamais personne sans une lettre de recommandation en bonne et due forme, ou le cachet d'identité d'un messager, et tous les employés de la cathédrale suivaient ses ordres. Les visiteurs importuns étaient laissés à eux-mêmes dans une antichambre une heure au moins.

Durant l'absence de Belina, Quiteira avait réussi à vendre divers médaillons et babioles aux autres pèlerins, qu'elle enveloppait présentement dans des morceaux d'étoffe. Elle adressa un regard mauvais à Belina. « Quelqu'un est venu et a demandé à te voir, l'informa-t-elle en gascon.

—Qui donc ?

—Je n'en ai aucune idée. Un Parisien peut-être, d'après son accent. Bel homme. »

Belina haussa les épaules en guise de réponse. « Désirez-vous acheter de notre baume pour les pieds, messires ? » s'enquit-elle des pèlerins qui se tenaient devant elle, indécis. Elle plaça quelques petits pots sur le comptoir. « Ou peut-être un peu de notre *aygue ardente* pour apaiser vos douleurs après un si long voyage ? On dit qu'il y a deux cent lieues entre Compostelle et Condom. Un très long trajet à pied, ou même à cheval. » Elle les observa attentivement. Ils n'avaient pas l'air très fatigués. « Avez-vous encore beaucoup de lieues à parcourir ?

—Oui. Nous retournons chez nous, au Luxembourg, que nous avons quitté il y a bientôt cinq mois.

—Vos familles seront heureuses de vous revoir », Belina et Quiteira répondirent automatiquement et au même moment, bien qu'elles sachent que certains pèlerins se rendaient à Compostelle pour échapper à leurs conjoints et à leur belle-famille. Plus Belina fréquentait la famille Senclar, plus elle comprenait les pèlerins.

« J'espère que mon épouse sera remise de son mal », déclara l'un des pèlerins.

Belina plaça une fiole d'*aygue ardente* près de lui. « Ce remède l'aidera peut-être », affirma-t-elle.

Il retira le bouchon et le huma. « Hmm ! » Il en lécha la base. « Pas mauvais.

—Cinq sous », stipula Belina.

Il les compta, remit le bouchon et rangea la fiole dans sa besace. « Comment est-elle préparée ?

—Du vin distillé, chauffé dans un alambic, répondit-elle.

—Il y a combien de temps ?

—En décembre dernier.

—Je vais en prendre aussi », dit l'un de ses compagnons. Il compta ses pièces et posa neuf sous sur le comptoir. « Puis-je en avoir deux fioles ? voulut-il savoir.

—Non, mais vous pouvez obtenir une plus grande fiole. » Elle en plaça une devant lui. « Et elle a deux ans d'âge. »

Il la mit dans sa besace. « Pouvez-vous nous recommander un endroit où dîner ce soir ?

—Le Lion d'Or a très bonne réputation, l'informa Quiteira, mais si vous souhaitez éviter tout ennui lié au couvre-feu, peut-être devriez-vous dîner là où vous passez la nuit.

—Nous logeons au manoir Senclar, mais nous préférons manger entre nous. »

Belina leur adressa un sourire. « On dit que le manoir Senclar est très confortable, mais qu'il est coûteux.

—L'ameublement est commode, mais la conversation y est trop inquisitrice à notre goût.

—Et trop dogmatique, ajouta le cadet des pèlerins. J'ai fait remarquer que le récit de la fondation de l'hospice d'Aubrac par Adélard n'était qu'un mythe, inventé pour ne pas avoir à payer l'impôt. »

Les autres pèlerins se mirent à rire. « La jeune Dame Senclar était furieuse, déclara l'un d'eux. Elle semblait le prendre très à cœur.

—Elle est originaire d'Aubrac, leur expliqua Belina. Dame Jeanne Senclar est la fille de l'intendant en chef de l'hospice d'Aubrac.

—Dans ce cas, elle a épousé en deçà de sa condition », lui répondit-on vivement. Les pèlerins firent leurs adieux et s'engagèrent dans la rue en direction de la place du Lion d'Or.

Belina était contente d'avoir vendu les fioles d'*aygue ardente*, et encore plus satisfaite des remontrances des pèlerins au sujet de Dame Jeanne Senclar. Ce n'est qu'après leur départ qu'elle se rappela qu'elle aurait dû les questionner au sujet du Luxembourg, et qu'elle aurait également dû leur montrer la sculpture du petit garçon en train d'uriner qui avait appartenu au pèlerin mort, au cas où ils aient rencontré celui qui la possédait.

Elle se souvint de le faire lorsque le pèlerin suivant entra dans l'échoppe, mais il voyageait vers l'ouest, en direction de Mouchan. Trois femmes venues de Gondrin passèrent après lui, mais Belina ne souhaita pas leur montrer une figurine aussi gênante. C'était cependant l'époque de l'année où la plupart des pèlerins de Compostelle rentraient chez eux et arrivaient donc à Condom par la route de Mouchan. Elle montra la petite sculpture à plusieurs autres clients de l'échoppe, mais n'obtint en retour que des regards stupéfaits. Personne n'avait vu le possesseur de la sculpture, ce qui était décevant.

Belina contemplait la rue d'un air abattu. La cloche s'était mise à sonner et une foule de gens se dirigeait lentement vers le cimetière, accompagnant le corps d'un nouveau défunt. Elle décida de se joindre au cortège des endeuillés et de tenter de découvrir quelle avait été la cause du décès, au cas où le poison ait joué un rôle là aussi. Elle ne savait pas si elle espérait qu'il s'agît de poison – bien que c'eût été affreux pour le défunt – ni si elle espérait que la personne concernée fût une de ses connaissances, ce qui faciliterait le fait d'interroger la famille en deuil.

Lorsqu'elle arriva au cimetière, il s'avéra cependant que le mort était une autre victime de Rocca. Il avait été l'un des meneurs de la manifestation agitée de samedi, et Rocca avait donné ordre aux gardes de la cathédrale d'aller le mettre aux arrêts pour incitation à la révolte. L'homme avait tenté de prendre la fuite en passant par les toits, mais il était tombé et s'était rompu le cou. Il n'était pas mort sur-le-champ, et ceux qui pleuraient aujourd'hui le défunt étaient emplis de haine et de venin à l'encontre de Rocca. Plusieurs hommes parlaient de vengeance, tandis que les femmes en pleurs appelaient au calme et suppliaient les gens de ne pas rendre la situation pire qu'elle ne l'était déjà. Certains évoquaient l'état de guerre permanent du temps de leurs parents et grands-parents, lorsqu'il n'y avait plus d'hommes pour labourer la terre et mener les troupeaux, que les champs de culture se transformèrent en jachères, en terrains inutilisés et en bosquets envahissants. Belina entendit de nombreuses voix anxieuses dire « ne faites pas cela ».

Une main se posa sur son épaule gauche. Elle sursauta et se retourna, s'attendant à voir une de ses connaissances.

« Je m'excuse de vous surprendre ainsi, Dame Belina. » C'était le nouveau venu de Bruges. Belina eut un mouvement de recul, mais sa main était toujours sur son épaule, tirant légèrement sur sa tunique et l'empêchant de s'éloigner. Elle espérait que personne n'avait entendu ses salutations familières.

« En effet, messire, vous m'avez surprise.

—Je vous ai cherchée partout.

—Pourquoi donc ?

—Vous enquêtez au sujet de la mort d'un pèlerin. Comme je vous l'ai déjà dit, je suis investigateur, instruit à Liège, et mon expérience et mes connaissances sont à votre service.

—Merci, messire », répondit Belina. Elle ne savait que dire d'autre. Plusieurs personnes la dévisageaient et elle était gênée. « Merci, messire, répéta-t-elle, mais c'est mon mari qui mène l'enquête, et son expérience et ses connaissances sont considérables en matière de résolution de crimes.

—Cette mort résulte-t-elle d'un crime, Dame Belina ?

—Il s'agit d'un empoisonnement. Probablement délibéré.

—Ce pourrait n'être qu'une intoxication alimentaire, surtout par ce temps. Fait-il toujours aussi chaud en été dans cette région ?

—Oui, bien entendu. D'ailleurs, comme je vous l'ai déjà dit, il fait moins chaud en ce moment qu'en juillet, répliqua-t-elle en se demandant comment elle pouvait prendre congé de lui. En quoi votre expérience d'investigateur serait-elle utile, si selon vous le décès n'est pas dû à un crime ? »

Son ton abrupt et impoli n'eut pour seul effet que de le faire sourire et se rapprocher plus près d'elle encore. Au grand soulagement de Belina, les personnes qui se tenaient autour d'eux étaient trop remontées contre la dureté et l'avarice de Rocca pour leur prêter attention.

« La meilleure façon de déterminer s'il s'agissait simplement d'intoxication alimentaire, plutôt que d'un acte délibéré, sera de vérifier tous les vendeurs de rue et les commerces de nourriture », déclara le Flamand.

L'idée suscita peu d'enthousiasme chez Belina, qui tourna les talons pour quitter le cimetière bruyant et retourner à l'échoppe de la cathédrale. Mais la foule bloquait son passage, et elle dut se diriger vers la porte est du cimetière, qui donnait sur la place du Marché au Bled. Elle espéra que le Flamand ne la suivait pas.

Une fois passé le portillon, elle s'engagea dans la halle du marché, contournant les grappes de chalands. Elle se retrouva bientôt devant un pâtissier de rue qui se querellait avec une paysanne âgée, qui reniflait l'une de ses tourtes. « Elle sent mauvais, se plaignait la femme à voix haute. Elle a dû être préparée hier. Ne comptez pas sur moi pour l'acheter.

—Comme vous voudrez. Quelqu'un d'autre l'achètera. Et je ne l'ai évidemment pas faite hier. Votre mémoire vous joue des tours. C'était hier dimanche et je ne travaille pas le jour du Seigneur.

—Dans ce cas, vous l'avez faite samedi », rétorqua-t-elle.

Cela fit sourire les personnes qui étaient attroupées autour d'eux. « Vous avez peut-être raison, commenta l'une d'entre elles. Ces petites tourtes au mouton se gâchent plus vite par le temps qu'il fait.

—Ce n'est pas une tourte au mouton, rétorqua le pâtissier en colère. C'est une tourte aux lardons. »

Quelqu'un ramassa une tourte et la renifla. « Elle sent le poulet.

—Poulet et lardons, messire.

—Quoi que ce soit, je ne vais pas l'acheter. » Il reposa la tourte sur le plateau suspendu aux épaules du pâtissier.

Belina s'éloigna et trouva sur son chemin un vendeur de fromage. Une conversation similaire était en cours, et le fromage de chèvre en particulier sentait si mauvais qu'elle se demanda si quelqu'un avait marché dans des crottes de chien. Elle était cependant certaine qu'il n'y avait pas de fromage de chèvre dans la besace du pèlerin, car Minette ne s'en serait pas saisie, ni l'aurait mangé.

Perdue dans ses pensées au sujet du contenu de la besace du pèlerin, elle n'avait pas remarqué que le Flamand se tenait à nouveau à ses côtés.

« Vous voyez ce que je veux dire, Dame Belina, fit-il remarquer en la prenant par le coude. Il n'est pas toujours sans risques de manger la nourriture achetée dans la rue ici.

—Peut-être, peut-être pas, répondit-elle. Mais même avariée, elle ne tuerait pas. Vous l'ignorez peut-être, mais la ville est toujours pleine de pèlerins en route pour Compostelle ou qui en reviennent, et ils sont habitués à manger des aliments suspects. Cela vaut mieux pour eux, car la nourriture en Castille a très mauvaise réputation. »

Il éclata d'un rire sonnant qui fit se retourner les gens aux alentours. Ils le dévisagèrent, ainsi que Belina. Elle pria que personne ne la reconnaisse.

« Venez avec moi, l'enjoignit-il en la prenant à nouveau par le coude, et je vais m'enquérir dans les commerces au sujet du danger que peut poser la nourriture et demander si quelqu'un a aperçu ce pèlerin. » Il la mena le long de la rue Royale. « Quel jour est-il décédé ?

—Samedi.

—Peut-être est-ce là le jour où il fut trouvé mort ? suggéra-t-il.

—Non, les poisons agissent plus rapidement, comme vous devez le savoir, en qualité d'investigateur. »

Il rit à nouveau, du rire séduisant d'un homme sûr de lui qui a une jolie fille à son bras. Ils se rendirent d'échoppe en échoppe, où il posa des questions concernant le pèlerin, ainsi que les aliments et le vin que le pèlerin aurait été susceptible d'acheter et consommer. Belina n'en tira aucune information utile, mais cela leur prit beaucoup de temps. Les personnes qui la connaissaient lui adressèrent des regards très réprobateurs, et on lui demanda à plusieurs reprises pourquoi ce n'était pas son époux qui menait l'enquête, « comme il le faisait d'ordinaire ». Elle finit par prendre congé, prétextant le besoin de se rendre auprès de Sir John pour s'entretenir avec lui d'un nouveau remède, et elle rentra chez elle en hâte.

Elle traversa la cour de la résidence en boitillant. La chaleur avait fait gonfler ses pieds à force de marcher toute la journée. Plusieurs personnes l'avaient reconnue et avaient eu l'air sidérées. Elle ne pouvait que supposer que se rendre dans toutes ces échoppes, accompagnée d'un étranger inconnu et élégant, n'avait fait aucun bien à sa réputation. Elle avait tenté de se montrer désagréable envers le Flamand, mais cela s'était avéré très difficile. L'éternel problème de la réputation des femmes et filles de meuniers n'aidait en rien. Il semblait inévitable que quelqu'un glisserait mot à Guillaume au sujet de l'apparente amitié entre son épouse et un autre homme pendant son absence, ce que Guillaume n'apprécierait pas.

Quiteira corroborerait certainement les commérages la concernant. Elle était mariée à un vieux soldat qui ne s'était jamais vraiment remis de sa dernière bataille. Ses enfants étaient adultes et vivaient à La Romieu. Les potins étaient sa façon de fuir la solitude, et Belina soupçonnait Quiteira d'avoir découvert que Guillaume n'était peut-être pas tout à fait français. Elle la questionnait sans cesse au sujet de leur mariage, laissant entendre qu'il était grand temps que Belina ait des enfants, que Guillaume s'absentait trop souvent, que d'épouser quelqu'un comme Guillaume qui n'était pas du cru n'était pas une bonne idée et que cela finirait mal pour elle. Belina récusait à chaque fois ces allusions, lui rétorquant que son union était très heureuse, qu'elle était très amoureuse de son mari et qu'elle était très satisfaite de leur vie commune à la résidence des employés de la cathédrale.

Elle jeta un coup d'œil en direction de la porte des quartiers de Guillaume, puis elle s'aperçut que Sir John tentait de lui signifier quelque chose, agitant en l'air son bras gauche. Elle s'efforça de déchiffrer la majuscule qu'il traçait vivement. Il semblait résolu à lui dire quelque chose d'important, mais comme il ne pouvait ni parler ni écrire, toute « conversation » avec lui prenait beaucoup de temps. Son agitation et son insistance ne faisaient qu'empirer les choses. Cela n'aidait pas non plus que les lettres soient à l'envers du point de vue de Belina.

Elle réussit cependant à reconnaître la lettre « R » assez facilement. « Rocca ?

—Aaahh », fit-il en opinant du chef. Mais les signes qui suivirent étaient plus déconcertants. Il répéta la lettre « B » plusieurs fois.

« Bordeaux ? »

Sir John pointa son index vers le bas, ce qui voulait dire non.

Belina essaya autre chose. « Bourgogne ? »

Il réfléchit un moment, puis pointa son index vers le ciel avec hésitation. Ensuite, il traça « RIII ».

« Rocca a fait arrêter trois personnes ? »

Ce n'était apparemment pas cela. Il s'agissait d'un « R » suivi du chiffre « 3 », mais ce dernier ne représentait pas des gens. Belina n'arrivait pas à comprendre ce qu'il essayait de dire. Vint ensuite « EIV ». Incompréhensible.

Puis il traça « HT ». Belina ne voyait pas quel mot commençant par la lettre « H » pouvait avoir tant d'importance aux yeux de Sir John. « Hibou ? » suggéra-t-elle, mais elle ne pensait pas qu'il s'agisse de l'oiseau nocturne. « Homme ? » proposa-t-elle, au cas où il fasse référence à quelqu'un.

Sir John pointa son index vers le bas. Il renonça aux signes tracés en l'air et indiqua une table et deux tabourets placés près de ses quartiers. Son valet Alain expliqua à Belina que Sir John avait entendu des conversations entre Rocca et son invité flamand lors des trois dernières soirées, ainsi qu'au petit déjeuner, et que c'était peut-être de cela qu'il souhaitait s'entretenir avec Belina.

Sir John leva l'index droit vers le ciel. « Aaahh. »

Belina sentit l'anxiété la gagner. Lui reprochait-il de parler au Flamand ? Alain l'avait-il aperçue cet après-midi tandis qu'elle se rendait de commerce en commerce ? Ferait-il part à Guillaume de son compagnon malséant ? Elle espérait que Guillaume ne le croirait pas, ou qu'il ferait au moins mine de ne pas le croire. Mais si Sir John parvenait à communiquer à Guillaume qu'elle avait passé plusieurs heures en compagnie du Flamand, il serait furieux. Il n'avait pas apprécié son attitude conviviale envers les soldats de la colonne de Géraud, et il avait clairement affiché sa satisfaction de les voir se mettre en route vers le sud, vers les Pyrénées et l'Espagne.

Sir John indiqua à nouveau la table, puis pointa du doigt son oreille gauche. Belina comprit qu'il avait entendu quelque chose, mais quoi ? Il s'agissait certainement du temps qu'elle avait passé avec le Flamand, vu comme il était tendu et insistant.

Il la désigna du doigt, puis à nouveau son oreille. Belina se sentait de plus en plus gênée et mal à l'aise. Elle aimait beaucoup le vieux gentilhomme anglais, et ne souhaitait pas qu'il ait une mauvaise opinion d'elle. Elle jeta un coup d'œil en direction d'Alain, pour voir s'il avait lui aussi l'air réprobateur, mais il était en train de verser une coupe d'hypocras pour Belina de la cruche qu'il tenait en main. Il lui tendit avec sa politesse et son air respectueux habituels. Ou du moins, c'est ce qu'il lui sembla. Cela dit, ce n'était pas à Alain de lui reprocher son amitié apparente avec un inconnu en l'absence de Guillaume.

Belina dévisagea Sir John tandis qu'elle buvait son hypocras à petites gorgées. Elle se sentait très mal à l'aise. « Je suis vraiment désolée, Sir John, déclara-t-elle, je suis si fatiguée après avoir marché dans Condom toute la journée que mon esprit est trop lent pour vous comprendre. Cela ira mieux demain, je vous le promets. »

Elle leur souhaita une bonne nuit et gravit les escaliers vers son logis, se demandant pourquoi Sir John n'avait pas attendu le retour de Guillaume de Bordeaux. Pourquoi était-ce si urgent ? Qui étaient, ou qu'étaient « R », « B », « EIV » et « HT » ? Pourquoi le chiffre trois après le « R » ? Sir John n'avait-il pas attendu parce qu'il craignait une autre crise d'apoplexie qui mettrait fin à ses jours ? Elle était si fatiguée qu'elle avait complètement oublié la mort du roi Édouard en Angleterre et le sacre de son successeur, le roi Richard.

Minette l'attendait à la porte en poussant des miaulements irrités.

« Oui, oui, tu auras ton souper dans un instant. » Belina tira la clé de sa ceinture et entra dans ses quartiers avec la chatte. Elle referma la porte et la verrouilla derrière elle. La pièce était encore assez fraîche malgré la chaleur de la journée, grâce à l'épaisseur des murs de pierre. Vivre dans la résidence des employés de la cathédrale comportait des avantages, et le fait de loger dans une structure en pierre en était un. Belina retira les nattes des fenêtres, ôta son fichu et se lava le visage.

Elle renifla le lait qui se trouvait dans le pichet de pierre. Il ne semblait pas avoir tourné, et elle en versa pour la chatte, manquant de peu de trébucher sur l'animal. Elle rompit un peu de pain de la miche dont Jordi lui avait fait don et l'offrit également à la chatte. Elle se coupa ensuite une tranche, qu'elle mangea avec un morceau de fromage. Elle envisagea d'examiner les miettes dans la besace du pèlerin, mais décida d'étudier d'abord le tableau des pièces, afin de profiter de la lumière du jour restante. Elle se rendit dans la pièce intérieure et ouvrit le coffre contenant les vêtements d'hiver. Elle en sortit la chausse dans laquelle elle avait caché les pièces, et la vida sur la table de travail de Guillaume. Minette sauta immédiatement dessus, mais Belina la gronda si vivement que la chatte offusquée se réfugia en courant dans la pièce principale, sauta sur le rebord de la fenêtre et se mit à surveiller les oiseaux qui volaient dehors, sa queue fouettant l'air furieusement. Belina laissa échapper un soupir et se mit à trier les pièces.

CHAPITRE TREIZE

Quelqu'un frappa fort à la porte d'entrée. La visite de Jeannot, le samedi précédent, lui vint à l'esprit. Belina espéra qu'il ne s'agissait pas du Flamand effronté. « Qui est-ce ? » appela-t-elle.

À son grand soulagement, c'était Alain, qui avait pour elle un message de la part de Sir John. « Dame Belina, Sir John demande que vous descendiez immédiatement pour raccommoder ses vêtements. Il est très préoccupé, venez sur-le-champ, je vous en prie. » Belina n'offrit pas de réponse et tenta de trouver une excuse valable. « Je ne doute pas que vous soyez fatiguée, Dame Belina, et d'ordinaire je l'aurais fait remarquer à Sir John, mais il est très insistant. Je crois qu'il souhaite que vous vous trouviez dans ses quartiers avant que Rocca et le Flamand n'entrent dans la cour. Je suis certain qu'il y aura dans leur conversation quelque chose qui pourra aider votre enquête.

—Cela me paraît peu probable, répondit Belina à travers la porte.

—Je vous en prie, Dame Belina, descendez avec votre panier à ouvrage. Il est vrai qu'il y a des nombreuses pièces à raccommoder, et j'allumerai pour vous l'une des meilleures chandelles lorsqu'il fera trop sombre.

—Très bien, Alain, je vais descendre puisque Sir John le désire tant. Mais il me faut d'abord remettre mon fichu. Descendez donc dire à Sir John que j'arrive. »

Elle ramassa toutes les pièces et les remit dans la chausse, qu'elle plaça à nouveau au fond du grand coffre de Guillaume contenant les vêtements d'hiver, refermant ce dernier à clé. Elle prit le rectangle de linon blanc qui lui servait de fichu et l'enroula autour de sa tête, accrochant soigneusement les extrémités. Elle avait mal aux bras après sa longue journée épuisante, mais elle ne pouvait pas quitter son logis sans son fichu. Guillaume était le seul qui la voyait tête nue. Elle s'empara de son panier à ouvrage et s'assura en sortant que Minette ne se faufile pas par la porte d'entrée.

Lorsqu'elle arriva dans la cour, Sir John était encore en train de dîner, aidé par son valet. Elle ne s'approcha pas trop près, car elle savait que Sir John éprouvait de l'embarras par rapport au fait qu'il lui fallait être aidé pour manger, en raison de la paralysie de son bras droit. Mais dès qu'il la vit, le gentilhomme anglais posa sa cuiller et lui fit signe de sa main gauche.

Belina se rendit auprès de sa chaise et tira la révérence. Sir John indiqua du doigt la carafe de vin et traça dans l'air un point d'interrogation.

« Oui, merci, répondit-elle, mais un petit peu seulement. Je dois me concentrer sur la couture, ainsi que sur la conversation dont vous souhaitez que je me souvienne. » Alain versa du vin dans une coupe. « À votre santé, Sir John, dit Belina. Mais je vous en prie, n'interrompez pas votre dîner pour moi. »

Elle but le bon vin, appréciant le fait qu'il n'était pas coupé à l'eau, puis elle rendit la coupe à Alain, qui lui dit qu'il allait lui montrer où s'asseoir dans les quartiers de Sir John, afin qu'il soit impossible pour Rocca et Barvaux de remarquer sa présence.

« Qui est Barvaux ? voulut-elle savoir.

—L'ami flamand de Rocca. Celui que vous avez croisé dans l'escalier. » Et celui qui l'avait escortée d'une échoppe à l'autre. Belina se demanda si Alain en avait déjà eu vent.

Elle pénétra dans une pièce spacieuse, où la lumière du soleil faisait encore irruption par une grande fenêtre donnant sur l'ouest. Alain avait placé un tabouret pour son panier d'ouvrage, une table recouverte de vêtements divers et une grande chaise positionnée très près de la porte ouverte menant à la cour, mais que Rocca et Barvaux ne pourraient voir.

Belina s'assit sur la chaise et se mit à raccommoder la première chemise. Il y avait comme souvent un trou au niveau du coude gauche, là où Sir John raclait l'accoudoir de sa chaise en s'appuyant dessus pour se lever. Elle reprisa le tissu effiloché. Alain s'était éclipsé pour rincer le bol de soupe de son maître. De l'endroit où elle était assise, elle voyait le gentilhomme anglais au repos sur son divan, en train d'observer une chauve-souris qui volait de-ci de-là dans la cour.

Elle entendit des pas résonner, et la voix de Rocca se fit entendre non loin d'elle peu après. « Buvons à la réussite de notre projet, Philippe. Puisse la France conquérir l'Angleterre et faire de nous des hommes riches.

—Comment l'invasion des Tudor fera-t-elle de toi un homme riche, Claude ?

Belina entendit la voix grêle et revêche de Rocca lui répondre : « L'archevêque Cato fera en sorte que je sois récompensé pour avoir envoyé tant d'argent de Condom au comte de Richmond. Nous autres Italiens nous serrons les coudes, tu sais.

—Le comte de Richmond n'est pas italien. Il est moitié gallois et moitié anglais.

—Je sais, je sais. Je sais également qu'il s'agit d'un jeune homme qui n'a aucune expérience pour ce qui est de gouverner, et lorsqu'il deviendra roi – s'il devient roi – il lui faudra s'en remettre à ceux qui le soutiennent, et les rémunérer généreusement.

—Des gens comme moi », interjecta Barvaux en versant un liquide dans sa coupe. Belina se demanda de quoi il s'agissait, et si cela le rendrait ivre.

« Des gens comme toi, Philippe. » Ils firent tinter leurs coupes l'une contre l'autre. « Dis-moi comment avancent les plans d'invasion de la mère du comte. »

Belina écouta Barvaux expliquer qu'à la mort inattendue du roi Édouard – peut-être dûe à un empoisonnement – la mère du comte de Richmond, Lady Margaret Beaufort, avait mis à exécution un plan qu'elle avait déjà élaboré avec l'évêque Morton. Lady Margaret devait se débarrasser du frère cadet du roi Édouard, le duc de Gloucester, des deux fils du roi Édouard, ainsi que du duc de Buckingham, qui était lui aussi un héritier potentiel du trône et son neveu par une alliance précédente.

Belina crut comprendre que sur les ordres de Lady Margaret, Buckingham avait feint de devenir l'ami du duc de Gloucester et l'avait convaincu de faire arrêter le demi-frère et l'oncle du nouveau roi Édouard V, au motif que leurs serviteurs avait tenté d'assassiner le duc de Gloucester à Northampton. Mais les assassins étaient en réalité des hommes de Beaufort, auxquels on avait ordonné de tuer le duc de Gloucester si l'opportunité se présentait. Belina se demanda ce que Guillaume savait déjà de tout cela. L'archidiacre en était-il informé, lui aussi ?

Barvaux expliquait à Rocca que le plan alternatif de Beaufort et Morton avait été déclenché, car la tentative d'assassinat avait échoué. Les deux ducs avaient escorté l'enfant-roi à Londres, tandis que la mère de ce dernier avait trouvé asile avec le prince cadet et ses filles. L'évêque Morton, le duc de Buckingham et Lord Hastings avaient ensuite fait circuler le bruit que les deux princes étaient des enfants illégitimes et que le trône devait donc revenir au duc de Gloucester, faisant de lui le monarque plutôt que de n'être que le Protecteur.

Rocca commenta d'une voix sifflante. « Voilà qui est assurément très risqué. Un duc ambitieux et rusé saurait garder prise sur le trône et mettre à mort tous ses ennemis.

—Et c'est exactement ce que fera le comte de Richmond lorsqu'il deviendra roi d'Angleterre, répliqua Barvaux, mais le duc de Gloucester est un grand défenseur de la justice et de l'équité, dévoué à la cause des faibles et des indigents. Sa charité chrétienne le perdra. Il refusera de croire qu'une dame et un évêque puissent nourrir de si funestes ambitions.

—Poursuis donc ton récit », l'enjoignit Rocca. Belina entendit le bruit de coupes que l'on remplissait.

« Le mari de Lady Margaret, Lord Stanley, a fait en sorte de devenir le principal conseiller du Protecteur-devenu-Roi, faisant valoir qu'il était également le principal conseiller du roi Édouard. Alors qu'en vérité, le roi Édouard se méfiait de Lord Stanley et lui préférait de loin Lord Hastings. Mais il fallait que Lord Hastings se trouvât à Calais, où les comploteurs voulaient qu'il trouve le moyen de libérer le comte d'Oxford, emprisonné au château de Hammes, afin qu'ils puissent mettre à profit l'expertise militaire d'Oxford pour mener leur invasion de l'Angleterre. Malheureusement, la libération du comte d'Oxford et de ses troupes nécessitera des sommes d'argent colossales, et c'est ce que je suis venu obtenir ici.

—Je croyais que j'étais censé approvisionner les caisses du comte en Bretagne, l'interrompit Rocca.

—Oui, oui, et c'est ce que tu fais, rétorqua Barvaux. J'attends l'arrivée imminente d'un coffre au trésor, acheminé par un marchand catalan du nom de Daniel Berga. Je voyagerai ensuite jusqu'à Calais à ses côtés pour remettre les fonds à qui de droit.

—Je suppose que tu en garderas quelque partie pour toi-même, fit remarquer Rocca.

—Bien entendu, tout comme le Catalan. C'est pourquoi le coffre qu'il amène est très volumineux. »

Les deux hommes se mirent à rire.

« Où logera-t-il ? s'enquit Rocca.

—Au manoir Senclar, où ses propres serviteurs monteront la garde sur le coffre jour et nuit. Nous nous rendrons ensuite à Bordeaux, d'où nous embarquerons pour Calais. Plus rapide et plus simple que de parcourir tant de lieues sur les routes du royaume, lestés d'un coffre pesant.

—Qu'adviendra-t-il si Lord Hastings n'arrive pas à faire libérer le comte d'Oxford ?

—Il a déjà échoué, Barvaux répondit. Fort malheureusement, le Lord Protecteur l'a fait mander et lui a donné l'office de maître des monnaies pour acheter son soutien. »

Rocca inspira longuement. « Une belle offre.

—Assurément, mais Hastings a commis une erreur en retournant à Londres pour l'accepter.

—Pourquoi donc ?

—Parce que le plan de Beaufort et Morton prévoyait de dénoncer les machinations de Hastings au Lord Protecteur une fois que ce dernier avait été couronné, afin que Hastings soit mis aux fers.

—Comment et pourquoi ? lui demanda Rocca.

—Il nous fallait éliminer Hastings, pour que ses nombreux vassaux et le grand nombre de soldats dont ils disposent passent sous le contrôle du duc de Buckingham, et que nous puissions en faire usage en temps voulu contre le roi Richard.

« J'ai du mal à suivre toutes ces manigances », marmonna Rocca. Belina faillit en convenir à voix haute. Elle se mit à repriser un autre vêtement.

« Et comment Hastings fut-il dénoncé ? ajouta Rocca.

—Mon habileté n'y est pas étrangère », affirma Barvaux. Belina l'entendit remplir à nouveau sa coupe, et Rocca lui signifier qu'il n'en souhaitait pas une autre.

« Comment cela ? insista Rocca.

—J'ai contrefait des documents en imitant l'écriture de Hastings, portant son sceau de Lieutenant de Calais et adressés à la reine douairière, Élisabeth Woodville, dans lesquels il affirmait qu'il projetait d'envahir l'Angleterre afin de remettre son fils aîné sur le trône. »

Rocca voulut savoir comment les documents étaient parvenus jusqu'au Lord Protecteur.

« Par l'entremise de son nouveau secrétaire, Catesby, qui est passé de l'emploi de Hastings à celui du Lord Protecteur. Il est très ambitieux.

—Comme toi et moi, Rocca commenta.

—Oui.

—Catesby savait-il que les documents étaient des contrefaçons ?

—À vrai dire, je l'ignore.

—Et que s'est-il passé ensuite ? »

Barvaux continua son récit en disant que le Lord Protecteur, comme on pouvait s'y attendre, était furieux à l'encontre de Hastings, mais aussi avec lui-même pour s'être laissé duper. Hastings fut arrêté, jugé une semaine plus tard, puis on lui coupa la tête. Le Lord Protecteur avait relaxé la veuve de Hastings sans la soumettre à d'autres sanctions financières. « Le comte de Richmond n'aurait pas été aussi indulgent. Il châtiera les familles de tous ceux qui s'opposent à lui. C'est un bon moyen de récolter beaucoup d'argent », fit remarquer Barvaux en se servant à nouveau.

Belina ne put réprimer un frisson et soupira doucement.

« Ce vieil homme là-bas comprend-il ce que nous disons ? s'enquit Barvaux de Rocca.

—Non. C'est un sergent d'armes sénile, invalide et sourd. Trop vieux pour parler. Inutile de te préoccuper à son sujet.

—Et son serviteur ? persista Barvaux.

—Il quittait la cour lorsque nous sommes arrivés », affirma Rocca.

Belina sursauta. Alain était entré à pas de loup dans la pièce, une bougie allumée à la main. Il la plaça sans mot dire sur le tabouret à côté de Belina, son index pressé contre ses lèvres. Belina le remercia d'un sourire. Elle espérait qu'elle n'avait rien raté d'important de la conversation effarante qui se tenait de l'autre côté du mur. Elle comprenait maintenant que Sir John voulait qu'elle mette Guillaume au fait de cet horrible complot à son retour. Cela lui occuperait l'esprit, ce qui ne serait pas sans son utilité. Moins Guillaume entendrait parler d'elle et Barvaux, mieux ce serait. Elle fronça les sourcils et se concentra sur la discussion qui avait lieu dans la cour.

Rocca était en train de commenter la clémence invraisemblable dont le Lord Protecteur avait fait preuve envers les comploteurs. « N'auraient-ils pas dû être décapités, même l'évêque ? Surtout l'évêque.

—Comme je te l'ai dit, contra Barvaux, le duc de Gloucester est très croyant. C'est un homme pieux et bon. Il n'est pas rusé, il a un vécu militaire et vient du nord de l'Angleterre. Il ne comprend pas la cupidité et les complots.

—Voilà qui est inhabituel, s'étonna Rocca. En es-tu certain ?

—C'est l'avis de l'évêque Morton, répliqua Barvaux. Il le répète souvent. Étant l'un de ses agents confidentiels, je suis bien placé pour le savoir.

—Faussaire, secrétaire – espion aussi, sans doute ? observa Rocca.

—J'exécute les ordres de Monseigneur l'évêque, quels qu'ils soient, déclara Barvaux.

—Et il te rémunère généreusement, j'espère.

—Il est dans son intérêt de très bien me rémunérer, certainement.

—Pourquoi donc ? voulut savoir Rocca.

—Parce qu'autrefois, lorsqu'il vivait à Saint-Mihiel aux côtés de la reine Marguerite d'Anjou, j'accomplissais nombre de basses tâches pour lui, et je lui apportais de l'argent de la part du grand-duc d'Occident. Le duc de Bourgogne lui a versé beaucoup d'argent pour le soudoyer. »

Rocca souhaitait comprendre pourquoi le duc de Bourgogne avait acheté un évêque anglais.

« Cela l'arrangeait d'avoir une alternative pour le trône d'Angleterre. Il savait, comme je le sais moi-même, que l'évêque Morton a toujours voulu gouverner l'Angleterre. Et même si beaucoup de temps s'est écoulé depuis, son ambition est intacte.

—J'imagine que l'état de sa santé est meilleur que celui de sa moralité, lâcha Rocca.

—Qui es-tu pour parler de moralité, Claude ? », rétorqua Barvaux.

La remarque impudente ne suscita aucune réponse. Belina entendit Barvaux remplir sa coupe à nouveau.

« Quelle est la prochaine étape du projet de l'évêque immoral ? s'enquit Rocca.

—Elle est simple mais coûteuse, révéla Barvaux. Il fomente une rébellion contre le roi, qui fait le tour de l'Angleterre avec sa reine. Lady Margaret finance cette rébellion pendant que Monseigneur l'évêque réside à Brecon, au château du duc de Buckingham, où il rappelle au duc ses doléances et le convainc que c'est lui qui devrait porter la couronne, et non le roi Richard sacré il y a peu. L'insurrection est prévue pour le 18 octobre et s'appellera la Rébellion de Buckingham. Ainsi, si elle échoue – et elle échouera – le roi Richard victorieux fera couper la tête au duc.

—Je ne suis pas sûr de comprendre pourquoi il est si nécessaire de se débarrasser de ce duc, fit remarquer Rocca.

—Il est le suivant dans la ligne de succession au trône, expliqua Barvaux.

—Et qu'en est-il des fils d'Édouard IV ? Le roi Richard a-t-il des héritiers ? »

Barvaux dévoila que le rouage principal de cet aspect du complot était de déclarer les princes Woodville comme étant illégitimes, mais de faire en sorte qu'ils résident à la tour de Londres, plutôt que d'être envoyés auprès de leur cousin à Sheriff Hutton, dans le Yorkshire. Lady Margaret avait fait circuler des rumeurs selon lesquelles le roi Richard avait ordonné qu'ils soient assassinés, alors qu'en réalité c'était elle qui avait pris des dispositions pour que les jeunes princes soient éliminés. Le roi Richard n'avait qu'un seul fils, un jeune garçon qui vit à Sheriff Hutton. Lady Margaret avait prévu d'y dépêcher quelques-uns de ses soi-disant ménestrels afin de l'empoisonner.

« Impitoyable et immorale, assurément, commenta Rocca.

—Peut-être, mais la voie se retrouve ainsi dégagée pour que son fils Henri Tudor, comte de Richmond, puisse s'emparer du trône et qu'elle-même puisse devenir la Mère du Roi.

—Je vois. Mais comment une rébellion qui échoue peut-elle nuire au roi Richard, s'il en ressort vainqueur ?

—L'aristocratie du sud de l'Angleterre et des Midlands sera jugée coupable de trahison et n'aura d'autre choix que de se réfugier en Bretagne, sans le sou. Des gens du nord de l'Angleterre prendront leur place, ce qui rendra les paysans furieux, tout comme ils détestaient les soldats de la reine Marguerite d'Anjou venus du nord. Des rustres dans leurs manières et dans leur façon de parler.

—Il coûtera très cher de subvenir aux besoins de tous ces Anglais exilés en Bretagne, fit remarquer Rocca.

—En effet, et c'est pourquoi tes contributions ont tant d'importance. »

Belina serra les dents. Ainsi, tous les tourments financiers des gens de Condom servaient à financer une rébellion anglaise contre un roi chrétien, juste et bon. Elle voulait tenir Rocca responsable de tout cela, mais l'évêque de Barvaux semblait véritablement malfaisant.

Elle entendit des tabourets racler les pavés de la cour et les deux hommes se souhaiter bonne nuit. Alain entra dans la pièce et lui chuchota qu'il la raccompagnerait bientôt jusqu'aux quartiers de Messire Guillaume. Belina se demanda s'il se doutait de l'absence de Guillaume, qui était à bien des lieues de Condom désormais, chevauchant en direction de Bordeaux.

Sir John était toujours allongé sur son divan. Belina voyait son visage à la lumière de la lanterne d'Alain, son expression morne et renfrognée. Ce complot visant à usurper la place d'un bon roi au profit d'Henri Tudor devait être source de grand tourment pour Sir John. Par égard pour lui – ainsi que pour le roi Richard – Belina espérait que les comploteurs échoueraient et finiraient au gibet. Dieu ne pourrait assurément pas permettre que telle malveillance l'emporte. Elle se signa, posa la main un instant sur le bras gauche de Sir John et lui souhaita bonne nuit à voix basse. Alain l'escorta dans le noir et ils gravirent l'escalier, puis il tint une bougie très près de la serrure de sa porte tandis qu'elle tentait de la déverrouiller en silence.

Minette se précipita pour sortir dès qu'elle fut ouverte, mais Alain l'attrapa et la remit à l'intérieur, refermant vite la porte derrière elle et sa maîtresse. Belina se dirigea à tâtons jusqu'à l'étagère où elle gardait sa poudrière et sa bougie. Elle eut beaucoup de mal à l'allumer parce que ses mains tremblaient tant, dû à l'émotion que l'épouvantable conversation qu'elle avait entendue avait suscité chez elle.

Ses mains tremblaient toujours lorsqu'elle mangea du fromage avec deux tranches de pain. Elle se versa un peu de vin du pichet, mais la plupart termina sur le pain et le fromage. Ce fut un dîner très brouillon.

Elle ôta son fichu et ses vêtements, coiffa son bonnet de nuit et se coucha. Elle mit longtemps à trouver le sommeil.

CHAPITRE QUATORZE

Le matin suivant, l'aube annonçait une belle journée lumineuse. Les oiseaux chantaient dans les arbres de la cour et Minette avait hâte de s'en approcher. Non pas qu'elle apprécie leurs mélodies, mais elle prenait du plaisir à les traquer, au grand désarroi de sa maîtresse. Belina ouvrit la lourde porte et la laissa sortir, consciente qu'elle ne le devrait pas.

« Vierge Marie, je vous en prie, ne laissez pas mon chat tuer de ces oiseaux. Des souris, si vous le permettez, mais pas des oiseaux », murmura-t-elle.

Elle se lava les mains et le visage, s'habilla, mangea deux poires et une tranche de pain, tout en pensant aux secrets qu'elle avait découverts le soir précédent. Quelle malice, quelle horreur ! Elle fut parcourue d'un frisson à l'idée qu'elle avait trouvé Barvaux si bel homme. Quels autres actes malveillants avait-il commis ? Pourquoi les tourtes que vendait le pâtissier mort l'intéressaient-elles tant ? Pourquoi était-il si certain que le pèlerin était mort d'une intoxication alimentaire ?

Elle décida de ne plus y penser pour l'instant. Au lieu de cela, il lui fallait écrire un résumé de ce qu'elle avait entendu. Elle plaça ses tablettes et son style sur la table, puis se mit à dresser une liste méthodique des éléments de la conversation entre Barvaux et Rocca. Elle prit toutefois garde à ne donner aucune indication de ses opinions de Barvaux et ne fit jamais mention de son prénom, Philippe. Elle ne rapporta que les faits, obfusquant avec soin tout lien entre elle et le Flamand qui lui faisait la cour. Mais lui faisait-il réellement la cour ? Il n'était en fait qu'un clerc flamand peu scrupuleux, un faussaire et un espion. Du moins, c'était là ce que Rocca avait affirmé. Elle hésitait à le croire. Il était trop serviable et séduisant, non seulement d'apparence mais également à l'oreille. Elle se demanda s'il était doué pour la musique. Elle espérait que le marchand catalan arriverait très bientôt et qu'ils seraient tous deux en route pour Bordeaux, puis Calais, avant le retour de Guillaume à Condom. Et si leurs chemins se croisaient en route ? Elle secoua la tête et prit une autre tablette. Son écriture se fit quelque peu tremblotante sous le coup de l'émotion, mais elle persévéra.

Il y eut un bruit sourd provenant de la porte, suivi de grattements. Elle se leva et laissa entrer la chatte. Minette bondit aussitôt sur la table et se mit à faire sa toilette sur l'une des tablettes. Belina la prit et la posa sur le lit défait, se rendit dans l'autre pièce et plaça les tablettes portant ses notes dans la sacoche d'enquêteur de Guillaume. Elle remit la sacoche dans le coin, à côté du bâton du pèlerin, et se cogna la tête contre la gourde vide qui pendait du crochet situé près du sommet du bâton. Elle disposa une nappe de tissu sur la table, ainsi que le tableau des monnaies de Messire Benasse, et alla chercher la chausse pleine de pièces dans le coffre qui contenait les vêtements d'hiver de Guillaume. Elle fit glisser les pièces de la chausse une par une et les divisa en deux tas ; un pour l'or et un pour l'argent. Elle tria ensuite les pièces d'or, commençant par celles qui lui étaient les plus familières : les écus au soleil, les écus à la couronne et les demi-écus que le roi Louis avait fait battre. Elle fut surprise de découvrir parmi elles une variante plus ancienne datant du règne du roi Charles, et encore plus étonnée de trouver un angelot d'or. Elle retourna ces deux pièces entre ses mains encore et encore, admirant leurs gravures magnifiques, puis elle se mit à trier le reste des pièces d'or en tas distincts.

Le plus gros de ces tas contenait beaucoup de pièces frappées d'un motif qu'elle n'avait encore jamais vu, avec d'un côté une série complexe de lys, de couronnes et de léopards encerclant un soleil, et de l'autre un roi portant une couronne qui se tenait sur un navire. Elle étudia le tableau des monnaies de Messire Benasse, scrutant ses croquis de maravédis, de kreuzer, de florins et de nombreuses autres pièces. Retournant le tableau, elle aperçut un dessin quelque peu approximatif d'un roi sur un bateau, à côté duquel se trouvait une illustration ressemblant à peu près à un cercle de lys et de léopards autour d'un soleil qui contenait en son cœur une rose.

En se tenant près de la fenêtre et en examinant attentivement le croquis, elle vit que cette rose était très semblable à celle qui était représentée au milieu du navire sur l'autre face de la pièce. Selon les annotations de Messire Benasse, il s'agissait là d'un noble d'or à la rose, monnaie battue à Londres par le roi Édouard IV. Des pièces anglaises ! Voilà qui expliquait pourquoi elle ne les avait jamais vues avant. Il était très rare que des pèlerins ou marchands anglais passent par Condom. D'ordinaire, ils se rendaient à Bayonne ou à Bordeaux, par voie de mer. Belina se demanda où Guillaume en était de son voyage à Bordeaux. Elle leva les yeux du tableau des monnaies et laissa son regard vaguer par la fenêtre, l'espace de quelques minutes. Elle finit par se reprendre, laissant échapper un long soupir avant de se rasseoir à la table.

Il y avait plusieurs florins d'or italiens, frappés de portraits de saint Jean-Baptiste et portant l'inscription « S.JOHANNES.B » gravée le long du bord, ainsi qu'une paire de ducats d'or battus par le pape Sixte IV. Belina en avait déjà vus quelques-uns, ce qui n'était pas le cas de la douzaine de florins d'or battus à Liège par le prince-évêque Louis de Bourbon. Encore plus étonnante était la présence d'un florin royal hongrois d'antan, portant sur l'une des faces une gravure de saint Ladislas.

Elle prit son style et dressa une liste des pièces d'or sur une tablette de cire, puis elle les remit dans la chausse. Il lui fallait maintenant s'occuper du tas – plus petit – de pièces d'argent. Elle sépara les pièces françaises du reste du tas et les nota sur une autre tablette ; dix-neuf gros de roi, seize grands blancs de la couronne, vingt-huit grands blancs au soleil. Il ne semblait pas y avoir de petits blancs. Elle étudia à nouveau le tas de pièces d'argent, les comparant avec le tableau de Messire Benasse. Trois des pièces ressemblaient à des grands blancs mais venaient en réalité de Provence, une région dont le roi Louis avait récemment pris le contrôle. Elle les ajouta au tas des pièces françaises et à la liste sur la tablette correspondante.

La plupart des autres pièces d'argent étaient frappées de portraits. D'après le tableau de Messire Benasse, elles provenaient d'Italie. Une douzaine de pièces du doge de Venise, Nicolas Tron, portant sur le revers une gravure du lion de saint Marc ; sept pièces réprésentant d'un côté saint Constant à cheval et un portrait d'aspect peu attrayant de l'autre ; quatre pièces d'un autre doge de Venise, frappées de saint Marc sur une face et du Christ sur son trône sur l'autre.

Belina examina tous les portraits et se demanda quelle était la valeur de ces pièces. Le tableau ne faisait aucune mention de leurs valeurs respectives. Elle remarqua alors deux autres pièces à portraits, frappées d'un Sforza d'un côté et d'un autre Sforza sur le revers. Les deux Sforza étaient en armure. Elle n'avait jamais vu de pièces de ce type non plus. Sur le tableau, Messire Benasse avait placé sous le dessin des Sforza un croquis de ce qu'il avait désigné comme étant une hydre à sept têtes. Elle chercha parmi les pièces restantes quelque chose y ressemblant, mais elle fut déçue de ne rien trouver.

Belina prit une autre tablette et répertoria les trois pièces de maravédis battues par Ferdinand et Isabelle d'Espagne, ainsi que les demis et quarts de réaux. Elle ne vit aucune pièce de quatre réaux en argent. Le pèlerin défunt avait peut-être échangé le reste de sa monnaie espagnole lorsqu'il était passé par la Navarre, en revenant de Compostelle. Mais si tel était le cas, pourquoi avait-il conservé tant de pièces d'or de grande valeur, et notamment les nombreuses pièces anglaises ? Elle secoua la tête. La présence de dix pièces d'Aragon, sur lesquelles le roi Ferdinand était appelé Comte de Barcelone, constituait un autre mystère. Belina tourna et retourna les pièces pesantes entre ses mains, fronçant les sourcils.

Les pièces d'argent qui restaient lui posèrent moins de problèmes, car elle les avait déjà vues à l'échoppe de la cathédrale. Elle catalogua soigneusement chaque kreuzer, double gros, jager et double briquette. Elle nota l'absence de groschen, escalin et stuben,mais recensa une douzaine de demi-ardants.

Enfin, elle alla chercher la besace du pèlerin dans l'autre pièce et en sortit les pièces de cuivre. Ou était-ce de l'étain ? Peu lui importait à ce stade, et elle se contenta de dresser une brève liste de pugesas de Gérone, de señales de Tarragone, de double tournois (devait-elle les mettre dans sa boîte à sous ?), de huit pièces frappées d'un ours et quatre d'un chevalier en armure. Ces dernières venaient du Tyrol, selon le tableau de Messire Benasse. Belina se demanda où cela se trouvait, et si la gravure était un portrait authentique d'une personne mentionnée par Messire Benasse, du nom de Erzherzog Sigismund.

Elle inspecta ses tablettes. Devait-elle ôter quelques pièces d'or et rédiger à nouveau cette tablette ? Ou ôter les pièces de cuivre et effacer la liste qu'elle avait établie sur la tablette correspondante ? Où mettrait-elle ces pièces « acquises » ? Le regard vissé sur la nappe dégarnie, elle passa les doigts sur la chausse, partagée entre bonne conscience et pragmatisme. Elle déglutit nerveusement. En fin de compte, elle prit le parti de l'honnêteté et décida de mettre la chausse pleine de pièces au fond de l'autre coffre à vêtements de Guillaume, sous ses effets de voyage d'hiver et son couvre-chef en peau de mouton. Elle se rendit dans la pièce où il travaillait, plaça la chausse pesante sous ses vêtements, dans le coffre près du mur du fond, et remit la clé à son endroit habituel, pendue à un clou dans la charpente, au-dessus d'une vue de Bordeaux encadrée.

Qu'avait-elle appris ? Pourquoi la plupart des pièces d'or étaient-elles des nobles anglais ? Où le pèlerin était-il allé, et combien de temps y était-il resté ? Malgré son travail minutieux d'identification des pièces et ses tablettes recouvertes de listes, elle n'avait pas l'impression d'avoir beaucoup fait avancer son enquête.

Elle enveloppa le tableau des monnaies dans le morceau d'étoffe que Messire Benasse avait fourni et le plaça, ainsi que les tablettes qu'elle venait de rédiger, dans la boîte en bois sous le lit qui contenait ses vêtements d'hiver. Elle mit son fichu, caressa Minette, glissa d'autres tablettes dans sa sacoche et quitta son logis en hâte. Le frère Charles était en train de descendre les escaliers, agrippant fermement la rampe car c'était un exercice qui lui était à la fois difficile et douloureux, en raison de ses genoux arthritiques.

Belina le rattrapa, puis elle se rendit dans la pièce d'entreposage de l'échoppe, afin d'y trouver des babioles qu'elle avait promis de donner à Françoise, la veuve qui s'occupait de l'étal situé devant l'entrée de la cathédrale. Elle rattrapa à nouveau le frère Charles et ils se dirigèrent lentement côte à côte vers l'édifice religieux. Il était préoccupé ce matin par la situation au sein de la cathédrale même, qui empirait visiblement.

« Il devient dangereux pour les pèlerins de passer la nuit dans les chapelles latérales, Dame Belina, lui apprit-il. On a même volé la cape, le chapeau et le bâton d'un pèlerin l'autre jour. Il était très chagriné d'avoir perdu sa coquille Saint-Jacques, qu'il avait achetée à Compostelle et qui lui avait coûté plus cher que ce qu'il pouvait raisonnablement se permettre.

—S'il se trouve toujours à Condom, il peut venir à l'échoppe de la cathédrale et je lui donnerai une de celles que nous avons. Mais il lui faudra prouver qu'il a bien été victime d'un vol, répondit Belina.

—C'est très généreux de votre part, Dame Belina, mais je ne comprends pas comment il se fait que vous vendiez des coquilles Saint-Jacques. Ne faut-il pas se rendre à Saint-Jacques-de-Compostelle pour les obtenir ?

—Si, en théorie, répondit Belina, mais comme il s'agit d'un article très profitable à la vente et que les membres du chapitre de la cathédrale sont si déterminés à gagner de l'argent, on nous a dicté de nous fournir en véritables coquilles, ainsi qu'en versions en métal.

—Où vous les procurez-vous ?

—Les vraies coquilles viennent de la côte, près de Bayonne. Celles en métal sont issues de nos propres ateliers. J'en ai façonné moi-même, mais je ne suis pas très douée.

—J'ai peine à le croire, Dame Belina. Tout ce que vous faites est fort bien ouvragé.

—Vous êtes trop aimable, frère Charles, répliqua-t-elle en souriant. Le pèlerin a-t-il perdu de l'argent ?

—Heureusement, non. Le peu qu'il possédait se trouvait dans une bourse attachée à sa ceinture, et il portait sa besace sur lui. Par chance, la lanière est trop épaisse pour qu'un voleur puisse la trancher. Mais il était très malheureux d'avoir perdu sa grande gourde, qu'il venait de remplir de vin. Commettre un vol dans la maison de Dieu est un acte malveillant, vraiment malveillant.

—Oui, c'est vrai », convint Belina. Mais elle trouvait cela assez insignifiant par rapport au complot anglais dont elle avait entendu parler le soir précédent. « La cupidité est source de malveillance, affirma-t-elle.

—La cupidité et l'ambition servent le Mal. Il me semble que ces deux péchés étaient moins répandus lors de ma jeunesse, ajouta-t-il. Mais les soldats ont semé le chaos, bien entendu. Les troupes du roi Charles mirent le feu au manoir de mes parents, ce qui leur fit regretter de m'avoir donné ce prénom, observa-t-il en adressant un sourire à Belina.

—Vos parents soutenaient la cause des Anglais en Gascogne ? l'interrogea Belina.

—Bien sûr, ma chère. Comme le faisaient la plupart des gens. Les Anglais et les Gascons étaient plus cultivés que les envahisseurs français, et au bon vieux temps avant la conquête de la Gascogne par la France, tout le monde écrivait en gascon. »

Belina le savait déjà – cela expliquait pourquoi Guillaume parlait et écrivait si bien le gascon. Ils le parlaient toujours entre eux lorsqu'ils étaient en public. Mais il lui avait enseigné l'anglais en secret – des mots doux surtout, pour commencer – et elle maîtrisait désormais assez bien sa langue maternelle.

CHAPITRE QUINZE

Belina et le frère Charles se retrouvèrent au sein d'une foule en colère qui proférait des insultes à l'encontre de Rocca. Le chef de chœur se hâta de rejoindre la cathédrale pour y diriger la répétition du mardi matin. Belina donna à Françoise des répliques des clés de saint Pierre, pour son étal près des portes de la cathédrale.

« Merci, Belina. Je n'ai presque rien vendu depuis le début de ces manifestations contre Rocca, mais c'est peut-être parce que tout le monde manque de sous. Sauf cette canaille de Rocca, bien entendu. » Elle posa les clés factices à l'arrière de sa table. « Quand on parle du loup – et c'est bien un loup – le voilà. »

Belina leva les yeux et vit la silhouette lugubre et efflanquée du trésorier tant détesté qui s'avançait vers eux. Elle eut un mouvement de recul et se tourna vers Françoise, mais elle aperçut du coin de l'œil Jeanne Senclar qui sortait de la cathédrale, après s'être rendue comme à son habitude à la messe du matin.

Rocca salua Dame Jeanne de manière abrupte, mais n'obtint pas de réponse. Il poursuivit en disant qu'il espérait qu'elle avait consenti un don conséquent au fonds de reconstruction de la cathédrale, étant donné qu'elle était la paroissienne qui en faisait l'usage le plus fréquent.

Dame Jeanne ne trouva pas cela drôle. « Je donne un montant qui me semble correct, ainsi que des fruits et légumes de mon jardin pour les paroissiens démunis.

—Ces produits ne proviennent-ils pas du jardin de Dame Edith, et non du vôtre ? s'enquit Rocca.

—C'est la même chose, rétorqua-t-elle.

—Je doute que Dame Edith soit du même avis. Ses dons sont très généreux, au demeurant », commenta Rocca.

Jeanne Senclar haussa ses épaules presque dénudées. Gêné, Rocca détourna le regard.

« Désirez-vous acheter quelque chose de l'étal à médaillons, Dame Senclar ? Françoise la sollicita, plaçant les clés de saint Pierre au centre de sa table.

—Non merci. » Jeanne Senclar tenta de se frayer un chemin à travers la foule, mais les bouchers courroucés de la Bouquerie lui barraient le passage tout en lorgnant sa forte poitrine. Rocca lui tournait le dos et s'entretenait avec le médecin d'Edith Senclar, Chezelle, qui venait de sortir de la cathédrale.

Belina avait l'impression que lorsqu'il n'accompagnait pas Dame Edith, Chezelle tenait souvent à l'œil Jeanne Senclar, et parfois même Henri Senclar. Il ne semblait pas véritablement s'occuper de la santé de qui que ce soit, hormis quelques inspections de la dentition déliquescente de Dame Edith, effectuées de temps à autre.

Chezelle demandait à Rocca s'il était vrai que l'hôpital Dômerie d'Aubrac n'avait pas été fondé par Adalard, vicomte de Flandres, mais plutôt en tant qu'investissement à l'emplacement stratégique, situé à la frontière de trois diocèses, permettant ainsi de se soustraire au paiement de certains impôts. Belina réalisa que Chezelle avait dû être présent lors de la discussion entre Jeanne Senclar et les pèlerins venus du Luxembourg.

« Si fait, Messire Chezelle. La Dômerie était très riche et fut pillée par les Albigeois en l'an 1210, convoitée par l'ordre de Saint-Jean-de-Jérusalem en l'an 1297, par les chevaliers du Temple en l'an 1310 et par les Anglais durant la dernière guerre. Cela ne fait qu'une douzaine d'années environ que la Dômerie fait office d'hospice pour les pèlerins. Elle n'a pas le rayonnement du Puy, de Vézelay ou de Conques. La tradition de Compostelle est bien plus authentique ici, à Condom. Cette histoire au sujet d'un vicomte flamand nommé Adalard qui aurait fondé la Dômerie d'Aubrac à son retour de Compostelle n'est qu'un mythe. »

Jeanne Senclar se retourna vivement, la gorge palpitante sous l'effet de la colère. Rocca détourna les yeux.

« Vous mentez, l'accusa-t-elle. Vous êtes un menteur !

—Dame Jeanne, l'admonesta le médecin, vous ne devriez pas vous adresser au Trésorier ainsi.

—Je m'adresserai à lui comme il me plaira, rétorqua-t-elle, et je réfute toute affirmation selon laquelle la fondation d'Aubrac par le vicomte Adalard est un mythe.

—Mais Dame Jeanne, contra Rocca en usant de son ton le plus glacial, réservé d'ordinaire aux personnes endettées, de nombreux aspects de la tradition du chemin de Saint-Jacques menant à Compostelle relèvent du mythe, et en premier lieu la tradition qui affirme que ses ossements se trouvent en Galice plutôt qu'à Jérusalem, où il fut décapité.

—Comment osez-vous ? s'écria Jeanne Senclar. Comment osez-vous, un clerc, mettre en doute la foi en saint Jacques ?

—Je crois bien entendu en l'existence de saint Jacques en tant qu'apôtre du Christ. Mais je ne crois pas, en revanche, que sa dépouille fût transportée de Jérusalem en Galice.

—Pouvez-vous me dire alors à qui appartenaient les ossements trouvés au Champ des étoiles ? l'interrogea Chezelle, avant que Jeanne Senclar ne puisse dénoncer l'affirmation catégorique de Rocca.

—À personne, sans doute, répliqua Rocca. Il devait être opportun, pour des motifs de théologie et de politique, de proclamer que les reliques de saint Jacques avaient été découvertes en Galice. » Il marqua une pause, tandis que la foule qui se rassemblait autour d'eux était parcourue d'exclamations de surprise. « Et la tradition selon laquelle elles furent trouvées dans un *Campo de estrellas* – le fameux Champ des étoiles – n'est que billevesées. Si l'on avait trouvé des ossements, ç'aurait été dans un *compostum*, le mot latin signifiant "cimetière". C'est de là qu'est venu le nom de Compostelle. »

Jeanne Senclar n'était maintenant plus la seule à être incrédule et furieuse. Les critiques fusaient à voix basse à l'encontre de Rocca. Belina était très mal à l'aise, elle aussi. Pourquoi travaillait-elle dans une échoppe de cathédrale dévolue aux pèlerins de Compostelle si saint Jacques ne s'était jamais rendu en Galice ? Son gagne-pain dépendait de la dévotion d'autrui aux reliques et aux médailles. De plus, la cathédrale de Condom réalisait d'importants profits grâce aux pèlerins, et Rocca s'en était approprié une grande partie. Elle tenta de trouver une manière appropriée de le lui faire remarquer.

Avant que Belina n'ait le temps de formuler une réponse aux affirmations sidérantes de Rocca qui soit à la fois claire et ne lui attire pas d'ennuis, un marchand richement vêtu qui tenait à la bride un cheval racé déclara qu'il existait une croyance à Trêves, la ville d'où il venait, selon laquelle les ossements retrouvés dans le *compostum* à Saint-Jacques appartenaient à l'évêque Prisciliano, un Espagnol décapité à Trêves il y a plus de mille ans, dont la dépouille avait été rapportée en Galice par fleuve et par mer pour qu'elle puisse y être enterrée.

« C'est une thèse intéressante, messire, commenta Rocca, mais beaucoup de personnes y adhèrent-elles à Trêves ? »

Le marchand amorça un début de réponse, mais fut interrompu par les salutations démonstratives de Dame Jeanne à l'intention de Barvaux, qui marchait dans sa direction en tenant dans sa main une lettre frappée d'un imposant cachet de cire rouge. Il ne prêta aucune attention à Dame Jeanne et continua sur son chemin, si bien qu'il faillit heurter le cheval du marchand allemand, qui battit les pavés de ses sabots.

« Regardez où vous allez, idiot », s'écria l'Allemand.

La foule s'écarta quelque peu, soucieuse de se préserver de l'humeur du puissant cheval. Le marchand attrapa la chevelure bouclée de Barvaux et la releva.

« Vilaine cicatrice vous avez, fit-il remarquer dans un français approximatif.

—Lâchez mes cheveux », gronda Barvaux.

Le marchand montra le cou de Barvaux et la cicatrice qui le marquait à des soldats qui se tenaient près d'eux. Le reste de la foule tendit le cou pour mieux voir, poussant des oh et des ah.

« Je vous le redis, lâchez mes cheveux. »

Le marchand éclata de rire et lâcha prise. « Vous très fâché. »

Chezelle prit Dame Jeanne par le bras et lui fit traverser la place en direction de l'apothicaire, en face de la tour située à l'extrémité nord de la rue Cadéot. Une paire de bouchers leur emboîtèrent le pas en sifflotant et en faisant à voix haute des commentaires salaces sur l'apparence de Jeanne Senclar. Derrière eux, quelqu'un cria : « Esquiveuse d'impôts d'Aubrac ! »

Pendant ce temps-là, Barvaux avait aperçu Belina et s'avançait vers elle le regard brillant, écartant deux personnes de son chemin. Elle détourna le regard.

« Bonjour, Dame Belina », la salua-t-il en la gratifiant d'un large sourire. Plusieurs personnes se retournèrent pour voir qui était cet étranger qui connaissait suffisamment bien Belina pour ne pas l'appeler Dame Lansac. Cinq femmes lui jetèrent un regard noir, des femmes qui l'appelaient la *molièrota* (la fille du meunier).

À la fois irritée et gênée, Belina inspira profondément et répondit : « Bonjour, messire », en espérant que Barvaux saisirait l'allusion.

Ce ne fut pas le cas. Au contraire, il mit la main sur son bras et annonça qu'il allait l'emmener dans des échoppes et des auberges. C'en fut trop pour l'épouse du gantier, qui se tenait près d'eux. Elle rappela à Belina que les femmes mariées n'accompagnaient pas des inconnus dans des auberges.

« Que dirait votre mari, Dame Lansac ? » poursuivit-elle en haussant le ton.

Belina s'attendait à cette question. « Pour tout vous dire, il n'aurait pas d'objection. Un pèlerin est mort d'empoisonnement à l'hospice Pradau, et mon mari m'a demandé de découvrir où il se trouvait avant de gagner l'hospice – il faut donc que je me rende dans les échoppes et les auberges.

—Pourquoi Messire Guillaume ne peut-il pas s'en charger lui-même ? voulut savoir un des palefreniers de la cathédrale.

—Parce qu'il est occupé à rédiger un rapport très important pour l'évêque. » La réponse toute faite lui vint sans réfléchir. Belina espéra que le palefrenier n'avait pas vu Guillaume quitter les écuries de la cathédrale, tôt dimanche matin. Il avait l'air perplexe. Il était grand temps qu'elle s'éloigne de cet attroupement.

Barvaux la mena chez le cordonnier, mais ce dernier ne se souvenait pas de ce pèlerin en particulier – il y avait tant de pèlerins qui clopinaient jusqu'à son échoppe pour faire rafistoler leurs bottes. De toute manière, Belina se rappelait que les bottes du pèlerin empoisonné, ainsi que ses pieds, lui avaient semblé être en bon état. La tenancière de l'échoppe de tissus, quant à elle, leur confia d'un ton maussade que les pèlerins ne lui achetaient jamais rien pendant l'été.

Il y avait beaucoup de monde chez l'apothicaire qui, malgré l'aide de son assistant, était fort occupé à satisfaire les exigences de Jeanne Senclar tandis que les autres clients attendaient leur tour impatiemment en ronchonnant. Belina quitta l'établissement sans interroger qui que ce soit, en espérant que l'apothicaire ne l'avait pas vue en compagnie de l'élégant Flamand. Elle se rendit dans toutes les échoppes qui se trouvaient près de la cathédrale ; les personnes avec lesquelles elle s'entretint firent preuve de plus ou moins d'obligeance, mais aucune d'entre elles n'avait d'éléments concrets ou utiles à lui rapporter.

Elle prit son courage à deux mains et se rendit au Lion d'Or. La présence de Barvaux à ses côtés évita au moins que l'aubergiste ne la chasse immédiatement des lieux, comme cela avait été le cas au Cheval Blanc. Elle se sentit néanmoins très mal à l'aise et quitta l'auberge dès qu'elle le put.

Elle eut moins de mal à l'auberge voisine des Compagnons, où elle s'entretint avec la Mère. Mais cela faisait plusieurs semaines qu'ils n'avaient servi aucun nouveau venu, et ses cuisiniers préparaient tous les plats que mangeaient les jeunes ouvriers et artisans qui y logeaient. La Mère fut catégorique quant au fait que son auberge ne vendait jamais de tourtes gâtées.

Belina et Barvaux redescendirent la rue qui menait à la cathédrale. Il y avait du monde dans le passage étroit et Barvaux tint Belina très près de lui. Elle ôta sa main, mais une femme qui vendait des herbes l'avait déjà dévisagée en marmonnant « *molièrota* ». Une mule chargée de meubles la bouscula, fournissant à Barvaux un prétexte pour la tirer vers lui de nouveau.

Elle laissa échapper un soupir de soulagement lorsque la rue s'ouvrit sur la place de la cathédrale, mais une énorme charrette tirée par deux chevaux mis à rude épreuve faillit les écraser à hauteur de la taverne du Serpent. Barvaux agrippa le bras de Belina d'un geste protecteur, la tirant vers lui une fois de plus. À son grand désarroi, elle aperçut le frère Martin qui marchait dans sa direction, mais il était en pleine conversation avec Jeannot, qui trottait à ses côtés. Elle leur tourna le dos, espérant qu'ils ne l'avaient pas encore vue, et se dirigea vers l'entrée de la taverne.

Barvaux la retint par le bras. « Vous ne pouvez pas entrer là, Dame Belina.

—Pourquoi donc ?

—Cette taverne est sombre et sale. Ce n'est pas un endroit pour quelqu'un comme vous. » Il resserra sa prise sur son bras.

« Lâchez mon bras, je vous prie. Je suis tout à fait capable de me tenir debout sans votre aide. »

Il la regarda les yeux écarquillés, visiblement surpris par son ton direct, et lâcha prise de son bras. Elle passa deux soldats qui sortaient de la taverne et y pénétra, sans se soucier de savoir ce qui était pire – croiser la route du frère Martin et du volubile Jeannot, ou entrer dans un établissement dont elle savait qu'elle ferait mieux de l'éviter.

Il lui fallut quelques minutes pour s'habituer à la faible lumière, et surtout à l'odeur de vin âcre et d'urine. Les nattes de joncs posées au sol grouillaient d'insectes. Les chiens se grattaient. Deux linottes mâles chantaient, apparemment inconscientes de la dispute véhémente qui avait lieu sous leur cage. Belina n'avait aucune envie de s'asseoir dans un tel endroit.

Le tavernier passa de l'autre côté de son comptoir et s'approcha de Barvaux et Belina. Il les salua en gascon d'un ton brusque. Belina lui expliqua qu'elle enquêtait au sujet de la mort par empoisonnement d'un pèlerin à l'hospice Pradau.

« Laissez-moi réfléchir. Il y a peut-être un pèlerin qui est passé ici samedi après-midi, qui a bu de mon vin et mangé des gâteaux. Maintenant que j'y pense, ce pèlerin avait quelque chose de bizarre. » Il s'interrompit et se gratta le crâne.

« Ce bougre ne semble rien savoir, Barvaux assura Belina en français. Nous perdons notre temps ici, à mon avis. Et vous ne devriez pas vous trouver dans un établissement comme celui-ci. » Il tenta de la diriger vers la porte.

« Un instant, je vous prie, rétorqua-t-elle en ôtant la main de Barvaux de son bras, il réfléchit. »

Le tavernier reprit sa conversation avec Belina, en français cette fois. « Deux clients ont mangé de ces gâteaux, mais ils n'en ont mangé qu'un chacun, et l'homme qui a payé la note a mis les gâteaux restants dans la besace du pèlerin. Ces gâteaux avaient quelque chose de curieux. » Il marqua une pause et dévisagea Barvaux pour la première fois. « Et ce client vous ressemblait beaucoup, messire.

—Ne soyez pas ridicule ! » s'écria Barvaux en prenant Belina par le coude et en la poussant vers la porte. « Comme je vous l'ai dit, Dame Belina, vous perdez votre temps avec ce malappris.

—Mais ce n'est pas un malappris, protesta-t-elle. Il répond poliment et respectueusement à mes questions.

—Peut-être, mais je vous répète que cette taverne n'est pas un lieu convenable pour une femme. Vous le savez très bien, je pense. » Il la fit sortir de l'établissement. Fort heureusement, le frère Martin et Jeannot se dirigeaient vers les portes de la cathédrale et lui tournaient le dos.

« Cette taverne est un endroit très douteux, Barvaux l'admonesta, et vous n'auriez pas dû y entrer. Je vous avais demandé de ne pas le faire.

—Je vais aller m'entretenir là-bas avec une des mes amies afin de rétablir ma réputation, puisque vous sous-entendez qu'en entrant dans cet établissement j'y ai porté atteinte. » Elle fit un geste en direction de la couturière de la cathédrale, qui se rendait à l'échoppe de tissus. « Attendez-moi ici. Je n'en ai pas pour très longtemps. »

Belina entra dans l'échoppe à la suite de la couturière, expliqua sa situation à la tenancière et lui demanda s'il lui était possible de quitter l'échoppe par la porte de derrière.

« Bien entendu, Dame Lansac. Quel affreux Parisien ! Sa tête ne me revenait pas du tout lorsque vous êtes passés ici. S'il entre ici à votre recherche, je tâcherai de l'occuper pour lui faire perdre du temps. Je pourrais même tenter de lui faire acheter de l'étoffe à vous offrir.

—Ne faites pas cela, je vous en prie. Je le connais à peine, mais il souhaite m'aider dans mon enquête, ce qui est utile lorsqu'il faut se rendre dans des auberges et des tavernes pour y interroger ceux qui y travaillent.

—Je comprends tout à fait. Mon mari ne me laisserait jamais me rendre seule dans une taverne. »

La couturière fit remarquer que son époux ne le lui permettrait pas non plus.

Belina avait hâte de quitter l'échoppe avant qu'on ne lui demande ce que pensait son mari de ses allées et venues dans des tavernes. Que dirait Guillaume s'il entendait qu'elle s'y rendait accompagnée de Barvaux ? Ou plutôt, *quand* il l'entendrait. Elle déglutit nerveusement. Guillaume se mettrait en colère. Elle n'avait pas oublié à quel point il avait été furieux lorsqu'il avait vu un marchand passer son bras autour de sa taille à l'échoppe de la cathédrale. Guillaume l'avait écarté d'elle et lui avait asséné un coup de poing dans la figure si violent que le marchand était tombé à la renverse et avait brisé une urne qui se trouvait derrière lui. Mais une fois que le marchand s'était relevé et avait quitté l'échoppe en titubant, Guillaume avait pris Belina dans ses bras, lui avait baisé le front et demandé son pardon.

« Vous devriez vous dépêcher, Dame Lansac, lui dit la couturière. Je resterai ici pendant que Suzana vous montre la sortie à l'arrière. »

Belina lui adressa un sourire de remerciement et gagna rapidement la porte située derrière le comptoir imposant. Elle suivit Suzana le long d'un couloir étroit qui débouchait sur une vaste pièce d'entreposage, emplie de ballots d'étoffe sanglés par des cordes et portant des sceaux d'identité en plomb. Belina aperçut une chatte en train de nourrir ses chatons.

« J'imagine que les souris sont un souci pour vous, ici, commenta-t-elle.

—Les rats aussi, répondit Suzana. Même les araignées attaquent le tissu. Je demande à mes fils d'ôter toutes les toiles, de boucher les trous de souris et de placer du poison pour les rats. Il n'est pas de tout repos de protéger ce qui vous appartient, ici à Condom.

—Quel type de poison utilisez-vous ? lui demanda Belina.

—J'achète de l'arsenic chez l'apothicaire, puis j'enfile mes gants les plus épais et je mélange la poudre d'arsenic avec un quart de graisse de porc, une livre de farine de froment et quatre œufs. Je fais cuire la mixture dans le four dans la cour, pour que les émanations n'entrent pas dans la maison ou dans l'échoppe. Ensuite, je coupe le pain à l'arsenic en lamelles et je les cloue aux endroits où je pense que vivent les rats. Ça les tue, c'est très efficace. »

Ils débouchèrent sur une cour au sein de laquelle trônait un tilleul. Une femme âgée était assise à l'ombre, en train de coudre une cotte.

Suzana l'approcha, se pencha et l'embrassa. « Papa se sent-il mieux aujourd'hui ?

—À peine. Il a encore vomi deux fois ce matin. Il y en avait partout.

—Penses-tu qu'il s'agit d'une intoxication alimentaire ? lui demanda Suzana. Ou peut-être qu'il a mangé ou bu quelque chose qu'il n'aurait pas dû dans une taverne ? »

Malheureusement pour Belina, Suzana n'attendit pas la réponse de sa mère et tira une clé de sa ceinture, déverrouilla la porte à l'autre bout de la cour et informa Belina qu'elle donnait sur la rue de la Monnaie.

CHAPITRE SEIZE

Belina chemina jusqu'à la vieille porte fortifiée qui gardait l'accès à la place du Lion d'Or, prit à gauche et s'engagea dans la rue Latournerie, qui était animée comme souvent, traversa le passage étroit menant à la rue des Argentiers et se fraya un chemin avec précaution en évitant les mules, les chevaux de bât et leurs excréments. Elle fut heureuse d'arriver enfin à la rue Sainte-Luce et à l'entrée imposante du manoir Senclar.

Elle ne se hasarda pas à entrer au manoir par la porte principale, où étaient postés le valet de pied et le garçon qui menait les chevaux des visiteurs aux écuries, situées en contrebas près de la rivière. Au lieu de cela, elle continua le long de la rue ombragée jusqu'à la porte des cuisines. Celle-ci était elle aussi surveillée, par l'un des gardes d'Henri Senclar ainsi que deux chiens bergers des Pyrénées. Tout le monde à Condom savait que ces deux bêtes mangeaient plus de viande et d'œufs chaque semaine que la plupart des citoyens ne consommaient en un mois. Elle leur jeta un regard appréhensif.

Heureusement, Belina connaissait le garde car il apportait le blé des Senclar par charrettes entières au moulin des Moulié à Gauge. Elle lui expliqua qu'il lui fallait interroger les personnes qui travaillaient aux cuisines, au cas où quelqu'un avait vu le pèlerin. Elle insista sur le fait que Dame Senclar était connue pour la générosité de ses dons envers les pèlerins.

« Vous voulez dire que Dame Senclar l'a peut-être empoisonné ? s'enquit le garde.

—Non, pas du tout. Je cherche à savoir quelle sorte de personne il était, s'il était souffrant, s'il était riche ou pauvre, s'il boitait... ce genre de chose, s'empressa-t-elle de clarifier.

—Dame Belina, si vous voulez le dire, dites-le, répondit-il.

—Dire quoi ?

—Que Dame Senclar a une réputation d'empoisonneuse. »

Belina hésita avant de poursuivre. « J'ai eu ouï-dire qu'elle a peut-être empoisonné des gens autrefois à Lectoure, lorsqu'elle était enfant, mais je suis certaine qu'elle ne fait pas ce genre de chose aujourd'hui.

—Il ne faut jamais dire "jamais" », fut la réponse cryptique du garde.

Belina ne put résister à la tentation de creuser plus profondément le sujet. « Vous pensez qu'elle a peut-être empoisonné quelqu'un à Condom ?

—Il n'y a pas de "peut-être" qui tienne. Il y a cinq ans, elle a empoisonné un pèlerin à l'hospice Cardinal Teste, à la Bouquerie. Elle a transmis un don généreux à l'évêque et ses adjoints pour éviter qu'on l'accuse. Mais c'était avant l'arrivée de votre mari à Condom, bien entendu. J'ose espérer qu'elle ne commettrait pas pareil crime ces jours-ci. »

Belina prit garde à ne pas laisser la conversation bifurquer vers Guillaume et le travail qu'il effectuait. Elle savait qu'il était en grande partie confidentiel. Le garde faisait montre de la faconde caractéristique des Gascons, et elle devait faire attention à tenir sa propre langue.

Fort heureusement, le garde semblait prendre plaisir à raconter des ragots au sujet de Dame Senclar. « On dit qu'elle a empoisonné l'aînée de ses sœurs – enfin, c'était sa demi-sœur. Ils ont peut-être l'empoisonnement dans le sang. Le père de Dame Senclar a mis fin à ses propres jours lorsqu'elle était âgée de deux ans, après tout.

—J'ignorais cela, déclara Belina. Pourquoi a-t-il fait chose si terrible ?

—Il n'a connu que des déroutes lors de la guerre contre les Anglais. C'est peut-être pour ça que Dame Senclar les déteste tant, et qu'elle préfère les Français. »

C'est à ce moment-là qu'une charrette lestée de meubles arriva, et le témoin obligeant de Belina dut tourner son attention au déchargement. Belina se faufila par la porte grande ouverte alors qu'il ne faisait pas attention à elle et que les chiens grognaient contre les livreurs de mobilier.

Une délicieuse odeur de poulet en train de rôtir flottait à l'intérieur. Belina la suivit et arriva dans la cuisine, une vaste pièce bien aérée dont l'un des côtés était occupé par une rangée d'aides-cuisiniers, affairés à couper des oignons, écosser des petits pois et râper des carottes. De l'autre côté, une jeune fille prenait des pêches dans un bol d'eau chaude, les pelait et les tranchait en morceaux. Un cuisinier touillait un petit poêlon sur le plus petit des réchauds, ajoutant minutieusement de la cannelle à son contenu.

Le maître-cuisinier l'observait attentivement. « Tu dois mettre plus de lait d'amandes dans cette sauce cameline, le gronda-t-il.

—Je le sais, messire, mais la nourrice de Dame Jeanne a volé la moitié des amandes que je venais de piler.

—Que ça ne se reproduise pas.

—Bien, messire. Toutes mes excuses. Je ne m'attendais pas à cela.

—Ce n'est pas une excuse. Tout le monde sait que cette nourrice chaparde pour le compte de Dame Jeanne, rétorqua le maître-cuisinier. Et pour son propre compte aussi, d'ailleurs. »

Belina n'avait jamais entendu cela. Elle décida d'essayer d'en savoir plus sur ce qu'ils pensaient de Dame Jeanne, même s'ils avaient l'air occupés. Elle se demanda l'espace d'un instant s'ils lui offriraient à manger, mais cela lui parut très peu probable, et elle n'avait aucune envie de finir empoisonnée.

Elle fit le tour de la cuisine, demandant à chacun ce qu'ils savaient au sujet du pèlerin mort et si de la nourriture avait été livrée à l'hospice Pradau récemment. On lui expliqua que les restes étaient divisés en trois parties : une pour les cochons d'une ferme appartenant aux Senclar et située près de Sempuy, la deuxième pour l'hospice Cardinal Teste sur l'autre rive de la Baïse, et la troisième pour l'hospice Pradau.

« Vous voulez dire que vous faites trois parts égales ? voulut-elle savoir.

—Non, Dame Lansac. Nous trions les déchets de table pour la ferme, la nourriture facilement transportable par barque pour l'hospice Teste et le reste pour l'hospice Pradau », fut la réponse condescendante.

Belina se demanda comment il connaissait son nom, mais poursuivit ses questions. « Pourquoi n'emmenez-vous pas la nourriture pour l'hospice Teste en charrette, par le pont Barlet ? demanda-t-elle.

—Pour éviter le péage, bien sûr, ainsi que la file d'attente pour sortir de Condom et y rentrer à nouveau.

—Cela donne quelque chose à faire aux bateliers du consul Senclar, ainsi qu'un prétexte pour se rendre à la Bouquerie, ajouta quelqu'un. Et surtout à Troubat, le chef batelier. Il semble devoir se rendre fréquemment chez une certaine fabricante de fichus. »

Plusieurs personnes ricanèrent.

Belina se souvint du mépris que Jordi avait manifesté à l'encontre du chef batelier. « Et si le bateau chavire sur la rivière ? suggéra-t-elle. Surtout lorsque son cours est rapide, comme il l'est en ce moment.

—Cet idiot est capable de faire chavirer un bateau même lorsque la rivière est calme, en juillet. Il n'est pas doué lorsqu'il s'agit de barrer une embarcation, et encore moins pour ramer.

—Pourquoi lui a-t-on donné cet emploi, alors ? » s'enquit Belina, bien qu'elle connaisse déjà la raison. Un silence gêné s'ensuivit, mais Belina insista et demanda quelles autres tâches il remplissait pour le consul Senclar.

« Une tâche spéciale qui n'a rien à voir avec les bateaux. »

Belina attendit et se demanda s'il lui fallait offrir une pièce. Mais elle finit par décider que cela n'avait sans doute pas d'importance pour son enquête.

Les deux serviteurs échangèrent un regard et semblèrent arriver à une conclusion. « La principale fonction du chef batelier, qu'il remplit apparemment de manière fort satisfaisante aux yeux du consul, est de procurer à ce dernier de jolies jeunes femmes pour son bon plaisir. »

Les présomptions de Belina s'avéraient donc être exactes. « Vous voulez dire que ces jeunes femmes sont reçues ici, dans cette demeure ? les interrogea-t-elle en baissant la voix.

—D'ordinaire, oui. Mais dans la partie du manoir occupée par Dame Edith, et non celle où Dame Jeanne réside. »

Le maître-cuisinier s'approcha et ordonna à ses subordonnés de se concentrer sur leurs tâches respectives, jetant un regard courroucé en direction de Belina au passage. Elle saisit l'occasion et le questionna au sujet du pèlerin mort. Des pèlerins venaient-ils quémander à la porte de la cuisine, en quête de nourriture et de boisson ?

« Si fait, mais les gardes ont pour ordre de les refouler. Ils nuisent à la qualité de la maison. On donne une pièce ou deux à tous ces mendiants, et on leur indique l'hospice le plus proche pour la suite de leur voyage.

—Vous parlez d'eux comme s'il n'y avait pas de différences entre pèlerins et mendiants, fit remarquer Belina.

—C'est très souvent le cas, affirma-t-il. Presque toujours, d'après moi.

—Dame Jeanne partage-t-elle ce point de vue ? voulut savoir Belina. Elle parle toujours de l'aide qu'elle prodiguait aux pèlerins à l'hospice Aubrac.

—La Dômerie d'Aubrac, la corrigea-t-il avant de poursuivre. En ce qui me concerne, peu me chaut ce que pense Dame Jeanne, ou si elle pense à autre chose que sa propre personne ou à gagner de l'argent. »

Belina fut tentée d'exprimer à voix haute le fait qu'elle

partageait son avis, mais le caviste arriva à ce moment-là et se mit à poser des questions au maître-cuisinier. Elle se rendit donc de l'autre côté des cuisines et contempla les marmites qui bouillonnaient sur la longue et large cuisinière. L'odeur qui en émanait était délicieuse. Elle se demanda à nouveau si elle serait invitée à déjeuner. En attendant, elle disposait d'une excellente opportunité d'observer des cuisiniers de métier à l'ouvrage. Sous son regard fasciné, un cuisinier âgé retira six ballots de lin d'une cruche de vin et de vinaigre, avant de les dérouler sur un bloc de marbre. Il pela six truites et les coupa en filets, remettant la peau, les écailles et les têtes dans le bouillon, tandis que l'un des garçons de cuisine avivait le feu sous la marmite au moyen d'un soufflet. Le cuisinier tapissa les bords d'une petite passoire de deux couches de tissu de lin et saupoudra dessus des pincées de cannelle en poudre, de clous de girofle, de poivre et de graines de paradis. Il tint la passoire au-dessus de la marmite et se servit d'une louche pour verser un peu de bouillon sur les épices. Il ajouta ensuite trois feuilles de laurier au tissu et noua ce dernier en un petit paquet. Il plongea le paquet dans le bouillon et dit au garçon de le faire chauffer jusqu'à ce qu'il soit réduit de deux tiers. « Et lorsque cela se sera produit, lui indiqua-t-il, ajoute une demi-cuiller des fleurs de lavande qui se trouvent sur cette petite assiette. »

Belina demanda au cuisinier si ce bouillon à l'odeur exquise allait servir à préparer une soupe.

« Non, Dame Lansac. Il sera versé sur le poisson lorsqu'il sera cuit, pour faire un aspic. Pour ce plat, mon secret est le suivant : je garde trois cuillers de bouillon, que je passe au pinceau sur la truite lorsqu'il commence à se former en gelée, ce qui donne au poisson l'enrobage lustré de l'aspic. Dame Senclar est très friande de ce plat. »

Belina le remercia et se rendit à l'autre bout de la pièce, où un autre cuisinier bien plus jeune égouttait des petits pois et les réduisait en purée. Il pela et coupa ensuite deux gros oignons et les fit revenir doucement dans de l'huile de noix.

Elle lui demanda ce qu'il pensait de Dame Jeanne Senclar. « Une mauvaise maîtresse », maugréa-t-il. Il fit chauffer deux cuillers de vin dans un petit récipient, puis versa le tout sur sa purée de pois, plaçant les oignons brunis dessus. Belina se dit qu'elle pourrait facilement reproduire ce « secret ».

Elle essaya de poser des questions au sujet de Dame Jeanne à un autre jeune cuisinier, mais il se concentrait sur la préparation de sa *leyt bulida*. Elle se résigna donc à l'observer en silence tandis qu'il plaça une pincée de cannelle, de gingembre et de sel dans quelques gouttes de lait froid, puis battit quatre jaunes d'œuf dans un bol. Il fit ensuite bouillir une pinte de lait. Juste après cela, il ajouta le lait chaud aux jaunes d'œuf par petites quantités, en touillant sans arrêt la mixture. Il y ajouta les épices infusées, les sourcils froncés de concentration, et baissa le feu très bas, touillant sans discontinuer avec sa longue cuiller en bois.

Le maître-cuisinier traversa la cuisine et enjoignit Belina de cesser d'interrompre le travail de ses assistants.

« Je ne les interromps pas, je vous assure, protesta-t-elle. Je les observe avec admiration. » Elle lui adressa un sourire. « Je ne dérangerai personne en train de préparer une sauce, mais je dois interroger le groupe de cuisiniers qui se trouve là-bas. » Elle pointa du doigt les cuisiniers qui s'occupaient des légumes, dont elle espérait qu'ils auraient d'autres ragots concernant Dame Jeanne à lui raconter. Elle espérait également que le sévère maître-cuisinier ne devinerait pas ses intentions.

Il lui tourna le dos et s'affaira ailleurs afin de superviser les dernières phases de la cuisson de poulets dans une sauce *moxerich*. L'arôme fit saliver Belina, qui avait de plus en plus faim.

Elle surveilla un apprenti qui préparait un *lletugat* tout en conversant avec son collègue, qui faisait lui une *porrada* à partir de poireaux et de lardons. L'apprenti fit bouillir cinq cœurs de laitue et trois oignons, qu'il égoutta au moyen d'une serviette après avoir récité six *Pater Noster*. Il plaça les légumes dans un pot en terre cuite qui contenait du lait d'amandes chaud. Belina espéra que la nourrice de Dame Jeanne aux mains chapardeuses n'avait pas saboté le travail de l'apprenti. Elle demanda au cuisinier quand il allait ajouter les tranches de fromage qui reposaient dans une assiette près de lui.

« Lorsque j'aurai à nouveau égoutté les légumes, que je les aurai pilés dans mon mortier et mis dans des bols. J'ajouterai alors mes tranches de fromage, je les saupoudrerai de noix de muscade et je les ferai passer à Tionot, là-bas. » Il montra du doigt un cuisinier torse nu, qui se tenait en sueur à côté d'un feu rugissant et tenait une plaque de fer chauffée au-dessus de plats que lui amenaient d'autres cuisiniers.

Tandis que Belina observait Tionot et le plaignait de devoir accomplir une tâche si torride alors qu'il faisait déjà si chaud, une femme de chambre apparut avec un pichet en cuivre pour qu'on le remplisse de vin. Elle aperçut Belina et chuchota quelque chose à l'oreille de la servante qui lui tendait le pichet fraîchement rempli. Belina entendit la réponse.
« Dame Lansac, l'épouse du messager de l'évêque.

—Que fait-elle ici ?

—Elle pose à tout le monde nombre de questions.

—À quel sujet ?

—Au sujet de pèlerins et de poisons. Elle est très minutieuse. »

La femme de chambre fixa Belina du regard, puis quitta la cuisine en hâte. Belina espéra qu'elle ne la reverrait pas. Elle porta à nouveau son attention sur la nourriture qui attendait de cuire. Un des légumes lui était inconnu ; sa peau était violette et luisante, il mesurait environ six pouces de long et sa forme rappelait celle d'une poire. Elle suivit attentivement lorsque le cuisinier le trancha et le fit frire dans une grande quantité d'huile d'olive, puis elle lui demanda de quoi il s'agissait.

« C'est une *alberginie*, l'informa-t-il avant de se remettre à secouer son plat à frire.

—D'où vient-elle ?

—Du jardin, pardi. D'où pourrait-elle bien venir ?

—Pourquoi n'en ai-je jamais vu avant, alors ? voulut savoir Belina.

—Parce qu'elles ne sont pas cultivées en Gascogne, d'ordinaire. Les jeunes plants viennent de Catalogne, Dame Senclar se les fait livrer spécialement tous les mois d'avril.

—La plante est-elle petite, grande, large ? s'enquit-elle, principalement pour que la conversation poursuive son cours.

—Je n'en sais rien, je ne l'ai jamais vue. Les légumes arrivent dans les cuisines sans feuilles ou fleurs.

—Pourquoi donc ? » s'étonna Belina.

Le cuisinier eut un haussement d'épaules, mais son assistant, qui se tenait de l'autre côté de Belina, lui fournit la réponse. « Parce que les feuilles peuvent être vénéneuses. On nous a prévenus qu'il ne fallait même pas toucher les feuilles des *alberginies*. Elles provoquent de violents maux de ventre.

—En sus des dangers qui guettent ceux qui travaillent pour Dame Senclar, vous voulez dire, commenta Belina dans un élan d'audace.

—Comme vous dites. »

Belina souhaitait poursuivre dans cette voie hasardeuse, mais elle décida d'opter pour la prudence. Elle se remit à surveiller l'activité dans la cuisine, et se dirigea vers le coin de la pièce le plus éloigné du feu et des plaques rôtissantes de Tionot. Cinq blocs en forme de cône d'un aliment qui lui était inconnu, posés sur une dalle de marbre, la laissèrent perplexe et elle toucha du doigt l'extrémité du plus volumineux des cônes. Personne ne semblait se soucier d'elle, alors elle se lécha le doigt, sa curiosité l'emportant sur la crainte d'un empoisonnement au manoir Senclar. À sa grande surprise, ses papilles identifièrent un goût de miel. Mais le miel ne devenait jamais dur comme la pierre, même lorsqu'il se solidifiait.

Une femme l'écarta sans ménagement et coupa le sommet du plus petit des cônes au moyen d'une paire de ciseaux énormes. Elle plaça le morceau ainsi obtenu dans un mortier et s'y attaqua au pilon. La tâche n'avait pas l'air de tout repos, et Belina lui proposa de l'aider.

« Non, merci. C'est beaucoup plus difficile à faire correctement que ça en a l'air. Il m'a fallu un mois pour apprendre la bonne méthode. »

Belina accepta poliment cette rebuffade et demanda ce qu'était le « bloc » et d'où il venait.

« Ce sont des cônes de sucre blanc utilisés en confiserie, achetés à Toulouse, et non à un apothicaire de Condom. Il provient de canne à sucre cultivée à Valence et envoyée par mer à Narbonne, où elle est raffinée avant d'être acheminée jusqu'à Toulouse. » Elle prit sa pince à sucre et ôta un autre morceau du cône. Elle coupa ce morceau-là avec un couteau et rompit les fragments obtenus avec l'extrémité d'un rouleau à pâte, en faisant attention à ne pas réduire le sucre en poudre.

Belina voulut savoir quelle était la meilleure manière de préparer le sucre.

« Il est plus facile d'utiliser le pilon et mortier, ou moins difficile en tout cas, mais pour certains effets particuliers, comme pour le saupoudrage du sucre sur les pâtisseries, Dame Senclar exige que je prépare le sucre avec un couteau et un rouleau à pâte. » Elle laissa échapper un soupir. « Et ensuite, je dois le tamiser à travers trois passoires. » Elle soupira à nouveau. « Et enfin, à travers ce tamis en étoffe de crin. » Elle ramassa l'objet et fronça les sourcils.

Belina lui demanda si elle coupait et pilait du sucre toute la journée.

« Non, Dame Lansac, je passe la plupart de mon temps à préparer des confiseries pour Dame Senclar. Nous savons tous ici que son caractère est amer, mais elle aime beaucoup les mets sucrés.

—Peut-être peuvent-ils masquer le poison ? suggéra Belina.

—Les épices corsées le font mieux, vint la réponse laconique, mais il est encore plus sûr de mettre du poison dans du vin, car il agit plus rapidement que dans un gâteau sucré, ou même que dans un gâteau aux épices corsées. »

Tous les employés de la cuisine cessèrent brusquement de bavarder, se redressèrent et se mirent à travailler avec beaucoup de zèle. L'intendant venait d'entrer dans la cuisine. Le maître-cuisinier le salua respectueusement. Belina espéra que sa présence ne serait pas remarquée, mais l'œil avisé du premier parmi les serviteurs ne l'avait pas ratée. Il pointa du doigt en sa direction et lui dit : « Quittez immédiatement cette cuisine, jeune femme. Ne vous avisez pas de revenir ici. »

Belina aperçut la femme de chambre qui se tenait derrière lui, un sourire narquois au coin des lèvres. Elle refit en sens inverse le chemin menant à la porte des cuisines. Un autre garde était de faction. Les chiens reniflaient un rat mort de l'autre côté de la rue. Elle descendit en courant la rue Sainte-Luce jusqu'aux écuries des Senclar, à côté des quais.

CHAPITRE DIX-SEPT

Tomas était en train de ranger de la sellerie, mais il la salua avec entrain. Belina lui demanda si elle pouvait à nouveau se rendre dans le jardin des Senclar.

« Bien entendu, Dame Belina, aucun souci. Et lorsque vous en aurez terminé, venez partager notre dîner, ici aux écuries.

—C'est très aimable de votre part, Tomas, mais le chef palefrenier me le permettra-t-il ?

—Il n'en saura rien. Les chefs domestiques ont leur propre salle à manger.

—Sont-ils donc si nombreux ? s'enquit Belina.

—Parfois. Cela dépend des serviteurs qui accompagnent les visiteurs. »

Tomas accompagna Belina dans le jardin. Elle se rendit auprès des arbres qui se trouvaient du côté sud, à la recherche d'un if, parce que le tableau des poisons de Guillaume indiquait que l'écorce ou les aiguilles d'if étaient la cause la plus probable d'empoisonnement après environ une heure, et qu'elles provoqueraient des vomissements et des diarrhées – deux substances répugnantes qui maculaient abondamment le sol autour du pèlerin mort. Elle vit plusieurs cyprès, mais pas d'ifs.

C'était décevant. Belina se consola en se disant que des ifs pouvaient pousser sur n'importe laquelle des propriétés des Senclar à la campagne, et personne n'en saurait jamais rien, sauf si une branche était utilisée lors de funérailles. Mais elle réalisa que pour l'enterrement d'un Senclar on pourrait faire usage d'une branche de cyprès, plutôt que d'une branche d'if. Elle sortit une tablette de sa besace et parcourut la liste qu'elle avait dressée à partir du tableau des poisons de Guillaume. Le genévrier était un autre arbre doté de végétation qui pouvait provoquer la mort en une heure environ. Mais le genièvre était extrêmement amer, même lorsqu'on en faisait de l'huile de sabine ou que les extrémités des aiguilles étaient séchées. C'était pour cela que le genièvre était considéré comme la meilleure substance pour repousser les cerfs.

Elle vit sur la liste qu'un autre poison pouvait être obtenu à partir d'un arbuste appelé daphné. Celui-ci provoquait non seulement des vomissements et des diarrhées accompagnées de sang, mais aussi des convulsions et des brûlures graves des lèvres, de la bouche et de la gorge. Il y avait bien des arbustes non loin, dont les feuilles ressemblaient à celles des daphnés, mais elle avait des doutes concernant les fleurs roses.

Elle porta son attention sur la deuxième colonne du tableau des poisons, qui indiquait des symptômes immédiats pour le laurier-rose, après trois minutes pour la mandragore, après vingt minutes pour la digitale et après trente minutes pour l'hellébore noir. Mais il était peu probable que le pèlerin ait été empoisonné à la digitale, car selon le tableau de Guillaume celle-ci ne poussait qu'en sol acide, chose rare en Gascogne.

Belina se fit la réflexion que le pèlerin avait peut-être déjà dans sa besace la nourriure empoisonnée à son arrivée, en sus du morceau de fromage dont Minette s'était saisie et qu'elle avait englouti. Une tourte, par exemple. Il était arrivé à l'hospice en milieu d'après-midi et s'était rendu directement au dortoir. Il aurait pu manger sa tourte – ou quoi que ce fût – et mourir sur-le-champ. Personne n'en aurait rien su jusqu'à ce que le groupe de pèlerins suivants monte à l'étage au dortoir, après qu'on leur eut lavé les pieds et qu'ils eurent dîné au réfectoire. Et si quelqu'un s'était trouvé dans le dortoir plus tôt, mais n'avait pas donné l'alarme ? Ou ne s'était pas rendu compte que le pèlerin était mort ? Ou n'avait tout simplement rien dit parce que la personne était elle-même le meurtrier ?

Tout cela signifiait qu'elle devait se rendre à l'hospice à nouveau. Mais lorsqu'elle le ferait, le frère Pierre réclamerait que le corps soit inhumé par ce temps de canicule. Belina savait que Guillaume avait l'habitude de se rendre à l'enterrement de pèlerins dont la mort était inexpliquée, au cas où une personne coupable révèle le lien qui l'unissait au défunt. Il arrivait que des servantes mécontentes de ne pas avoir reçu rémunération pour leurs faveurs empoisonnent des pèlerins, comme dans l'une des variantes de l'histoire souvent répétée de Pendu dépendu de Santo Domingo de la Calzada.

Belina décida de remettre à plus tard sa visite à l'hospice, et de se concentrer plutôt sur l'identification des plantes vénéneuses présentes dans le jardin des Senclar. Il y en avait vraisemblablement plusieurs. Occupée qu'elle était à ressasser toutes ces questions, elle ne s'était pas rendu compte que Dame Senclar et l'un de ses jardiniers se trouvaient non loin de l'endroit où elle se tenait. Belina prit position de manière à pouvoir suivre leur conversation sans être vue. Cela lui rappela le soir précédent, lorsqu'elle avait écouté l'affligeante conversation entre Rocca et Barvaux.

« Dame Senclar, expliquait le jardinier, ce buisson de daphné se développe trop pour l'espace qui lui est alloué. Je pourrais en théorie prendre des graines, mais comme nous arrivons à la fin de l'été, il vaudrait mieux utiliser des boutures à demi mûres. Quoi qu'il en soit, je ne peux pas transplanter l'arbuste. Les daphnés n'apprécient pas d'être déplacés.

—Je le sais très bien, rétorqua sèchement sa maîtresse. Mais je vous ai dit que je voulais que vous preniez des graines, et c'est ce que vous allez faire. Et vous allez le faire maintenant.

—Pas tout de suite, non.

—Quand je dis “maintenant”, c'est sur-le-champ.

—Sauf votre pardon, Dame Senclar, mais il me faut

d'abord aller chercher mes gants. Les graines de daphné sont vénéneuses.

—Je n'ai pas de temps à perdre ainsi », répondit-elle d'un ton glacial.

Le jardinier tenta une autre approche. « Dame Senclar, maintenant que le chef jardinier est malade, il est très important qu'en son absence je reste en bonne santé, afin que votre jardin puisse lui aussi bien se porter.

—Ne soyez pas une telle poule mouillée, mon garçon. »

Un silence s'ensuivit. Belina se demanda qui finirait par l'emporter. Elle entama une brève prière pour le jardinier, mais deux écureuils qui piaillaient et se querellaient dans l'arbre au pied duquel elle se trouvait interrompirent son *Salve Regina.*

« Ne laissez pas ces écureuils enfouir de noix dans le jardin, cette année », fit remarquer Dame Senclar.

Belina se tint immobile et recroquevillée, priant qu'on ne la voie pas cette fois.

« Non, ma dame. J'ai donné ordre au nouvel aide-jardinier de trouver tous les gaulis de noyer et de les extraire au moyen d'une barre de fer. Je vais vous montrer le travail qu'il a fait dans le massif de roses du côté est. »

Belina laissa échapper un soupir de soulagement. La Vierge Marie avait entendu sa prière et secouru à la fois Belina et le jardinier.

Belina était curieuse de savoir pourquoi Dame Senclar voulait tant les graines de daphné. Elle se posa à nouveau la question de l'heure et du contenu du repas du pèlerin avant qu'il n'arrive à l'hospice. Ou avait-il tiré la nourriture de sa besace lorsqu'il s'était installé dans le dortoir ? Elle n'avait aperçu aucune trace de nourriture lorsqu'elle avait examiné le corps et ses répugnants alentours, malgré des recherches exhaustives. Il lui faudrait examiner à nouveau la besace, en mettant des gants. Ne surtout pas oublier de mettre des gants.

« *Adischatz.* »

Belina sursauta et craignit le pire. Mais c'était Aralha,

la jeune aide de cuisine qui avait été si serviable lors de sa première visite du jardin.

« *Adischatz*, Belina la salua à son tour.

—Aimeriez-vous voir le jardin des cuisines ?

—Oh, oui, certainement. Merci, acquiesca Belina. Pourrais-je le voir maintenant, et ensuite les massifs qui contiennent des lauriers-roses et des hellébores ?

—Bien sûr, vous pouvez voir ce que vous voulez. Restez aussi longtemps qu'il vous plaira. Tout le monde est sur le point de dîner. Personne ne vous dérangera. » Elle la mena à un grand potager, bien plus grand que celui que Belina avait déjà vu, qui était en grande partie un jardin de fines herbes. La jeune fille lui fit faire une visite guidée et fit l'étalage de ses remarquables connaissances. Elle alla même jusqu'à cueillir plusieurs plantes et fleurs pour Belina.

Elles finirent par arriver devant une rangée de plantes hautes dotée de larges feuilles, de petites fleurs mauve pâle et de longs légumes violets luisants en forme de poire, qui pendaient lourdement. C'étaient là les légumes catalans qu'elle avait observé le cuisinier faire frire dans les cuisines des Senclar.

« Pourrais-je avoir une feuille et une fleur de l'une de ces plantes extraordinaires ? Je n'en ai encore jamais vu de semblables.

—Oh non, ma dame. Ne touchez pas aux *alberginies*. Elles sont très vénéneuses. »

Surprise, Belina eut un mouvement de recul. « Pourquoi sont-elles cultivées dans le jardin des cuisines, si elles sont vénéneuses ?

—Pour leurs légumes. C'est le reste de la plante qui est vénéneux. Seul le fruit violet lustré peut être mangé sans risque.

—Quel goût a-t-il ? voulut savoir Belina.

—Il est difficile à décrire. C'est une espèce de saveur sèche et spongieuse à la fois. » La jeune fille détacha les ciseaux de sa ceinture et coupa une *alberginie* pour Belina.

—Merci beaucoup, c'est très aimable de ta part. Je peux

manger la peau violette sans risque ? Elle ne m'empoisonnera pas ? s'enquit Belina.

—La peau ne représente aucun danger. Coupez l'*alberginie* en tranches et faites la frire dans beaucoup d'huile d'olive, ou d'huile de noix si vous préférez. Ensuite, ajoutez quelques tranches d'oignon, de l'ail et des épices.

—Je n'ai pas les moyens d'acheter des épices, malheureusement, à part du poivre, ou une pincée de cannelle de temps en temps, pour les plats spéciaux qui requièrent une sauce cameline », se désola Belina. La description du mets lui sembla appétissante, mais difficile à réaliser dans le coin de cuisine des quartiers de Guillaume. Peut-être qu'une alimentation variée et intéressante était l'un des avantages de la vie d'une aide de cuisine au manoir Senclar.

« Le cuisinier du Cheval Blanc les prépare-t-il ainsi, lui aussi ? », demanda-t-elle.

La jeune fille éclata de rire. « Oui et non. Oui, les employés de cuisine préparent des *alberginies* pour leurs propres repas, mais non, jamais pour les chalands. » Belina eut l'air surprise. « Vous êtes-vous rendue à l'auberge, comme je vous l'ai suggéré ? voulut savoir Aralha.

—J'ai tenté de le faire, mais l'aubergiste m'en a chassée, ce qui est bien dommage car je dois y interroger tout le monde. »

La jeune femme coupa deux autres *alberginies* et les tendit à Belina. « Ces deux-là sont pour l'auberge, lui dit-elle. Faites le tour jusqu'à l'entrée des cuisines et demandez Ramon. Donnez-les-lui en personne et dites-lui qu'elles sont de ma part, et qu'en échange il doit répondre à vos questions et vous présenter tout le monde.

—En es-tu certaine ? demanda Belina.

—Bien sûr que j'en suis certaine. Ramon fera tout ce que je lui demande. Nous nous aimons. »

Belina retourna aux écuries. Une odeur de garbure se mêlait à celle des chevaux. Tomas l'attendait et il lui fit traverser l'édifice jusqu'à la terrasse couverte de vignes qui se trouvait de l'autre côté. Les autres employés des écuries étaient déjà assis sur les bancs qui longeaient la grande table à tréteaux et mangeaient avec enthousiasme leur soupe aux légumes.

« Je suis désolée de vous avoir fait prendre du retard, Tomas, s'excusa Belina.

—Aucun souci, ma dame. Il y a bien assez de garbure pour tout le monde.

Ils s'assirent au bout de l'un des bancs, et un palefrenier d'âge mûr servit à Belina de la garbure dans un bol. « Elle est sans doute un peu tiède, regretta-t-il.

—Cela ne fait rien », répondit-elle en prenant un morceau de pain. Elle l'examina avec curiosité. Elle fut surprise de sa qualité médiocre.

« Ce pain ne vous plaît pas, dame *molieròta* ? » la personne assise en face d'elle commenta.

Belina le goûta. « Il n'est pas trop mauvais, mais j'aurais pensé que les Senclar pourraient se permettre de fournir du pain de meilleure qualité. »

Tomas versa du vin dans une coupe et la tendit à Belina. « Goûtez-le. Il n'est pas mauvais pour un vin de début septembre. »

Elle le sirota. Il avait raison, c'était un assez bon colombard. Elle écouta la conversation qui avait lieu autour d'elle. Tout le monde semblait très en colère avec Rocca. Plusieurs des hommes présents avaient pris part à la manifestation du samedi précédent. Même s'ils ne risquaient probablement pas d'être expulsés ou mis à l'amende par Loupmont, ils étaient solidaires de leurs amis et parents qui se trouvaient en situation précaire.

« Lorsque j'étais petit, lui dit le palefrenier assis à côté d'elle, la vie était moins dure à Condom. Les Gascons l'administraient mieux sans que les Français s'en mêlent, surtout des Parisiens cupides et hautains comme Rocca. Et du temps de mon grand-père, les Anglais gouvernaient encore mieux la ville, ou du moins c'est ce qu'il disait toujours.

—Les nonnes qui enseignaient dans mon école me disaient que les Anglais détruisaient les récoltes et les fermes », répliqua Belina. Elle ne souhaitait pas qu'un groupe de gens qu'elle ne connaissait pas découvre que Guillaume était à moitié anglais.

« Les nonnes exagéraient. C'était il y a cent ans qu'Édouard de Woodstock, prince d'Aquitaine, avait mis la région à sac, d'Arouille à Narbonne, pour punir le comte d'Armagnac de sa trahison. La plus vieille de vos nonnes n'était pas encore née. » Le palefrenier vida sa coupe de vin. « Quoi qu'il en soit, les pires soldats n'étaient pas anglais, c'étaient les Gallois. Ils étaient ivres et turbulents avant même d'arriver dans le territoire du comte d'Armagnac à Arouille, l'endroit où les troupes avaient l'ordre de se mettre à piller et à mettre le feu aux villages et aux bourgades.

—Les troupes du roi Charles étaient bien pires, interjecta le chef palefrenier, et celles de l'évêque d'Albi ont tout détruit à Lectoure il y a dix ans. Seule la demeure de la mère et du beau-père de Dame Senclar fut épargnée.

—À quoi devaient-ils telle bonne fortune ? s'enquit Belina.

—Ils ont sans doute soudoyé les soldats en leur donnant à boire jusqu'à plus soif.

—Comme le roi Louis le fit deux ans plus tard à Amiens, lorsqu'il envoya trois cents charrettes de bon vin aux soldats anglais », commenta le préposé à la sellerie. Cela, Belina le savait déjà. Guillaume avait été encore plus contrarié par le fait que le roi Édouard avait accepté un pot-de-vin colossal de la part des émssaires du roi de France. Ou plutôt, ses diplomates l'avaient accepté en son nom. Guillaume les avait maudits pour cela. Elle s'efforça de se souvenir de leurs noms, mais le seul qui lui était resté en mémoire était celui du duc de Gloucester, le frère du roi, qui était maintenant le roi Richard d'Angleterre et avait l'intention de remettre la main sur la Gascogne (d'après Guillaume). La lâcheté et la cupidité des diplomates anglais l'avaient rendu furieux. Belina se demanda s'ils avaient conservé leurs offices lorsque le duc de Gloucester était devenu roi, et si l'évêque Morton avait été l'un de ces diplomates. Elle prit une pomme dans le bol sur la table devant elle et la contempla.

« Vous semblez perdue dans vos pensées, Dame Lansac, fit remarquer le chef palefrenier.

—Oh, mes excuses. Je pensais à l'enquête que je mène au sujet de la mort d'un pèlerin, samedi dernier », lui mentit-elle.

Tomas leur rappela la tâche qu'elle accomplissait, ainsi que le fait que le pèlerin était mort d'un empoisonnement. Différentes suggestions furent émises : une intoxication alimentaire dûe à des tourtes achetées dans la rue, du vin aigre auquel on avait ajouté quelque chose, des champignons vénéneux, du pain de seigle moisi, l'ingestion par inadvertance de peinture contenant du plomb…

« Quel âge avait-il ?

—Aux alentours de vingt-cinq ans, je crois, répondit Belina. Pourquoi posez-vous la question ?

—Un mari cocu pris de rage aurait pu l'empoisonner. » Belina n'avait pas pensé à cela. « Ou un père furieux, suggéra quelqu'un. Les pèlerins voyagent en groupes. Les jeunes hommes ont souvent l'occasion de faire du plat à une jeune fille au cours du périple, que ce soit dans leur groupe ou dans une auberge.

—Tu sembles savoir de quoi tu parles, observa Tomas.

—Pas moi, non. Je ne suis jamais allé voir Monsieur Saint Jacques en Galice, vint la réponse immédiate. Tu le sais très bien.

—Je voulais dire que tu connais peut-être quelqu'un qui s'y est rendu, ou que tu es peut-être allé rendre grâce à sainte Quitterie à Aire », rétorqua Tomas avec aisance.

Le bruit de sabots se fit entendre au-dehors et quelques-uns des hommes se levèrent en hâte et quittèrent la terrasse.

Belina resta assise en silence et tenta de deviner où à Condom le pèlerin avait choisi de s'asseoir pour raccommoder sa chemise propre. Peut-être dans une chapelle latérale de la cathédrale, ou même au dortoir de l'hospice. Et où avait-il cousu toutes ces pièces d'or et d'argent dans l'ourlet de sa cape ? Elle n'était toujours pas convaincue que le dortoir était resté vide tout le temps après son arrivée. S'il avait cousu son magot de pièces dans la cape le samedi après-midi, cela signifiait soit qu'il les avait volées à l'hospice, soit qu'il les avait acquises peu avant son arrivée. L'hospice gardait certainement ses fonds dans un endroit très sûr – Rocca l'exigeait. Le pèlerin était-il un voleur ? Avait-il dévalisé un autre pèlerin ? Si tel avait été le cas, pourquoi personne n'avait-il remarqué la disparition d'un tel trésor et pourquoi n'avait-elle pas été signalée ?

Elle se demanda si le pèlerin était un soldat qui avait subi trop de blessures. Peut-être éprouvait-il des remords à cause de ceux qu'il avait tués ? Peut-être ses victimes avaient-elles été d'innocents villageois, morts aux mains d'une armée qui battait la campagne ? La remarque du frère Pierre au sujet des pèlerins qui se rendaient à Compostelle pour expier leurs péchés lui vint à l'esprit. Peut-être que « son » pèlerin fuyait ses victimes ? Elle aurait aimé en savoir plus à son sujet et savoir pourquoi il avait voyagé seul.

Tomas interrompit le cours de ses pensées. « Mes excuses, Dame Belina, mais il faut que j'aille m'occuper d'un nouvel arrivant.

—Oh, je suis désolée, Tomas, répondit-elle en se levant du banc. Je pensais au pèlerin mort. » Elle le remercia pour le dîner et traversa les écuries à sa suite, émergeant dans la cour.

Des palefreniers s'affairaient autour du nouveau venu. Belina se tint dans l'ombre et observa un homme basané entre deux âges, vêtu d'un pourpoint vert cintré, qui ordonnait à ses serviteurs de décharger un coffre au trésor de son fiacre. Le chef palefrenier lui expliquait qu'il serait placé dans une armoire dans la chambre forte des écuries, dont seul le marchand aurait la clé. Ses serviteurs dormiraient dans la chambre forte et, s'il le souhaitait, ils pourraient également y prendre leurs repas.

La conversation était assez difficile car le chef palefrenier s'exprimait en gascon, tandis que le marchand parlait catalan. Belina n'avait pas trop de mal à le compendre, car elle avait l'habitude de clients catalans à l'échoppe de la cathédrale.

Le marchand demanda au chef palefrenier si un avocat flamand logeait au manoir Senclar.

« Comment s'appelle-t-il, Messire ?

—Barvaux, Philippe Barvaux, de Bruges.

—Non, Messire, il n'y a ici personne de ce nom en ce moment. »

Le marchand insista. « Nous sommes fermement convenus de nous rencontrer à Condom et de gîter à l'endroit le plus cossu.

—Vous vous trouvez bien à l'endroit le plus cossu, et il est connu comme tel. Peut-être l'avocat flamand a-t-il pris du retard en venant de Bruges ? Le temps a été très mauvais cet été, les nombreux orages ont rendu les routes difficiles, expliqua le chef palefrenier de son ton le plus respectueux.

—Je sais que les routes sont difficiles. J'ai moi-même été retardé en traversant les Pyrénées près de Velha, à cause des orages violents et des cours d'eau en crue. »

Ainsi, se dit Belina, ce marchand ne vient pas de Perpignan, mais du cœur du royaume d'Aragon. Ce doit être le « collègue de Lleida » dont Barvaux attendait l'arrivée à Condom et pour lequel il avait différé son propre voyage. Elle se demanda ce que renfermait le coffre au trésor. De toute évidence, il était très lourd. Elle observa les deux serviteurs catalans tandis qu'ils le transportaient jusqu'à la chambre forte. Elle décida de ne pas dire au marchand où Barvaux logeait et quitta les écuries sans se faire remarquer, prenant la direction du quai.

CHAPITRE DIX-HUIT

Belina se tint sur le quai et regarda les gens qui luttaient pour bien amarrer leurs bateaux face au cours turbulent des eaux. Les derniers orages dans les Pyrénées avaient été pires que ceux en Gascogne, et la Baïse menaçait maintenant de sortir de son lit.

Elle décida de ne pas remonter la rue Sainte-Luce, pour éviter de passer devant le manoir Senclar. Il serait plus sûr, même si le chemin était plus long et qu'elle serait moins abritée de la chaleur, de suivre le quai en remontant la rivière et de prendre à gauche pour gravir la colline escarpée qui menait à la porte Gachiou. Une fois là-haut, elle resta du côté sud du terrain communal qui recouvrait aujourd'hui ce qui avait été les douves de Condom, dont Guillaume lui avait souvent dit que c'étaient les Anglais qui l'avaient aménagé, au début de leur occupation de la ville, il y a longtemps de cela. Elle chemina vers l'est d'un pas lourd, à l'ombre des hauts murs du couvent des Cordeliers, et traversa le terrain communal juste avant d'atteindre la porte Sainte-Claire pour s'engager dans le passage étroit qui menait à la rue des Bouchers. Elle prit ensuite immédiatement à droite dans la rue des Trois Éperons et remonta lentement la rue étriquée, dans l'ombre des imposantes maisons où les métiers équestres exerçaient leur commerce ; les artisans qui fabriquaient éperons, selles et harnais, un maréchal-ferrant qui ferrait un destrier, un charron...

Elle garda ses distances avec l'étal du cloutier, où elle s'était éraflée la main la dernière fois qu'elle s'était frayé un chemin à travers la rue bondée.

Elle arriva enfin à l'auberge du Cheval Blanc. Elle poussa la porte des cuisines et faillit tomber à la renverse, assaillie par la chaleur et l'odeur désagréable. Il lui fallut un certain temps pour s'en remettre, et elle fut même tentée d'abandonner sa recherche du promis d'Aralha, Ramon.

« Que voulez-vous ? lui demanda-t-on sèchement.

—Je cherche Ramon. Sa promise m'a demandé de lui donner quelque chose, expliqua Belina.

—Qui êtes-vous ?

—Dame Lansac, de l'échoppe de la cathédrale.

—Ah, la *molieròta.*

—Oui, je suis la fille du meunier, Belina lui rétorqua. Elle se demanda si la réputation proverbiale des filles de meuniers lui collerait à la peau toute sa vie, auprès de certaines gens.

—Donne-moi un baiser, *molieròta*, et je te mènerai à Ramon.

—Gardez donc vos baisers pour les femmes sans époux », objecta-t-elle en passant son chemin.

Elle demanda à un serveur en sueur et aux bras chargés de plats vides où elle pouvait trouver Ramon. Il indiqua du menton la porte qui menait à la salle à manger bruyante. Un homme trapu était en train de sommer deux serveurs de se hâter d'apporter les gâteaux aux figues et au miel que les sergents d'armes avaient commandés.

Belina lui adressa un sourire. « Êtes-vous Ramon, le promis d'Aralha, qui travaille au manoir Senclar ? » Il acquiesça. « Aralha m'a demandé de vous donner ceci, déclara-t-elle en lui montrant deux *alberginies*. Elle m'a assuré qu'en échange de ces précieux légumes vous répondriez à mes questions. »

Il prit les *alberginies* et examina minutieusement leurs peaux violettes. « De beaux spécimens. Mais ce ne sont pas des légumes, ce sont des fruits.

—Voilà qui est surprenant, répliqua Belina, car je les ai vues plantées dans le potager des Senclar parmi les concombres. Les fruits se trouvaient dans le verger.

—Oui, je comprends votre argument, mais du point de vue de la préparation et de la préservation, ces *alberginies* sont traitées comme des fruits.

—Comme les carottes ? suggéra Belina.

—En quelque sorte, répondit-il. Quelles sont les autres questions auxquelles je dois répondre ? »

Belina lui expliqua le motif de son enquête et lui dit qu'elle devait interroger tous ceux présents dans les différentes auberges et tavernes, afin d'obtenir des informations au sujet du pèlerin.

« Nous n'autorisons jamais les pèlerins à pénétrer dans ces cuisines, affirma Ramon.

—Bien entendu, répondit-elle, mais je suppose que certains des mieux nantis parmi eux logent à l'auberge, ou du moins y prennent leurs repas.

—Oui, des pèlerins qui sont à dos de mule ou de cheval, mais pas les indigents qui se traînent à Condom, grimaçant à cause de leurs cloques et couverts de puces et de poux. Nous nous efforçons de tenir ceux-là à l'écart de notre auberge.

—Je vous comprends, l'assura-t-elle. Certains des pèlerins qui se rendent à l'échoppe de la cathédrale sont rongés par les puces et les poux. Je fais en sorte qu'ils restent du côté de la rue. »

Belina se souvint qu'il n'y avait pas de puces sur le pèlerin mort, pas de poux dans ses cheveux ni à l'arrière de son cou. « Je crois que ce pèlerin-là n'avait ni puces, ni poux, et qu'il a peut-être dîné ici samedi dernier. Je vous serais très reconnaissante si vous pouviez vous rappeler si un tel pèlerin était passé ici ou non.

—Un pèlerin seul ? s'enquit-il.

—Peut-être bien. Les employés de l'hospice sont certains qu'il y est arrivé seul samedi après-midi.

—Je ne me souviens pas d'avoir vu de pèlerin solitaire, confia-t-il. Ils voyagent d'habitude en groupe, pour leur sécurité.

—Oui, je le sais, l'assura Belina. Je crois que les gens qui travaillent à l'hospice étaient surpris de le voir arriver sans compagnons de route.

—Peut-être qu'il s'était disputé avec les autres membres d'un groupe. Peut-être qu'il leur avait volé quelque chose. Peut-être qu'ils l'avaient laissé derrière eux en chemin parce qu'il avait mal aux pieds, ou que sais-je encore.

—Je vous serais très reconnaissante si vous me permettiez de poser des questions à tous ceux qui travaillent ici dans les cuisines, déclara Belina, reprenant les rênes de la conversation.

—Faites donc. »

Il l'accompagna afin de s'assurer que cela prendrait le moins de temps possible. La plupart des personnes se contentèrent de secouer la tête et de reprendre leurs tâches respectives, mais un garçon de cellier refusa de se presser malgré les remontrances de Ramon face à ses hésitations.

« Oui, je me souviens d'un pèlerin ici, il y a quelques jours. Je ne sais plus quel jour c'était, mais c'était dans l'après-midi, alors qu'un orage prenait fin.

—Ce devait être samedi, dans ce cas », précisa Belina. Elle attendit qu'il lui fournisse d'autres informations, ne souhaitant pas lui donner une pièce en présence de Ramon.

« Ce qui était bizarre, poursuivit le garçon, c'est que lorsqu'il est sorti après le petit déjeuner, il n'était pas vêtu comme un pèlerin et il n'avait pas de bâton. »

Il marqua une pause et se gratta le crâne. Belina espéra qu'il n'avait ni puces, ni poux.

« Oui, voilà. Ça me revient, maintenant. Le bougre a laissé un paquet de vêtements – des vêtements propres – dans le cellier. » Il jeta un coup d'œil en direction de Ramon avant de continuer. « Il m'avait d'abord demandé la permission, bien entendu. Il m'a affirmé qu'il se rendait à la cathédrale et qu'il ne voulait pas porter sur lui une besace pleine.

—Mais il a pris sa besace avec lui, s'enquit Belina, alors qu'elle était presque vide ?

—Oui, mais c'est normal. Il y avait peut-être quelque chose de précieux au fond qu'il ne voulait pas laisser dans le cellier.

—Oui, bien sûr.

—Cependant, lorsqu'il est revenu à l'auberge cet après-midi là et qu'il m'a fait mander, il était accoutré comme un pèlerin, avec une cape, une gourde, un bâton et un chapeau à large bord.

—Avait-il toujours sa besace avec lui ? voulut savoir Belina.

—Oui. Elle avait l'air pleine au moins de moitié, et plutôt lourde.

—Il avait sans doute acheté de la nourriture afin de s'économiser le coût d'un repas ici, suggéra Ramon. Je me souviens de lui, maintenant, mais j'ignorais assurément qu'il avait laissé ses affaires dans le cellier. » Il attrapa le garçon par l'épaule. « Tu aurais dû d'abord me demander la permission.

—Je voulais le faire, mais vous étiez avec le propriétaire dans son bureau, en train de vérifier les comptes. Je ne pouvais pas vous déranger. »

Belina décida de venir en aide au garçon et lui demanda ce que contenait la besace. « Je n'ai pas vu ce qu'il avait dedans, lui répondit-il. Il a fourré ses vêtements propres dedans, m'a remercié très poliment, puis il est retourné dans la salle à manger, l'a traversée sans s'arrêter et il est sorti dans la rue. Je ne l'ai jamais revu après ça.

—J'espère qu'il ne t'a pas trop fait perdre de temps, commenta Ramon. As-tu vérifié son nom ?

—Oui, bien entendu. Il s'appelait Robert Penge. Il l'avait écrit dans le registre à son arrivée.

—Merci beaucoup, lui chuchota Belina en lui glissant une pièce dans la main. Tu m'as été d'une aide très précieuse.

—Vous savez, dit-elle en s'adressant à Ramon, qui avait l'air renfrogné, son sens de l'observation est très utile. Les collègues qui sont attentifs aux clients et qui ont bonne mémoire sont une denrée rare, qu'il faut apprécier à sa juste valeur.

—Je suis d'accord avec vous, il fait bien son travail, répondit Ramon, mais j'ignorais qu'il était si observateur. Il n'aurait cependant pas dû laisser le pèlerin – ou le faux pèlerin – laisser quoi que ce soit dans le cellier. C'est strictement interdit. Si le propriétaire s'en était rendu compte, ça aurait bardé.

—Je n'ai aucun mal à vous croire », répliqua Belina. Elle lui raconta ce qui était arrivé lorsqu'elle avait tenté de pénétrer dans l'auberge dimanche. À son grand soulagement, les traits de Ramon se détendirent et il l'invita à le suivre dans la salle à manger, où il la fit s'asseoir près d'un notaire qui scrutait un long document.

La pièce était remplie de soldats qui discutaient autour de coupes de vin, tandis que les serveurs finissaient de débarrasser les plats et les tranchoirs détrempés. Le sol carrelé était jonché de noyaux de pêches et de trognons de pommes, et deux chiens se disputaient un tranchoir qui était tombé d'une table. Un serveur les écarta de son chemin d'un coup de pied. Saisissant l'occasion, un chat s'empara d'un morceau du tranchoir et bondit sur le buffet avec sa prise. Personne ne fit attention à Belina au sein de tout ce remue-ménage.

Elle tenta de suivre la conversation et apprit que les soldats étaient en route pour le sud de l'Espagne, où ils allaient rejoindre l'armée du roi Ferdinand, qui montait une offensive contre les Maures au royaume de Grenade. Ils avaient entendu parler des richesses et des femmes de Grenade, mais aussi de l'excellence au combat des troupes maures. Cela dit, la compétence du roi d'Aragon en tant que stratège leur avait également été vantée. L'opportunité de rejoindre une nouvelle armée leur semblait bonne. Cela faisait six ans que le duc de Bourgogne avait été tué lors de la bataille de Nancy, et à l'époque cela leur avait semblé sonner la fin de leurs carrières militaires. Certains d'entre eux avaient rejoint le campement des mercenaires suisses du roi Louis à Pont-de-l'Arche, où l'on préparait les soldats français à envahir l'Angleterre et à faire face aux archers anglais, dont les arcs longs étaient fort redoutés. Mais maintenant que le roi Louis était mourant, le camp risquait d'être dissous par son probable successeur – sa fille, Madame de Beaujeu. Les femmes détestaient la guerre. Les contribuables aussi.

« Ne serait-il pas plus facile d'envahir l'Angleterre que de triompher des Maures ? suggéra quelqu'un.

—Certainement pas. Le nouveau roi d'Angleterre est un très fin stratège qui a beaucoup d'expérience. Il a facilement vaincu les Écossais l'an dernier. »

Belina se rappela l'enthousiasme qu'avait manifesté Sir John à la nouvelle de cette victoire.

« Et si les Français disposaient d'un général aussi compétent, une invasion pourrait-elle réussir ? » interrogea à nouveau le premier intervenant.

La voix parut familière à Belina. L'accent n'était pas suisse ou allemand, comme certains des autres, mais se rapprochait plus des tonalités douces et musicales de Barvaux. Belina jeta un coup d'œil prudent au groupe qui se trouvait près de la porte d'entrée. Un soldat entra à ce moment-là et un rayon de soleil les illumina. Belina découvrit non sans surprise qu'il s'agissait en effet de Barvaux qui s'entretenait avec des soldats. Il voulait absolument savoir qui serait le meilleur candidat pour mener une invasion de l'Angleterre.

« Philibert de Chandée, lui répondit-on après mûre réflexion.

—Où se trouve-t-il en ce moment ? s'enquit Barvaux.

—Pas la moindre idée.

—Peut-être participe-t-il à l'assaut de Grenade ? » souffla Barvaux de sa voix soyeuse et séduisante.

Ils firent tous non de la tête. Il pouvait aussi bien se trouver en Italie, où avaient lieu des batailles sans cesse, comme par exemple celle qui faisait rage entre Venise et le pape pour le contrôle de Ferrara.

Barvaux voulut savoir si Chandée pouvait être au Pont-de-l'Arche.

« C'est peu probable. Mais le Sieur d'Aurigny s'y trouve sans doute toujours. Il est écossais. Il saisirait sans hésiter l'occasion d'envahir l'Angleterre.

—Il pourrait faire usage de la stratégie de l'aveuglement par le soleil.

—Qu'est-ce donc ? demanda Barvaux.

—On dispose ses troupes de manière à ce que la cavalerie de l'ennemi, ainsi que leurs chevaux, aient le soleil dans les yeux. Ce stratagème pourrait venir à bout même d'un grand général comme le roi Richard d'Angleterre. »

La conversation s'orienta à nouveau vers le roi Ferdinand et l'Espagne. Ils avaient hâte de bénéficier de l'attribution d'armes mauresques d'excellente facture ainsi que d'autres biens et, surtout, d'acquérir des esclaves sarrasins. Belina se sentit très mal à l'aise en les entendant décrire ce qu'ils feraient à ces femmes maures. Elle se demanda si son frère cadet Géraud parlait ainsi, lui aussi. Avait-il pris des esclaves ? Pire encore, avait-il engendré des enfants maures ? Et si tel avait été le cas, reviendrait-il un jour à Condom avec une femme maure – ou plusieurs – ainsi que leur progéniture ?

Lorsqu'elle se remit à suivre la conversation, elle était passée à l'Inquisition et au fait que celle-ci se propageait peu à peu vers le nord. Les soldats avaient entendu qu'un inquisiteur du nom de Tomas de Torquemada portait son attention sur les juifs appelés *conversos* qui s'étaient fait baptiser en tant que chrétiens, ainsi que sur les *moriscos*, des musulmans qui s'étaient convertis à la religion chrétienne. L'inquisiteur faisait confisquer tous leurs biens, vraisemblablement pour financer la guerre contre Grenade. Les contribuables d'Andalousie approuvaient ses actes, ainsi que l'expulsion des juifs de leur territoire.

« J'ai entendu dire que l'armée du roi Ferdinand avait capturé le jeune roi de Grenade après la bataille de Lucena, mais que la reine Isabelle l'avait fait libérer.

—Cela signifie qu'elle l'a soudoyé pour qu'il trahisse les siens. D'où le besoin de l'argent extorqué aux juifs. »

La conversation perdit son intérêt pour Belina. Elle retourna dans la cuisine bruyante et malodorante et se faufila par la porte de derrière du Cheval Blanc, se retrouvant ainsi dans l'allée qui menait à la rue des Trois Éperons.

Elle marcha le long de la rue Royale en direction de l'échoppe de la cathédrale et atteignit la rue Cadéot. Elle jeta un coup d'œil dans la boutique de l'apothicaire et envisagea de s'acheter du baume pour les pieds. À force de parcourir la ville en quête de réponses, les siens étaient très endoloris. Elle se demanda comment faisaient les pèlerins pour marcher toute la journée, jour après jour, et en aperçut deux qui sortaient d'une taverne non loin. Elle se rendit compte qu'il s'agissait du Serpent, où Barvaux avait mis fin prématurément à sa conversation avec le tavernier, prétextant que l'établissement n'était pas un lieu acceptable pour une dame. Elle eut un moment d'hésitation. Était-ce une bonne idée d'y entrer ? Y trouverait-elle quelque chose – ou quelqu'un – qu'il ne fallait pas qu'elle voie ?

Belina regarda autour d'elle sur la place de la cathédrale, en espérant que personne ne l'observait. Des gens s'affairaient de toutes parts, un âne urinait sur les pavés non loin de l'endroit où elle se tenait, une femme âgée passa près d'elle, lestée d'un panier dans lequel elle transportait un canard. Belina retint sa respiration pour s'épargner l'odeur fétide du panier et des déjections qui en tombaient au sol. Elle finit par se décider et pénétra dans la taverne.

Il ne semblait pas y avoir beaucoup de clients en fin d'après-midi. Deux vieillards jouaient aux dés dans un coin de la pièce. Un troisième ronflait près d'eux. Une des linottes mâles dormait, sa patte repliée sous son aile. L'autre picorait des graines et tentait d'ignorer le chat, qui suivait avec attention le moindre de ses mouvements, fouettant l'air de sa queue.

« *Adishatz,* Belina salua le tavernier, qui était en train d'astiquer une coupe en étain derrière le comptoir.

—*Adishatz.* » Il lui adressa un sourire et posa la coupe devant lui. « Vous vous êtes débarrassée de votre compagnon hostile ?

—Que voulez-vous dire ? s'enquit Belina.

—Vous êtes venue ce matin me questionner au sujet d'un pèlerin décédé, et votre compagnon vous a obligée à sortir. Je n'oublie jamais un visage. Et je n'oublie jamais ceux qui se conduisent mal. »

Belina saisit l'occasion qui lui était présentée. « Si tel est le cas, déclara-t-elle, vous pouvez peut-être me dire si vous aviez déjà vu la personne qui m'accompagnait – qui n'est assurément *pas* un compagnon, mais une simple connaissance – dans votre taverne ou ailleurs.

—Je suis certain d'avoir déjà vu cet étranger impérieux. Ici même, dans cette taverne. » Il marqua une pause et se mit à frotter une autre coupe en étain. « Il est entré ici samedi matin, en même temps que plusieurs autres hommes. Mais il n'était point aussi hostile que lorsqu'il est passé avec vous ce matin. »

Il posa la coupe et se pencha par-dessus le comptoir. « Un coureur de jupons.

—Peu me chaut qu'il le soit ou non, rétorqua Belina. Ce qui m'importe – et ce qui importe à mon époux, Messire Lansac – est de savoir ce qu'a fait le pèlerin empoisonné durant le jour de sa mort.

—Ah, mes excuses, Dame Lansac.

—Ce n'est rien, répondit Belina en souriant, avant de lui demander son nom.

—Pourcet, pour vous servir. »

Belina le remercia et lui expliqua qu'elle menait enquête pour Guillaume.

« L'étranger est venu ici, comme je le vous disais à l'instant, et il s'est assis dans ce coin sombre, là. » Il indiqua le coin de la pièce situé à l'opposé des joueurs de dés. « L'un des autres hommes arrivés en même temps que lui l'y a rejoint et s'est assis dos au mur. Il m'est difficile de le décrire, car c'est le coin le plus sombre de cette pièce mal éclairée. Mais je pense qu'il s'agissait d'un pèlerin.

—A-t-il bu de sa gourde, ou vous a-t-il acheté à boire ? » voulut savoir Belina. Le tavernier hésita un long moment.

« Vous avez dit que vous n'oubliez jamais ceux qui se conduisent mal, l'encouragea Belina, donc j'imagine que cela signifie qu'il n'a pas acheté à boire. » Pourcet hésitait toujours. « Ou c'est peut-être cet étranger impérieux, comme vous l'appelez, qui a passé commande ?

—Oui, c'est exact, répondit Pourcet. Mais l'autre homme ne ressemblait pas à un pèlerin à ce moment-là. Pas de chapeau à large bord, pas de cape et pas de bâton assorti d'une gourde.

—Oh, lâcha Belina.

—Êtes-vous certaine que le défunt était un pèlerin ? l'interrogea Pourcet.

—Non, pas vraiment, répliqua-t-elle. Mais je suis tout à fait certaine que lorsqu'il est mort, il était vêtu comme l'un d'entre eux et il était doté de tous leurs accessoires habituels, comme une besace, un bâton et une gourde.

—Je me souviens de sa besace, commenta Pourcet, et de la manière qu'il avait de la garder toujours auprès de lui.

—Rien de plus normal, Belina fit remarquer.

—Bien entendu, mais lorsqu'il a quitté la pièce pour se rendre aux latrines, il l'a prise avec lui. À sa manière de marcher, elle devait être très lourde. » Pourcet fronça les sourcils. « Et il s'est absenté un long moment, si longtemps que j'ai cru qu'il était sorti en douce par le portail de derrière, faussant compagnie à l'étranger.

—Mais il a fini par revenir ? » s'enquit Belina.

Le front du tavernier se plissa à nouveau et il se gratta l'oreille. « Voilà, c'est cela, s'exclama-t-il soudain animé, c'est pour cela que je me souvenais d'eux ! Avant qu'il ne revienne des latrines, l'étranger a commandé des gâteaux et un autre pichet de vin. »

Pourcet se pencha plus avant par-dessus le comptoir et poursuivit d'un ton sémillant. « Et une fois que j'ai posé le bol de gâteaux sur sa table et que je suis repassé derrière le comptoir, l'étranger a saupoudré du sel sur les gâteaux.

—Comment savez-vous qu'il s'agissait de sel ? le questionna Belina sans ménagement.

—Parce que je l'ai vu du coin de l'œil prendre le sel sur une table voisine.

—A-t-il lui-même mangé des gâteaux ? » lui demanda-t-elle sur un ton plus doux.

Pourcet réfléchit un long moment, lors duquel elle réussit à dissimuler son impatience. « Il a pressé le sel sur le dessus de chacun des gâteaux, puis il a attendu le retour de l'autre homme, qui est revenu et a posé sa besace pesamment.

—Et ensuite ?

—Ils ont mangé un gâteau chacun.

—Vous en êtes certain ?

—Pourquoi doutez-vous de ma parole, Dame Lansac ? Je ne suis pas un menteur. » Pourcet abattit sèchement la coupe qu'il tenait sur le comptoir et lui adressa un regard réprobateur.

« Je dois rapporter les faits à mon mari exactement tels qu'ils se sont déroulés, répondit-elle promptement. Le sel a dû donner soif aux deux hommes. Ont-ils bu beaucoup de vin, après cela ?

—Ils ont terminé le pichet. » Pourcet fronça les sourcils et Belina prit son mal en patience. « Oui, c'est bien cela, poursuivit-il enfin, ils ont vite terminé leur vin – à cause des gâteaux salés, j'imagine – mais ils n'ont pas mangé d'autres gâteaux. L'étranger a poussé le bol du côté de la table de l'autre homme, qui les a mis dans sa besace.

—Puis ils ont payé leur note et ils sont partis ? suggéra Belina.

—Oui.

—Qui l'a payée ? Ou ont-ils partagé la note, comme le font les Hollandais ?

—L'étranger impérieux a payé le tout. Il n'a pas mis en doute le montant. Il n'a pas attendu sa monnaie. Il m'a dit de la garder.

—Sont-ils sortis par la porte d'entrée, ou par la porte de derrière ? lui demanda Belina, en espérant qu'il se souviendrait de quelque chose de plus utile qu'une besace pesante et des gâteaux salés.

—La porte d'entrée. » Une fois de plus, le tavernier fronça les sourcils.

—J'imagine qu'ils se sont assurés de ne pas oublier la besace.

—Le pèlerin l'a prise, en effet.

—Vous m'aviez dit qu'il n'était pas vêtu comme un pèlerin, lui rappela Belina.

—Pas lorsqu'il est entré ici, non.

—Et lorsqu'il est revenu des latrines ? s'enquit-elle.

—Non, il était toujours vêtu normalement. Mais lorsqu'il a quitté la taverne, il portait une cape de pèlerin et le chapeau serti d'une coquille Saint-Jacques.

—Et un bâton de pèlerin ?

—Oui, il portait le bâton d'une main et la gourde se balançait du crochet près du haut du bâton. Le bâton le gênait pour porter sa besace. Peut-être que la gourde pleine déséquilibrait le bâton. » Belina suggéra qu'il avait peut-être trouvé la cape et les autres affaires de pèlerin dans les latrines. « Non, il n'y a pas la place et elles sont bien trop sales. Et je l'aurais forcément remarqué.

—En êtes-vous tout à fait certain ? » insista-t-elle.

Pourcet lui assura qu'il aurait remarqué à coup sûr si l'homme était revenu des latrines accoutré comme un pèlerin.

« Il a dû trouver les affaires ici, dans cette pièce, alors, déclara Belina. Peut-être un pèlerin les avait-il laissées ici ?

—Peut-être. Je venais moi-même d'arriver. L'apprenti tavernier qui était là avant moi n'aurait pas remarqué une demi-douzaine de capes, de chapeaux et de bâtons de pèlerins. Il n'aurait pas remarqué non plus si la gourde était encore pleine, même s'il est censé remplir de vin les gourdes de pèlerins. Nous en tirons un bon petit profit.

—Les pèlerins sont-ils exigeants pour ce qui est du vin dont leurs gourdes sont remplies ? » voulut savoir Belina.

Pourcet éclata de rire. « Non, pas du tout. Les gourdes donnent un goût âpre à tous les vins. »

Belina sourit en retour. Elle le remercia et quitta la pièce obscure pour le soleil éclatant de la place Saint-Pierre, où elle heurta un pèlerin.

« Toutes mes excuses », lui dit-elle en ramassant son bâton et en le lui tendant avec un grand sourire.

Il le lui prit des mains et se dirigea vers les portes de la cathédrale. Belina remarqua que son bâton ne le gênait pas pour porter sa besace. Pourquoi, dans ce cas, le pèlerin empoisonné – s'il s'agissait bien d'un pèlerin – avait-il eu du mal à porter son bâton et sa besace en quittant la taverne du Serpent ?

CHAPITRE DIX-NEUF

Perdue dans ses pensées, Belina retourna à l'échoppe de la cathédrale. La longue conversation avec le tavernier ne lui avait pas appris grand-chose. Peut-être lui avait-il simplement fait du plat ? Et pourtant, Barvaux était impliqué dans l'histoire, ou du moins c'était là ce qu'affirmait Pourcet. L'idée qu'un client puisse entrer vêtu de façon ordinaire et quitter la taverne accoutré comme un pèlerin la rendait perplexe. Où et comment avait-il trouvé des vêtements de pèlerin et un bâton ? Elle regrettait de ne pas avoir posé plus de questions à Pourcet au sujet de l'aspect initial de cet homme. Mais la plupart des clients qui passaient dans son échoppe portaient des chemises frustes plus ou moins maculées de taches et de poussière. Rien de marquant, si ce n'était l'odeur.

Elle pénétra dans l'échoppe, redoutant des remontrances de la part de Quiteira.

« Où étais-tu aujourd'hui, Belina ? s'écria-t-elle. Nous avons eu nombre de clients. »

Belina lui expliqua comment elle avait passé sa journée, et pourquoi.

« Tu devrais dire à Guillaume de faire son propre travail, gronda Quiteira. Comme ça, je n'aurais pas à faire le tien. » Elle referma brutalement un tiroir.

« T'es-tu souvenue de montrer la figurine sculptée du pèlerin aux clients ? demanda Belina en tentant de garder son calme.

—Non, je ne l'ai pas fait. Je ne montre pas de sculptures grossières aux chalands. Contrairement à toi, j'ai cure de ce que les gens pensent de moi. Guillaume te laisse-t-il agiter une figurine si honteuse sous le nez de tout un chacun ?

—Oui », rétorqua Belina. Elle sortit la figurine du tiroir du haut et se rendit auprès d'un groupe de pèlerins. Mais elle n'avait aucune signification pour eux et ils quittèrent l'échoppe en claudicant, sans rien acheter.

« Tu vois ce que je veux dire, déclara Quiteira. Si j'étais toi, je cacherais cette chose. » Elle claqua à nouveau un tiroir et faillit trébucher sur une grande urne lorsqu'elle se hâta d'aller servir un groupe de pèlerins qui venait d'arriver.

Belina réussit à vendre beaucoup de babioles et de médailles lors de la demi-heure suivante et interrogea systématiquement ses clients pour savoir s'ils avaient rencontré un pèlerin du nom de Robert Penge, qui revenait de Compostelle et avait avec lui la singulière figurine dont la tête était tachée de vin. Personne ne l'avait vu ; les femmes lui jetèrent des regards noirs, tandis que les hommes la toisèrent de haut en bas, l'œil pétillant. Quiteira ne fit rien pour dissimuler sa désapprobation.

La nuit n'était pas loin de tomber lorsqu'un groupe de personnes bien vêtues entra dans l'échoppe et se mit à regarder les divers articles exposés. Belina les observa attentivement. Ils semblaient avoir l'intention d'acheter quelque chose, sans toutefois être pressés. Elle sortit un plateau de clés de saint Pierre et de médailles.

« Vous avez peut-être déjà acheté quelque chose de semblable à l'entrée de la cathédrale, leur dit Belina, mais nous disposons ici d'un plus grand choix d'objets.

—La femme qui tient l'étal aux portes de la cathédrale est-elle en concurrence avec vous ?

—Non, pas vraiment. Nous sommes toutes des employées de la cathédrale, expliqua Belina. Peut-être souhaiteriez-vous acheter une autre coquille Saint-Jacques en argent ? » Elle sortit un autre tiroir. « Revenez-vous de Compostelle ? »

Ils rirent et déclarèrent qu'ils étaient marchands, et non des pèlerins, qu'ils se rendaient à l'ouest en Espagne, mais pas aussi loin que Saint-Jacques. Ils étaient à la recherche de possibilités de commerce de tissus à Medina del Campo, mais ils prenaient leur temps car il faisait toujours trop chaud pour traverser la Meseta, et il serait sans doute difficile d'obtenir du fourrage pour leurs chevaux.

« Et vous ne trouveriez pas de quoi vous nourrir dans les auberges espagnoles, affirma Belina.

—Que voulez-vous dire ?

—Les auberges espagnoles ne servent pas à manger. Il vous faut apporter votre propre nourriture. C'est très différent de la Gascogne.

—Qu'en est-il des auberges du Béarn et de Navarre ? s'enquit un des marchands en tapotant son ventre replet.

—Celles-là ne sont pas mauvaises. C'est en Espagne que vos chevaux et vous risquez de connaître la faim.

—Comment font tous les pèlerins, dans ce cas ?

—Ils font halte dans des hospices, ou logent chez l'habitant, Belina les informa. Les Espagnols sont des gens aimables, me dit-on, mais leurs auberges n'ont rien à manger.

—Fichtre. » Les marchands discutèrent entre eux de cette mauvaise nouvelle, ou du moins Belina supposa que c'était là le sujet de leur conversation dans leur langue natale.

« Venez-vous de loin ? leur demanda-t-elle.

—De Bruges, en Flandres.

—Ah, vous êtes donc Flamands ? »

Ils acquiescèrent et portèrent leur attention sur les plateaux de souvenirs et de médailles. Belina se saisit discrètement de la figurine vulgaire du pèlerin et attendit qu'ils aient choisi quelques articles et qu'ils aient réglé leur note. Tandis qu'elle enveloppait soigneusement leurs achats dans des morceaux d'étoffe, elle leur récita son petit couplet au sujet de la figurine du pèlerin. Elle se souvint trop tard qu'ils voyageaient en direction de l'ouest, vers Mouchan, et qu'ils n'avaient donc pas pu rencontrer le pèlerin, qui était arrivé dans la direction opposée le samedi précédent.

Ils étudièrent la figurine, mais sans les commentaires salaces ou l'embarras habituels. « C'est le Manneken Pis, déclara le marchand ventripotent.

—Le quoi ? s'exclama-t-elle, perplexe.

—Le petit homme qui urine.

—Oui, je vois bien que c'est ce qu'il fait, Belina marmonna.

—Il s'appelle le Manneken Pis.

—Qui donc l'appelle ainsi ? voulut savoir Belina.

—Tous les gens de Bruxelles.

—Pourquoi cela ?

—C'est une sculpture d'une vieille statue bien connue située près du Grote Markt. C'est l'équivalent à Bruxelles de vos clés de saint Pierre.

—Que voulez-vous dire ? s'enquit-elle, interloquée.

—Toutes les échoppes de babioles de Bruxelles en vendent, et tous les voyageurs qui passent par Bruxelles en achètent », lui expliquèrent-ils.

Belina tenta de saisir ce qu'ils disaient. Ils ne parlaient pas très bien français, beaucoup moins bien que Barvaux, par exemple.

Ils lui répétèrent leurs explications et continuèrent à étudier la figurine, fronçant les sourcils en voyant la tache qui maculait la tête. Belina la leur indiqua. « Je crois que c'est du vin.

—Oui, en effet, c'en est. »

S'ensuivit un long récit dans un français écorché, racontant comment ils avaient rencontré à maintes reprises, lors de leur périple en venant de Flandres, un homme qui possédait une figurine du Manneken Pis, ainsi qu'une sculpture de saint Roch. Ils avaient d'abord pensé qu'il s'agissait d'un soldat anglais qui voyageait seul jusqu'en Espagne pour se joindre à la *Reconquista*, et participer à la conquête du royaume de Grenade. Ils finirent par découvrir que l'homme s'appelait Robert Penge.

« Mais des soldats voyageraient assurément en groupe, comme le font les pèlerins, non ? » leur demanda Belina. Son cœur battait la chamade et ses mains étaient moites. L'homme qui avait quitté l'auberge du Cheval Blanc vêtu comme un pèlerin samedi s'appelait Robert Penge. Le garçon de cellier avait été formel. Était-il possible que ce soit la même personne ? Son agitation était telle qu'elle faillit ne pas entendre la réponse des marchands à sa question.

« Celui-ci n'était pas vraiment seul. Il semblait suivre à la trace quelqu'un d'autre, quelqu'un qui l'évitait, quelqu'un qui se faisait passer pour un botaniste et faisait collection d'échantillons de plantes vénéneuses, comme des brindilles d'if. »

Les marchands décrivirent à eux tous cette deuxième personne en détail. Ils l'ignoraient, car ils ne pouvaient pas le savoir, mais il était évident pour Belina qu'ils lui avaient décrit Barvaux. Sa nationalité, sa taille et sa corpulence, ses cheveux noirs bouclés, sa manière séduisante de s'exprimer, son rire charmant, sa vitalité, ses affectations, l'élégance de ses vêtements et l'assurance qui se dégageait de lui ; tout cela lui était familier. Elle espéra que les marchands ne remarqueraient pas son embarras – et les raisons de ressentir de la gêne ne manquaient pas, car elle apprit que, dans quasiment chacune des auberges où ils avaient fait halte, Barvaux avait réussi à convaincre une servante de partager sa couche. Il avait même amené une fille de joie à l'auberge, à deux reprises.

« Nous sommes tous des hommes mariés et nous ne faisons pas ce genre de chose, mais ce Flamand, notre compatriote, était un coureur de jupons accompli. »

Belina ne prit pas pour argent comptant la remarque les concernant, mais elle prit soin de ne pas le laisser paraître. En proie à la confusion et à la gêne, elle orienta à nouveau la conversation vers les deux figurines et leur demanda si les sculptures avaient toujours été tachées de vin.

« Non, cela s'est produit assez récemment, à Moissac. Le soldat s'est querellé avec un ivrogne bavarois qui s'était rendu compte que l'homme avait perdu son sens du goût. Le Bavarois se moquait de lui et lui a fait manger un aliment gâté. Le soldat l'a frappé et l'autre a renversé du vin sur les têtes des figurines. Le soldat l'a envoyé au tapis et l'aurait sans doute blessé sérieusement si nous ne l'avions pas retenu. L'aubergiste a ordonné à ses serviteurs d'emmener l'ivrogne prostré dehors et nous avons offert à boire et à manger au soldat.

—Était-ce bien prudent ? s'enquit Belina.

—Oui. Il n'était pas saoul, juste susceptible pour ce qui avait trait à ses affaires. Non seulement au sujet des deux figurines, mais aussi de deux médailles qu'il avait soigneusement cousues à l'intérieur d'une chemise propre, lorsqu'il pensait que nous ne le remarquerions pas. Les deux jours suivants, nous avons voyagé avec lui à un rythme tranquille jusqu'à Lectoure. Ensuite, il a poursuivi sa route à la hâte. Sans doute voulait-il rattraper le godelureau.

—Et vous êtes certains que le soldat le suivait ? voulut savoir Belina.

—Oui. » Ils lui racontèrent une douzaine d'anecdotes qui étayaient ce point de vue. Ils s'étaient d'abord demandé si le soldat menaçait de dévoiler au grand jour quelque méfait que le coureur de jupons avait commis autrefois, en rapport avec une femme, peut-être. Mais ils réussirent peu à peu à dresser un tableau des antécédents du soldat. Il était soldat de métier depuis l'âge de seize ans et avait rejoint l'armée du duc de Bourgogne. Après la mort du duc lors de la bataille de Nancy, le soldat s'était rendu à Londres, où il avait servi comme garde auprès d'un propriétaire terrien anglais du nom de Welles. Il y a quelques semaines de cela, Welles lui avait donné ordre de se rendre de nuit à la tour de Londres, afin d'emmener deux garçons jusqu'à la côte par voie de la Tamise. Plus précisément, sa tâche avait été de les faire monter à bord de son embarcation sans bruit. Il avait refusé de narrer aux marchands la manière dont il y était arrivé. Belina déglutit nerveusement, imaginant la rudesse du traitement qu'avaient dû subir les deux garçons.

« Nous n'avons pas trop insisté pour qu'il nous révèle comment au juste il les avait fait monter dans le bateau. Mais un soir, après que le soldat eut bu beaucoup de vin, nous avons appris que lorsque l'embarcation est arrivée à destination, le Flamand qui était chargé de prendre possession des garçons de la Tour avait ordonné au soldat d'aller lui chercher quelque chose à la proue, tandis que les matelots ferlaient les voiles. Lorsque le soldat revint à la poupe, les garçons avaient disparu.

—Vous voulez dire que le Flamand les avait jetés par-dessus bord ? Belina demanda.

—C'était ce que pensait le soldat. Et c'est sans doute pourquoi il le suivait à la trace, afin de lui extorquer de l'argent. »

Belina voulait en savoir plus au sujet de Robert Penge, mais Quiteira s'était mise à fermer l'échoppe de manière fort démonstrative, faisant beaucoup de bruit et s'escrimant pour déplier le volet du haut. Les marchands saisirent l'allusion, prirent leurs paquets et demandèrent à Belina le chemin pour se rendre à la place du Lion d'Or. Belina leur dit qu'elle imaginait qu'ils logeaient à l'auberge du Lion d'Or.

« Oui, nous y avons réservé une chambre privée. Cela nous a semblé un lieu plus calme que l'auberge du Cheval Blanc.

—Trop de soldats bruyants, fit remarquer l'un des marchands.

—Oui, beaucoup trop, acquiesça Belina sans réfléchir.

Ils lui adressèrent un regard surpris. Quiteira fit de même. Belina tira le volet du bas vers le haut, le ferma à la hâte et dit « *Adiu* » à Quiteira.

CHAPITRE VINGT

Belina se rendit dans la remise pour terminer les comptes qu'elle devait donner à Loupmont le lendemain. Elle alluma deux bougies et plaça le tissu à damier et les jetons. Ainsi, le pèlerin décédé n'était pas réellement un pèlerin, mais plutôt quelqu'un qui était passé par Bruxelles lors de ses voyages. L'un des marchands flamands pensait qu'il s'agissait d'un soldat anglais. Mais s'il était anglais, comment se faisait-il qu'il parlât aussi bien le français ? Est-ce que Robert Penge était un nom français ou anglais ? Guillaume lui avait dit un jour que certains soldats anglais étaient si contrariés que le roi Édouard avait refusé de combattre les Français qu'ils avaient rejoint l'armée du duc de Bourgogne, afin de l'aider à prendre Nancy. Mais Belina ne se souvenait pas quand cela s'était produit et, à dire vrai, elle n'était pas certaine où Nancy se trouvait. Ces vagues souvenirs étaient perturbés par les descriptions d'un homme qui ne pouvait qu'être Barvaux. Quiteira était de toute évidence arrivée à la même conclusion, et ses ricanements méprisants avaient plongé Belina dans l'embarras.

Elle manipula ses jetons sur le tableau de tissu et nota les différents totaux dans le registre. Il s'agissait d'une tâche qui lui demandait une concentration intense, même lorsqu'elle n'était pas fatiguée, comme c'était présentement le cas. Les deux bougies étaient presque entièrement consumées et il faisait sombre dans la remise. Elle se leva pour aller chercher la lanterne dans l'échoppe. À son retour, elle fut surprise d'entendre des voix de l'autre côté de la fente étroite de la fenêtre de la remise.

« ... et les gardes remplaçants me firent entrer dans la tour Lanthorn, déclarait la voix de Barvaux.

—Qu'entends-tu par les gardes remplaçants ? » s'éleva la voix grêle et perçante de Rocca.

Belina se tint près de la fente de la meurtrière. Elle éteignit la lanterne et la posa au sol silencieusement. L'espace d'un instant, le seul bruit qu'elle perçut était le battement de son cœur. Puis vint la réponse assurée de Barvaux. « En tant que connétable de la tour de Londres, le duc de Buckingham avait remplacé les gardes qui étaient en fonction par ses propres hommes. »

Belina se demanda si cette réponse satisfaisait Rocca. Elle était certaine que Guillaume l'aurait trouvée suspecte. Barvaux poursuivit son récit par la manière dont il avait pénétré dans la tour de Londres et atteint ce qu'il appelait la chambre des garçons.

« Quels garçons ? s'enquit Rocca.

—Les princes, bien entendu, les fils du roi Édouard.

—Je croyais que le garçon le plus âgé était censé être le roi, contra Rocca.

—Pas vraiment, non. C'était un bâtard, comme son père, Barvaux expliqua. Tout le monde le savait.

—Que diable veux-tu dire ? s'étonna Rocca.

—Le roi Édouard avait été fiancé en bonne et due forme à la Dame Éléonore quelque chose, fille du perdant de la bataille de Castillon. Le mariage du roi Édouard à la veuve Grey a donc été considéré comme une union bigame.

—Par qui ? voulut savoir Rocca.

—Par les avocats et les évêques.

—Et tu viens de me dire que le roi était lui aussi un fils illégitime ? s'acharna Rocca.

—C'est ce que l'on s'accorde à dire. La Rose de Raby a

partagé sa couche avec un archer tandis que son mari le roi faisait la guerre en France. Le roi Édouard en fut le résultat.

—Comment a-t-il pu devenir roi, dans ce cas ? » s'enquit Rocca.

Belina perçut la note de scepticisme dans son ton. Elle se demanda si Guillaume connaissait cette histoire, lui qui était si fervent partisan de feu le roi Édouard. Elle ne pouvait croire qu'il aurait fait montre de telle fidélité envers lui s'il avait connu la vérité concernant ses origines. S'il s'agissait bien de la vérité.

« Il obtint sa couronne sur le champ de bataille et régna fort bien sur l'Angleterre, lui répondit Barvaux. Malheureusement.

—Pourquoi dis-tu cela ?

—Parce qu'il était yorkiste et que l'évêque Morton est lancastrien, un allié de la reine Marguerite d'Anjou (veuve du roi Henri) et du comte de Richmond.

—Cet évêque était-il un allié proche de la reine Marguerite ? demanda Rocca.

—Très, très proche. Comprends-tu ce que je veux dire ?

—Hmph ! » Rocca émit un grognement évasif.

« Mais Claude, ne te souviens-tu pas qu'ils vivaient sous le même toit à Saint-Mihiel, lorsque tu y habitais avec tes parents ? tenta de lui rappeler Barvaux.

—Non, pas vraiment. D'ailleurs, ils ne résidaient pas à Saint-Mihiel même. Ils étaient au château de Koers, à quelques lieues de là.

—C'est vrai, reconnut Barvaux. C'est là que j'ai rencontré le docteur Morton pour la première fois, lorsque je lui ai apporté une certaine somme d'argent de la part du duc de Bourgogne. Après lui avoir remis ce pécule, j'ai poursuivi ma route jusqu'à Saint-Mihiel pour te rendre visite, à toi et aux autres, et passer un peu de bon temps. »

Rocca émit à nouveau un grognement neutre.

Belina repensa à la conversation qu'elle avait eue avec les marchands flamands à l'échoppe. Lorsqu'elle porta à nouveau son attention sur le récit de Barvaux, il était en train de conter à Rocca qu'il avait escorté les princes jusqu'à l'embarcation qui les attendait. Le cadet des garçons avait protesté bruyamment et avec énergie, si bien que Barvaux avait dû lui couvrir la bouche de sa main. Un soldat avait porté l'aîné sur le bateau et l'avait bâillonné avec un morceau de tissu. Il avait ensuite pris le cadet des bras de Barvaux en s'assurant qu'il ne puisse pas faire de bruit, et le Flamand lui avait passé une couverture par-dessus la tête.

« Quel âge ont les princes ? voulut savoir Rocca.

—Ils avaient douze et neuf ans.

—Avaient ? rétorqua Rocca. Viennent-ils de fêter leur anniversaire ? »

Barvaux éclata de rire. « Non. Ils sont morts. Noyés.

—Mais tu ne t'es pas noyé, toi, fit remarquer Rocca. J'imagine que tu es resté à quai à la tour de Londres.

—Non, ç'aurait été bien trop dangereux. Je suis monté à bord avec eux, bien entendu. Nous avons descendu la Tamise jusqu'à Queenborough.

—Et ensuite ? l'interrogea Rocca sur un ton crispé.

—Lorsque tous les matelots s'affairaient à ferler les voiles, j'ai poussé les garçons par-dessus bord. »

Rocca laissa échapper une exclamation de stupeur. « Non ! Comment as-tu pu faire chose pareille ?

—J'obéissais aux ordres que l'on m'avait donnés.

—Qui te les avait donnés ? » Les paroles de Rocca étaient très saccadées désormais.

—Lady Margaret Beaufort.

—Mais assurément, l'évêque Morton n'aurait pas approuvé ?

—C'étaient deux bâtards yorkistes. Pas une grande perte, expliqua Barvaux.

—C'étaient des enfants. Tuer d'innocents garçons est un meurtre ignoble. »

S'ensuivit une explication impatiente de la part de Barvaux

concernant le complot de Beaufort et Morton visant à rendre public le fait que les princes étaient illégitimes, évitant ainsi que la reine douairière Élisabeth et sa nombreuse famille ne puissent régner sur l'Angleterre. Le duc de Buckingham avait joué son rôle à merveille dans tout cela. Le couronnement du Lord Protecteur, frère cadet du roi Édouard, avait été très bien accueilli. L'étape suivante du complot avait consisté à se débarrasser de Lord Hastings, capitaine de Calais, car il n'avait pas réussi à faire libérer le comte d'Oxford du château de Hammes.

« Si Hastings avait soudoyé le capitaine de Hammes, l'évêque d'Ely n'aurait pas eu besoin que je contrefasse des documents indiquant qu'Hastings était un traître, expliqua Barvaux.

—Qui est l'évêque d'Ely ? s'enquit sèchement Rocca.

—L'évêque Morton, bien entendu, répliqua Barvaux. Mais si tout se passe comme prévu, il deviendra archevêque de Cantorbéry, puis cardinal.

—Et l'archevêque de Cantorbéry actuel ?

—Il est très âgé. Il ne durera pas très longtemps, confia Barvaux. L'attente ne sera pas longue pour l'évêque d'Ely. »

Belina se demanda ce que signifiait le mot « Ely ». S'agissait-il d'*illi* ? Peut-être était-ce un évêque *Élie*, qui devait son nom à saint Élie ? Elle s'efforça de se concentrer sur le discours parisien rapide de Rocca et sur le français à l'accent flamand de Barvaux. La tâche était fatigante et elle manqua une partie de leur conversation.

Elle entendit Barvaux dire que les marins ne pourraient pas quitter l'île de Sheppey, ce qui signifiait que lui, Barvaux, n'encourait aucun risque du fait de ses actes.

« En es-tu certain ? demanda Rocca d'une voix chevrotante.

—Tout à fait. Ou presque.

—Poursuis donc ton récit, l'encouragea Rocca. Qu'adviendra-t-il maintenant ? »

Barvaux expliqua que Lady Margaret ferait circuler des

rumeurs selon lesquelles quelqu'un avait tenté de libérer les princes, mais que la tentative avait échoué et que personne ne savait désormais où ils se trouvaient. En temps et en heure, le roi Richard serait accusé de les avoir fait assassiner.

Rocca inspira vivement sous le coup de la stupéfaction. Belina fit de même, mais plus silencieusement.

« Toutefois, le complot a été compromis, Barvaux continua. J'ai reçu ce matin une lettre de Christopher Urswick, qui se trouve à Paris, m'informant du fait que Lady Margaret a découvert que les princes que j'ai extirpés de la tour Lanthorn étaient en fait des imposteurs et que les vrais princes se trouvaient au Luxembourg.

—Je suis heureux de l'entendre, commenta Rocca.

—Pourquoi donc ? lui demanda Rocca, consterné.

—Parce que je n'approuve pas le meurtre. Le cinquième commandement dicte : "Tu ne tueras point."

—Et après ? rétorqua Barvaux sans ménagement. La paix en Angleterre vaut bien la mort de deux garçons.

—Si je ne m'abuse, répliqua Rocca à son tour, l'Angleterre est déjà en paix sous le règne du roi Richard.

—Mais cela ne durera pas, vint la réponse agitée de Barvaux. Comme je te l'ai dit hier, dans sept semaines le sud de l'Angleterre entrera en rébellion contre le roi. Il brisera cette insurrection et fera décapiter sa soi-disante figure de proue, le duc de Buckingham.

—Je me souviens très bien de notre conversation d'hier, l'assura Rocca. Poursuis donc concernant les princes au Luxembourg. Y sont-ils en lieu sûr ? Hors d'atteinte de Lady Margaret et de l'évêque, je veux dire.

—Non. Les espions d'Urswick et de Bray ont veillé à ce que ça ne soit pas le cas. » Barvaux marqua une pause. « La lettre que j'ai reçue ce matin affirme que les princes sont en route pour le Portugal, pour trouver refuge auprès de Sir Édouard et Lady Brampton, à Lisbonne. » Rocca voulut savoir pourquoi. « Parce que Sir Édouard est en réalité un marchand portugais du nom de Duarte Brandão, fait chevalier par le roi Édouard. Il connaît bien les garçons et serait tenu de veiller sur eux attentivement.

—Et de s'assurer qu'ils soient sains et saufs, autrement dit, fit remarquer Rocca.

—Bien trop sains et saufs, acquiesça Barvaux. C'est pourquoi il est capital qu'ils n'arrivent jamais à Lisbonne. On m'a donné ordre de les intercepter lorsqu'ils passeront par Condom et de les tuer.

—De les noyer dans la Baïse, je suppose, plutôt que dans la Tamise, ironisa Rocca. Dois-je comprendre que noyer des enfants est l'une de tes spécialités ?

—Peut-être, mais pas forcément. Je pourrais faire en sorte qu'un rocher leur tombe dessus. Je pourrais les percer d'une épée ou d'un poignard. » Belina frissonna. Elle se demanda si Rocca frissonnait, lui aussi. Ce dernier demanda à Barvaux si Urswick souscrivait à ses méthodes d'assassinat, et surtout, si l'archevêque Cato les approuvait.

« Peut-être, peut-être pas. Cela n'a pas vraiment d'importance, répondit Barvaux.

—Il faut que j'aille dormir, déclara Rocca. Demain matin, je dois aller à ce chantier inachevé près du pont Barlet. Nous sommes censés y ériger un bâtiment pour entreposer la dîme, les loyers et le vin du diocèse. Après tout le mal que je me suis donné pour vérifier ce à quoi chaque personne doit contribuer, il me faut un endroit adapté où je puis garder tout cela, à l'abri des rats et, surtout, des voleurs du cru. Demain, je vais menacer ces travailleurs paresseux d'amendes et de les congédier s'ils ne terminent pas bientôt leur ouvrage.

—Et s'ils te rient au nez et déposent leurs outils ? fit remarquer Barvaux. Ce ne sera jamais terminé s'ils prennent cette voie.

—Ils ne le feront pas. Ils n'oseront pas, et ils ne peuvent pas se permettre une amende ou de perdre leur emploi.

—Ils sont sans doute juste un peu lents », affirma Barvaux.

Belina était du même avis. Rocca ne comprenait visiblement pas la notion de promesse gasconne. Il était futile à Condom de s'attendre à ce qu'un maçon, par exemple, respecte les délais établis pour quoi que ce soit au jour près. Voire même à la semaine ou au mois près. Les Gascons étaient ainsi et Belina le savait. C'était à Rocca d'apprendre à faire avec.

« Peut-être projettent-ils de t'assassiner ? suggéra Barvaux.

—Ce n'est pas parce que tu assassines des garçons que quiconque ici tenterait de me tuer. Bonne nuit.

—Bonne nuit, Claude. Dors bien, si tu le peux. Rêve de ce qui se produira demain sur le chantier. » La voix de Barvaux était plus suave que jamais.

Belina attendit un très long moment avant d'allumer à nouveau la lanterne et de retourner dans l'échoppe, puis de sortir dans la cour. Elle huma l'air, au cas où l'odeur de romarin qui accompagnait toujours Barvaux soit toujours présente. Mais le seul parfum était celui du rosier grimpant qui poussait à côté de la porte de l'échoppe, côté cour, et le seul bruit audible était le chant des grillons dans l'obscurité. Il serait néanmoins dangereux de traverser la cour, monter les escaliers et risquer de tomber sur Barvaux. Elle retourna donc dans l'échoppe et se servit de la lanterne pour allumer une précieuse chandelle de cire, car elle estima que l'odeur d'une chandelle de suif serait trop forte. Elle traversa lentement la cour, voilant autant que possible la lumière de sa chandelle, puis gravit prudemment les escaliers avant de longer le couloir qui menait aux quartiers de Guillaume.

Elle posa la chandelle au sol et tâtonna à sa ceinture pour en tirer la clé de la porte. Elle cliqueta légèrement lorsqu'elle la tourna dans la serrure et Belina entendit Minette miauler de l'autre côté de la porte. Elle éteignit la chandelle dans le seau d'eau que le portier de la résidence avait laissé à côté de la porte et s'accroupit tandis qu'elle ouvrait cette dernière. Minette se rua dehors, mais Belina réussit à l'attraper, à la ramener à l'intérieur et à refermer la lourde porte aussi silencieusement que possible. Elle s'y appuya, tremblant de soulagement, tandis que la chatte se débattait dans ses bras et la griffait.

Belina tira le verrou dans le noir. Elle trouva sa poudrière et alluma une chandelle de suif. Quelques minutes plus tard, elle avait ôté son fichu et ses vêtements, avait mis son bonnet de nuit et s'était glissée dans son lit. La chatte ronronna un moment près de son oreille, puis finit par s'installer à l'autre extrémité du matelas. Belina éteignit la chandelle en pinçant la mèche et se tint immobile, réfléchissant au récit qu'elle venait d'entendre. Même Rocca avait eu l'air horrifié, réalisa-t-elle. Elle laissa échapper un soupir et pensa à ces enfants innocents et sans défense que l'on avait noyés. Elle mit longtemps à s'endormir.

CHAPITRE VINGT ET UN

Belina dormit mal, et lorsqu'elle s'éveilla elle vit Minette qui fendait l'air de sa queue et grondait, en fixant les oiseaux qui se trouvaient de l'autre côté de la fenêtre située à coté de l'évier. Elle bondit du lit, se précipita vers la fenêtre ouverte et attrapa la chatte par la queue. Minette était furieuse et elle griffa le bras nu de Belina avant d'échapper à son étreinte et d'atterrir lourdement au sol.

« Chatte stupide. » Belina fit couler de l'eau sur son bras et prit une serviette au-dessus de l'évier pour faire cesser le saignement. Elle referma la fenêtre couverte de vélin, bien que la lumière s'en trouve diminuée. Elle se lava et s'habilla tandis que Minette restait tapie sous le lit.

Belina ne pensa plus à la chatte. Elle se concentra sur ce qu'elle avait entendu le soir précédent, au sujet des deux princes – ou deux autres garçons, peut-être – qui avaient été noyés. Barvaux semblait ne pas se soucier de qui il avait assassiné. Comment avait-elle pu former bonne impression d'un tel individu ? Elle se sentait très angoissée, à la fois en raison du sort réservé à ces pauvres enfants et de la proximité d'un meurtrier. Elle ouvrit à nouveau la fenêtre est inspira profondément l'air frais matinal. C'était une belle matinée et l'atmosphère étouffante et orageuse des derniers jours avait disparu. Elle inspira à nouveau et se sentit mieux.

Soudain, la chatte bondit de derrière elle à travers la fenêtre et atterrit sur une branche frêle du pêcher qui se trouvait au-dehors. L'arbre frémit et se mit à pencher dans la direction opposée de celle du mur.

« Minette ! Reviens, chatte stupide ! » s'écria Belina.

L'animal ne lui prêta aucune attention et se laissa tomber sur une branche plus basse et plus épaisse. Belina prit la cruche de lait et tapa dessus avec une cuiller en métal. D'ordinaire, Minette venait droit à la cruche lorsqu'elle entendait ce son. Mais pas cette fois.

Belina s'employa à nouveau, tenant la cruche et la cuiller au-dehors de la fenêtre. « Minette, viens manger. » Elle se pencha encore un peu et faillit lâcher la cruche. La chatte remonta dans l'arbre et le pêcher se remit à se balancer, s'éloignant toujours plus du mur.

Belina dévala les escaliers, laissant la porte grande ouverte et oubliant qu'elle ne portait pas son fichu. Minette s'accrochait à une branche haute qui balançait dangereusement.

« Alain, cria Belina. Aidez-moi à porter secours à Minette, s'il vous plaît. » Mais Alain était occupé à aider Sir John à rentrer chez lui, ce qui pouvait prendre un moment.

Barvaux et Rocca étaient assis dans un coin de la cour, où ils prenaient leur petit déjeuner et discutaient. Rocca était en train de montrer à Barvaux une pile de documents.

Belina interrompit leur examen des comptes. « Aidez-moi à secourir ma chatte. Je vous en prie ! Je vous en prie ! »

Ils levèrent les yeux vers elle. Rocca fronça les sourcils, sans doute consterné de la voir sans son fichu, ses longs cheveux noirs hirsutes et collés à ses joues. Barvaux se leva et l'entoura de son bras. « Oubliez le chat. Il est capable de se débrouiller tout seul. Asseyez-vous, Belina, et joignez-vous à nous pour le petit déjeuner. Vous vous sentirez mieux, vous verrez. »

Elle se dégagea de lui. « Aidez-moi à faire descendre ma chatte de l'arbre, je vous en prie. » Mais Minette n'intéressait nullement Barvaux. Il n'avait d'yeux que pour la longue chevelure en pagaille de Belina.

Désespérée, elle se rendit au pied de l'arbre et tendit la main vers Minette en l'appelant. La chatte hésita, sondant de sa patte une branche plus basse mais refusant de quitter celle sur laquelle elle se trouvait. Ses miaulements devenaient de plus en plus misérables tandis qu'elle tâtait la branche. Elle avait trop peur pour y descendre.

Belina prit soudain conscience que quelqu'un plaçait une table à côté d'elle, ainsi qu'un tabouret. Elle supposa qu'il s'agissait d'Alain venu enfin l'aider. Elle tendit le bras pour aider Alain à monter sur le tabouret et il lui fallut quelques instants pour réaliser que le sauveteur portait une robe de clerc. Il tendait les bras vers le pêcher en appelant d'une voix calme : « Minou, viens par ici, minou. N'aie pas peur, je ne te laisserai pas tomber. »

La chatte posa une fois de plus la patte sur une branche plus basse, puis changea d'avis et la retira. Rocca tenta à nouveau de l'amadouer pour qu'elle descende. Minette hésitait toujours. Se tenant au tronc d'une main, Rocca tenta de la toucher de l'autre. La chatte darda des coups d'œil vers le haut, puis sur le côté, plusieurs fois de suite, tandis que l'anxiété de Belina ne faisait que croître. Minette posa ensuite la patte sur une autre branche et Rocca se saisit d'elle avant qu'elle n'ait le temps de changer d'avis.

« N'aie pas peur. Tout va bien, maintenant. »

Tandis que Belina lui maintenait les jambes, il prit Minette dans ses bras, se retourna et la confia délicatement à sa maîtresse.

« Merci beaucoup, murmura-t-elle.

—Je vous en prie. »

Belina posa Minette au sol et aida Rocca à descendre du tabouret, puis de la table.

La chatte se mit à faire sa toilette, ce qui fit sourire Rocca. « Voilà typiquement un comportement de chat. Faire comme si à aucun moment il n'y avait eu le moindre danger.

—Pourtant, elle était bien en danger. Elle aurait pu tomber et se blesser sérieusement. Voire même se tuer. »

Il sourit à nouveau, souleva la table et la porta jusqu'à son endroit accoutumé. Elle prit le tabouret et le suivit.

« Merci beaucoup, répéta-t-elle. J'espère ne pas vous avoir fait courir de risque.

—Un léger risque, peut-être, mais la vie d'un chat est importante. » Son regard était tourné vers le sol, pour éviter de fixer son visage et ses cheveux. « Il vous faut m'excuser, Dame Lansac, mais une affaire urgente m'appelle. Je dois me rendre au site du chantier du nouveau bâtiment d'entreposage du diocèse. Le travail avance bien trop lentement et il faut qu'il soit terminé pour les récoltes et les vendanges. Il y a encore énormément à faire. Je suis certain que leur indolence est délibérée ; cela n'arrange pas les gens du cru que les richesses de la cathédrale soient placées en lieu sûr, hors d'atteinte des chapardeurs.

—Peut-être s'agit-il juste de promesses gasconnes, suggéra Belina, prenant garde à ne pas laisser transparaître qu'elle était déjà informée de sa visite du chantier. Peut-être vous a-t-on promis des délais trop optimistes pour qu'ils soient réalisables.

—J'ai déjà pris en compte cette habitude néfaste et malhonnête, rétorqua-t-il. Non, les retards sont délibérés. De plus, mon assistant est convaincu que plusieurs des travailleurs ont volé des matériaux de construction et les ont vendus à des hommes de Moncrabeau, qui se sont vantés de se les être procurés. »

Belina lui adressa un sourire. « Ce n'est probablement pas le cas, quoi que l'on ait pu dire à Messire Loupmont à Moncrabeau. C'est un endroit bien connu pour les galéjades qu'on y raconte. Les habitants rivalisent entre eux afin de voir qui inventera la fable la plus rocambolesque. Mais peut-être Messire Loupmont ne l'a-t-il pas encore appris ? »

Rocca quitta la cour l'air renfrogné, claquant derrière lui la porte qui menait à la rue. Belina ramassa Minette et la ramena aux quartiers de Guillaume. La chatte bondit de ses bras et fila à travers la porte ouverte. Puis elle en ressortit aussitôt en crachant.

« Calme-toi un peu, Minette, s'il te plaît, Belina la gronda. Tu es vraiment pénible. »

Elle reprit la chatte dans ses bras et entra chez elle, préoccupée par l'étrange comportement de l'animal. Puis elle vit l'état de la pièce. Elle l'avait quittée précipitamment et sans doute un peu en désordre, mais elle était maintenant sens dessus dessous. Coffres et paniers à linge étaient ouverts, leur contenu éparpillé sur le lit et au sol. Les cruches sur l'étagère près de l'évier étaient renversées. La sacoche contenant ses tablettes de cire avait été vidée sur le lit défait et le matelas avait été poussé de côté. Elle jeta un coup d'œil à la cachette où elle avait dissimulé les deux médaillons cousus dans la chemise du pèlerin décédé. Elle souleva son fichu du dimanche, redoutant de ne rien trouver dessous. Mais les deux médaillons du pèlerin s'y trouvaient toujours, enveloppés dans leurs petites poches de soie.

Elle soupira de soulagement et replaça le fichu par-dessus les médaillons. Elle était très consciente du fait que Guillaume lui demandait toujours de verrouiller la porte derrière elle, même si elle s'était toujours dit qu'ils ne possédaient rien qui pût être d'un grand intérêt pour un cambrioleur. Ce médaillon en or de Saint-Mihiel, que Messire Benasse avait tant admiré, était la première chose réellement précieuse qu'elle ait eue en sa possession. Comment était-il possible qu'un voleur puisse s'introduire dans la résidence des employés de la cathédrale, un lieu sûr et sous bonne garde ? Et comment un voleur aurait-il pu savoir qu'elle se trouvait en bas dans la cour, plutôt que chez elle en train de prendre son petit déjeuner ? Comment un voleur aurait-il su que sa chatte sauterait par la fenêtre sur le pêcher qui se trouvait au-dehors ?

Il fallut un effort de volonté considérable à Belina pour se ressaisir et s'efforcer d'ignorer les battements assourdissants de son cœur. Qu'est-ce qui avait été volé ? D'ailleurs, qu'y avait-il à voler ? Et où se trouvait le voleur maintenant ?

Elle prit son courage à deux mains et ouvrit d'un grand coup la porte qui menait à la pièce où Guillaume travaillait. Elle était elle aussi en désordre. Des sacoches de cuir avaient été éventrées, leur contenu éparpillé ici et là. Feuilles de papier et parchemins étaient entassés en piles désordonnées. Son coffre de travail avait été déplacé mais le mécanisme de verrouillage complexe avait eu raison du cambrioleur, qui que cela ait pu être. Elle digéra la scène, en proie à un sentiment d'horreur, et se rendit au centre de la petite pièce, l'esprit accaparé tout entier par son état épouvantable.

« Dame Belina, je suis venu vous apporter mon aide. »

Elle se retourna vivement et trouva devant elle Barvaux, qui se tenait dans l'embrasure de la porte, les bras tendus vers elle.

Elle effectua un pas de recul et faillit trébucher sur le luth de Guillaume. « Comment saviez-vous que j'avais besoin d'aide, messire ? réussit-elle à lui demander d'une voix relativement mesurée.

—Le portier m'a dit qu'il avait vu un voleur prendre la fuite en direction des écuries, répondit-il sans la moindre hésitation. Et il était évident qu'il devait venir de vos quartiers, car vous les aviez quittés sans verrouiller votre porte. Pire encore, vous l'aviez laissée grande ouverte. »

La gorge de Belina fut prise de fourmillements et elle eut envie de tousser. Elle se contenta de dévisager Barvaux, car il ne lui était pas facile de parler.

« J'espère qu'il n'a rien volé de précieux », poursuivit-il de sa voix soyeuse. Elle continuait à trouver sa voix très séduisante, malgré elle. « Il vaudrait mieux que je vous aide à déterminer ce qui a disparu, je pense. » Il traversa la pièce et se mit à étudier le verrou du coffre de travail de Guillaume.

Elle retrouva enfin l'usage de sa voix. « Non, non, mon époux pourra vérifier s'il manque quoi que ce soit. »

Barvaux ne lui prêta aucune attention et se mit à vider le coffre de vêtements d'hiver de Guillaume, dans lequel elle avait rangé la chausse qui contenait les pièces d'or et d'argent du pèlerin.

« Messire Barvaux, dit-elle d'une voix aussi ferme que possible, veuillez laisser les affaires de mon mari. Il sera de retour dans un instant et pourra les vérifier lui-même.

—Dans un instant, Dame Belina ? Dans une semaine ou deux, vous voulez dire. Votre mari est en route pour Bordeaux. » Il se leva en la fixant du regard.

Belina eut un mouvement de recul. « Vous faites erreur, messire, mon époux se trouve ici, à Condom », affirma-t-elle avec plus de fermeté qu'elle ne ressentait.

Il éclata de rire et la tira à lui, avant de lui relever le menton et de l'embrasser passionnément, tout en ignorant les tentatives désespérées de Belina d'échapper à son étreinte. « Ma chère Belina, dit-il d'une voix un peu rauque, nous avons une semaine ou deux pour nous délecter l'un de l'autre pendant que ton mari est à Bordeaux. Commençons sans tarder dans l'autre pièce. »

Elle tenta de le gifler, mais il resserra son étreinte et la poussa dans la pièce voisine.

Il essaya d'abord de la plaquer sur le lit, mais le matelas déplacé et le tas de tablettes de cire l'en empêchèrent, et il la tint d'une main tandis qu'il jetait ses précieuses tablettes de dessins de plantes au sol, ce qui brisa deux d'entre elles et endommagea les charnières des autres. Il tira sur le matelas. Elle voulut lui asséner un coup de poing, mais elle ne réussit à atteindre que son biceps et c'était comme si elle frappait une outre en cuir très pleine.

« Ne gaspille pas ton énergie à me donner des coups. Conserve-la pour nos ébats, Belina. » Elle lui donna un coup de pied, mais dans ses fins chaussons elle ne réussit qu'à se faire mal aux orteils. « Donne-moi à nouveau des coups de pied lorsque nous serons sur le lit. C'est bon pour tes cuisses. Elles s'ouvriront d'autant mieux pour moi. » Il éclata de rire.

La tenant toujours d'une main, il se mit à défaire les rubans de sa brayette. Elle réussit à dégager son bras et s'enfuit en courant par la porte.

Elle entendit la porte se refermer derrière elle et jeta un coup d'œil par-dessus son épaule. À son grand soulagement, il ne l'avait pas suivie. Elle s'appuya sur la balustrade qui surplombait la cour, le souffle coupé. Ses jambes flageolaient et il lui fallut serrer fort la balustrade pour faire cesser le tremblement de ses mains. Elle se demanda un peu tardivement pourquoi il ne l'avait pas suivie pour la ramener de force à l'intérieur. Il avait paru si attisé. Pourquoi l'avait-il laissée s'échapper ? Était-ce ce qu'il voulait ? Barvaux était-il le cambrioleur ? Elle n'était pas du tout convaincue par son histoire d'un voleur qui s'était précipité en direction des écuries. Mais que cherchait-il à voler ? Qu'y avait-il dans la pièce où Guillaume travaillait dont Barvaux avait tant besoin ? Était-il à la recherche des pièces qui avaient appartenu au pèlerin décédé ? Si tel était le cas, comment avait-il appris que le pèlerin possédait un tel trésor ?

Désorientée et toujours tremblante, elle scruta la cour en contrebas. Alain la traversait, en pleine conversation avec le nouveau garçon d'écurie Miqueu. Que faire ? Demander leur aide pour faire sortir Barvaux de ses quartiers et risquer de nuire à sa réputation de manière irréversible, ou descendre et trouver refuge dans l'échoppe ? Aucune des deux possibilités ne lui était facile. Elle écarta les cheveux de son visage, ce qui lui rappela qu'elle ne portait pas de fichu et qu'elle n'était pas censée être vue ainsi. Il lui fallait se décider rapidement, car Alain et Miqueu approchaient de la porte qui menait hors de la résidence.

Elle inspira profondément et appela Alain. « Il y a un voleur dans mes quartiers et il a tout retourné sens dessus dessous. Aidez-moi, je vous en prie.

—Est-il toujours là, Dame Belina ?

—Oui, j'étais si apeurée que je me suis enfuie en courant.

—Mais Messire Guillaume est là, n'est-ce pas ? Alain demanda. Il peut certainement…

—Non, Alain, il n'est pas là, l'interrompit Miqueu. Il est en route pour Bordeaux. Dame Belina est toute seule. Ou devrait l'être, en tout cas, ajouta-t-il.

—Aidez-moi, je vous en prie », les supplia Belina.

Ils montèrent l'escalier en courant, lui intimèrent de s'éloigner de la porte et relevèrent le loquet. Barvaux n'avait heureusement pas tiré le verrou. Comme Belina – et comme Miqueu, apparemment – il avait dû être au courant du voyage de Guillaume à Bordeaux. Belina se demanda comment il l'avait appris. Les employés de l'écurie, à l'instar de Miqueu, auraient pu le savoir, mais un étranger de passage n'en aurait assurément pas été informé. Peut-être Rocca ou l'archidiacre lui en avaient-ils parlé ?

Perdue dans ses pensées anxieuses, qu'elle s'efforçait de démêler, elle n'avait pas remarqué qu'Alain et Miqueu s'étaient rendus dans la pièce intérieure. Elle se fraya un chemin parmi les piles de ses affaires éparpillées sur le sol de la chambre et se tint dans l'embrasure de la porte menant à la pièce où Guillaume travaillait. Elle était encore plus en désordre qu'avant. Le bâton du pèlerin gisait au sol. La gourde en avait été ôtée et pendait à la ceinture de Barvaux, tandis qu'il fouillait le coffre contenant les vêtements d'hiver de Guillaume. Il se releva avec une expression triomphante et brandit la chausse qui contenait les pièces d'or et d'argent du pèlerin mort.

« Remettez cela où vous l'avez trouvé, ordonna-t-elle.

—Que je remette quoi, ma chère Belina ? répondit-il de sa voix soyeuse et séduisante.

—Vous le savez très bien. Cette chausse appartient à mon époux, ainsi que tous ces vêtements. Remettez-les immédiatement dans le coffre. » Elle le dit avec plus de fermeté qu'elle ne ressentait.

Il sourit et s'avança vers elle, la lourde chausse toujours en main.

« Pas question ! » gronda Alain. Il tenta d'arracher la chausse à Barvaux, qui se retourna et lui asséna un coup de poing dans le ventre, lui coupant le souffle.

Barvaux écarta Belina de son chemin et gagna l'autre pièce en courant. Mais son pied droit accrocha l'un des tas de vêtements de Belina et il trébucha. Miqueu se jeta sur lui comme s'il était en pleine partie de jeu de soule et plaqua Barvaux au sol.

Belina se saisit de sa poêle à frire en fer et frappa la main gauche de Barvaux, afin de lui faire lâcher prise de la chausse. Elle songea à le frapper à la tête, mais se ravisa. Le coup aurait pu le tuer. Au lieu de cela, elle ramassa la chausse, l'emmena dans l'autre pièce et la remit au fond du coffre à vêtements. Elle se mit à chercher la clé autour d'elle, mais ne la vit pas parmi tout le désordre que le cambrioleur avait laissé derrière lui. Elle supposait à contrecœur que Barvaux était bien le voleur. Mais comment avait-il su que la chausse contenait un tel trésor ? Ou qu'elle contenait quoi que ce soit, d'ailleurs ? Les employés de la cathédrale gardaient les quelques biens de valeur qu'ils possédaient – lorsqu'ils en possédaient – dans un coffre-fort désigné à cet effet, qui se trouvait dans la chambre forte du diocèse. C'était également là que Guillaume gardait ses documents importants ou de valeur. Comment Barvaux avait-il su qu'il y aurait un trésor à trouver dans les quartiers de Guillaume, dans ce cas ? Elle ne le comprenait pas.

« Que faisons-nous maintenant, Dame Belina ? voulut savoir Alain, qui massait son estomac endolori.

—Je pense que vous devriez l'emmener tous les deux au sergent de la cathédrale et lui dire ce que vous avez vu, afin qu'il mette aux fers ce Flamand. » L'affirmation ne manquait pas d'audace et lui valut un regard surpris de la part d'Alain.

« Si vous le dites, Dame Belina. »

Miqueu se releva et tenta de remettre Barvaux sur pied, tout en le tenant par l'épaule. Mais Barvaux se dégagea de son emprise, donna un coup de poing au jeune homme et s'enfuit en courant, dévalant les escaliers avant de traverser la cour et de sortir dans la rue.

Belina épongea très délicatement le visage contusionné de Miqueu et demanda à Alain de leur verser de l'*aygue ardente*.

« Nous en avons bien besoin. Quel incident épouvantable. Je n'avais aucune idée que ce Flamand était si violent.

—J'avais entendu dire qu'il vous faisait du plat, déclara Miqueu en buvant de petites gorgées d'*aygue ardente*.

—Il m'a dit qu'il voulait m'aider dans mon enquête au sujet de la mort d'un pèlerin, répliqua Belina avec fermeté. Il a affirmé avoir reçu une formation d'investigateur à Liège, et qu'il pourrait donc m'être utile. »

Les deux serviteurs la regardèrent sans mot dire. Alain se mit ensuite à remettre de l'ordre dans la pièce.

« Ne vous donnez pas cette peine, Alain, le pria Belina. Je dois voir s'il manque quelque chose. Ce que vous pourriez faire pour moi, s'il vous plaît, c'est prévenir Dame Quiteira à l'échoppe que j'aurai un peu de retard. Ne lui dites pas pourquoi.

—Très bien, Dame Belina, mais êtes-vous vraiment certaine de pouvoir ranger tout ce désordre vous-même ? »

Belina opina du chef.

« Merci pour l'*aygue ardente*, Dame Lansac », lui dit Miqueu en mettant sa coupe dans l'évier.

Belina lui toucha le bras, lui sourit et le remercia de son aide. « Votre plaquage de soule était remarquable », ajouta-t-elle.

Il lui rendit son sourire et sortit des quartiers des Lansac à la suite d'Alain. Belina tira le verrou derrière eux et se mit à faire du rangement, en faisant particulièrement attention à ce qui pourrait avoir disparu. Toutes ses tablettes de cire étaient là, mais elles étaient abîmées. Sa boîte à bijoux avait été jetée sur le lit, mais les quelques objets qu'elle contenait étaient encore à l'intérieur. Ils n'intéressaient visiblement pas Barvaux. Peut-être avait-il été à la recherche des deux médaillons ? Elle avait bien fait de les dissimuler sous son fichu du dimanche.

Le panier à linge placé sous le lit avait été vidé par terre. Un énorme bocal doté d'un couvercle avait été renversé et brisé, ce qui avait éparpillé des lentilles un peu partout. Il lui fallut un bon moment pour toutes les rassembler au balai et les jeter. Elle se demanda si Barvaux avait pensé que le bocal pût contenir les pièces d'or et d'argent. Il était assez grand pour cela. Mais une fois de plus, elle voulait savoir comment il avait appris qu'elles seraient là. Elle était certaine d'en avoir parlé à personne, hormis Messire Benasse. Le portier de l'hospice Pradau était la seule personne qui savait à quel point la cape du pèlerin mort avait été lourde, car il l'avait portée jusqu'à l'échoppe de la cathédrale pour elle. Il était possible qu'il ait parlé à quelqu'un de la cape pesante, bien entendu. Mais il était peu probable que Messire Benasse n'ait pas fait preuve d'une totale discrétion. Elle se tint immobile au milieu de la pièce, sans se rendre compte qu'elle se tambourinait la bouche de ses phalanges.

Il lui fallut quelques minutes pour réaliser qu'il lui fallait trouver une nouvelle cachette pour les pièces qui étaient dans la chausse, au cas où Barvaux déciderait de revenir. Elle balaya la chambre du regard, et finit par décider de mettre la chausse dans le panier où elle gardait ses sacs de petits pois séchés. Elle s'attaqua ensuite au chaos de la pièce où travaillait Guillaume et trouva la clé de son coffre de vêtements d'hiver sous les vêtements que Barvaux avait jetés au sol. Après avoir remis ces derniers dans le coffre, elle le verrouilla et plaça la clé sur le clou prévu à cet effet, dans la charpente. Elle appuya le bâton du pèlerin contre le mur, ce qui lui rappela que Barvaux avait emporté la gourde. Pourquoi l'avait-il volée ? Elle pouvait comprendre les pièces d'or et d'argent, mais quelle importance pouvait revêtir une gourde vide ?

Elle retourna dans la chambre et s'assit sur le lit pour réfléchir à ce qui s'était passé. Pour monter les escaliers et fouiller ses quartiers en si peu de temps, Barvaux avait dû agir en grande hâte. Était-il possible qu'il y ait eu un autre voleur et qu'il ait été celui qui l'avait interrompu ? C'était là, après tout, ce que Barvaux avait tenté de lui faire croire. Il avait également tenté de lui faire croire que la seule chose qui l'intéressait était de la séduire en l'absence de son époux. Mais comment et pourquoi était-il si certain de l'absence de Guillaume ?

Elle versa un peu de lait dans une coupe pour terminer son petit déjeuner interrompu, accompagné d'une pâtisserie que la Mère, de la taverne des Compagnons sur la place du Lion d'Or, lui avait donnée le jour précédent. Des miettes tombèrent sur sa robe et sur la natte de jonc. Elle but son lait lentement, perdue dans ses pensées. Un bruit sourd à la porte la fit sursauter. Barvaux était-il revenu ? Son cœur battait la chamade. Ses jambes étaient chancelantes. Que pouvait-elle faire ? Un deuxième bruit sourd se fit entendre, suivi d'un miaulement sonore.

Belina ressentit un tel soulagement qu'elle faillit éclater de rire. Mais l'instant suivant, elle se dit que Barvaux était tout à fait capable d'imiter un miaulement. Il savait qu'elle avait un chat. Elle s'approcha prudemment de la porte et entendit Minette en gratter le bas, avant de pousser un miaulement plus aigu. Belina déverrouilla très lentement la porte tandis que la chatte continuait à se plaindre.

Belina entrouvrit la porte et Minette se faufila dans l'ouverture étroite en grondant, tandis que Belina fermait la porte derrière elle et la verrouillait à nouveau. Elles s'assirent toutes deux sur le lit et se regardèrent, puis Minette se mit à faire sa toilette, ce qui fit penser Belina à Rocca. Comme il avait été étrange qu'il soit si obligeant et fasse preuve de tant de sympathie au sujet d'un chat coincé dans un arbre, alors qu'il était si répréhensible à tant d'autres titres. Elle n'y comprenait rien.

Il lui fallut un certain temps pour se sentir capable de quitter ses quartiers et d'aller travailler à l'échoppe. Elle se demanda si Alain avait parlé à Quiteira du cambriolage, ou de la tentative de vol, qui avait eu lieu dans les quartiers de Belina. Si tel était le cas, Quiteira serait moins sévère à son égard au sujet de son retard. Elle brossa sa chevelure emmêlée, la noua et mit son fichu. Elle sortit et verrouilla cette fois la porte derrière elle. Elle ne cessait de penser au fait que Barvaux avait pris la gourde. Le pèlerin avait-il été empoisonné par le vin qu'elle contenait lorsqu'il était arrivé à l'hospice ? Les gâteaux salés lui avaient-ils donné soif ? Elle tremblait si fort qu'elle faillit trébucher sur la dernière marche de l'escalier.

CHAPITRE VINGT-DEUX

Belina avait vu juste au sujet de Quiteira. « Es-tu bien certaine de toujours travailler ici, Belina, lui demanda-t-elle. J'en ai assez de tes absences. Que fais-tu donc ? Tu pries le Seigneur à la cathédrale, pour qu'il t'enseigne la bonne conduite ? » Elle referma un tiroir brutalement et en ouvrit un autre. « Si ça continue, je vais demander que l'on te remplace. Il n'est pas juste que je doive m'occuper seule de cette échoppe. Guillaume devrait se charger lui-même de ses tâches d'enquêteur et te laisser t'acquitter des tiennes, ici à l'échoppe.

—Je suis d'accord avec toi, déclara Belina. Il est grand temps que Guillaume reprenne les rênes de cette enquête, mais il est encore trop occupé à écrire un rapport pour l'évêque.

—Je ne te crois pas. Cesse donc de me mentir. Guillaume est à des lieues d'ici, à mon avis.

—Je ne mens pas, rétorqua Belina.

—Nous verrons bien, lâcha Quiteira. Nous verrons bien. » Elle ajusta son fichu. « Je te parie quatre merveilles au miel que j'ai raison.

—Je ne parie jamais, lui répondit Belina.

—Ahhh, se gaussa Quiteira, ça signifie que la semaine prochaine, Guillaume entrera ici fleurant la sueur et le cheval, qu'il t'embrassera très fort et qu'il te racontera son séjour à Bordeaux. »

Elles continuèrent à faire semblant de remettre de l'ordre

dans les tiroirs, et il leur fallut un moment pour se rendre compte que des gens passaient l'échoppe en courant, heurtant les ménagères qui se rendaient à la place du marché avec leurs paniers, ainsi que les paysans qui tiraient leurs mules chargées de produits de la ferme qu'ils allaient vendre au marché. La rue était une confusion de bousculades et de cris.

« Vite, dit Belina, il faut rentrer les plateaux de bijoux et de babioles dans l'échoppe avant qu'ils ne disparaissent. Les voleurs ne sont jamais loin lorsqu'il y a des troubles dans la rue. »

Quiteira se tapa l'orteil sur l'urne qui se trouvait près du comptoir. « Encore une raison pour laquelle tu devrais être ici tout le temps, et non quelques minutes par jour, affirma-t-elle sèchement en rentrant le dernier plateau de babioles. Si nous ne faisons pas attention, on va aussi nous voler nos réserves d'*aygue ardente*.

—Sottises, rétorqua Belina, elles sont en lieu sûr dans l'armoire de la remise.

—Mais elles ne sont pas sous clé, fit remarquer Quiteira. Quoi qu'il en soit, nous devons découvrir quelle est la cause de tout ce grabuge. » Elle sortit de l'échoppe et arrêta une de ses connaissances qui passait là, afin de lui demander ce qu'il y avait.

« Un accident au chantier du nouvel entrepôt de la cathédrale.

—Quand est-ce arrivé ? s'enquit Quiteira.

—Je l'ignore. Pendant la matinée. Je n'ai pas le temps de m'arrêter, il faut que j'aille voir comment va mon fils. » La femme écarta Quiteira si vivement de son chemin qu'elle faillit glisser sur les saletés visqueuses dans le caniveau au milieu de la rue. Un homme la bouscula et elle lui cria dessus. Belina décida de rester dans l'échoppe. Elle était contrariée que Quiteira ait rejoint la foule.

Un âne passa la tête par-dessus le comptoir et faillit mordre le fichu de Belina. Elle eut un mouvement de recul et adressa un regard noir à son propriétaire.

« Pourquoi tout ce remue-ménage ? lui demanda-t-elle.

—Je n'en sais rien et je ne veux pas le savoir, pesta-t-il. Tous ces gens sont des casse-pieds. J'ignore ce qui leur prend. C'est insensé. »

Un jeune barbier-chirurgien écarta le paysan de son chemin. « Un accident s'est produit au chantier. Il nous faut aller voir ce qui s'est passé et aider les blessés.

—Et voir ce qu'il y a à voler, j'imagine », l'interrompit le paysan.

Le barbier-chirurgien donna un grand coup sur la croupe de l'âne, qui émit un braiement atroce et frappa les pavés de ses sabots, renversant une femme âgée qui s'avançait péniblement dans la rue bondée. Le paysan asséna un coup de poing au barbier-chirurgien et trois autres hommes se joignirent à la mêlée.

Belina aida la vieille femme à se relever, récupéra son panier et l'aida à se réfugier dans l'échoppe. La pauvre femme tremblait et Belina eut du mal à la faire asseoir sur un tabouret sans qu'elle n'en tombe. Elle lui fit boire quelques gouttes d'*aygue ardente* de la flasque qui servait d'échantillon.

Pendant ce temps, la rixe se poursuivait devant l'échoppe et les passants juraient haut et fort de devoir la contourner.

Belina demanda à la femme âgée si elle savait quoi que ce soit au sujet de l'accident, tout en gardant un œil sur le chahut dans la rue.

La vieille femme passa un long moment à lui raconter ce qu'elle avait appris. Rocca s'était rendu dans un bâtiment en ruine à l'extrémité de l'ancien dépôt de bois, qu'il faisait convertir en entrepôts pour la cathédrale. Il avait sermonné les maçons et ces derniers s'étaient avancés vers lui de manière menaçante, lui criant dessus en gascon.

« Des paroles très grossières, ma dame, lui confia-t-elle. Mais il est de Paris. Il ne les aura pas comprises. » Elle ajusta son panier. « Dommage. Cela lui aurait fait du bien d'apprendre ce que nous pensons tous de lui.

—Quelqu'un a-t-il été blessé ? voulut savoir Belina.

—Oui, oui. Rocca lui-même a été blessé. » La femme âgée ne semblait pas le déplorer.

—Vous voulez dire que les maçons l'ont agressé ?

—Non, je ne crois pas. » Belina attendit qu'elle poursuive. « Lorsque je suis partie, Rocca était toujours à terre.

—Que s'est-il passé ? lui demanda Belina.

—Nul ne le sait. Mais personne ne le plaindra, ajouta-t-elle en riant, et personne n'en touchera mot aux autorités de la cathédrale. » Elle se leva. « Je me sens mieux, maintenant. Je vous remercie de votre bonté. Je dois aller faire mes achats avant qu'il ne reste plus rien au marché. »

Belina la prit par le bras et la mena dans la rue. Les quatre hommes qui se battaient étaient partis. L'âne aussi, peut-être persuadé de le faire par quelques coups d'aiguillon.

Quelqu'un toucha l'épaule de Belina et elle sursauta.

« *Adischatz*, Dame Belina. »

Elle se retourna et à sa grande stupéfaction elle vit devant elle Antoni, le palefrenier de Guillaume. Elle se tint interdite devant lui, le souffle coupé. Elle dévisagea Antoni comme si elle s'attendait à ce qu'il se volatilise, une partie d'elle redoutant qu'il soit revenu si tôt à Condom pour lui annoncer que Guillaume avait été victime d'un accident, ou était tombé malade. Elle déglutit nerveusement et portait sans cesse la main à son cou. Elle tenta de s'enquérir au sujet de Guillaume, mais fut incapable de prononcer la moindre parole. Elle continua de dévisager le palefrenier de son époux, incrédule.

« Venez vous asseoir dans l'échoppe un instant et je vous expliquerai pourquoi nous sommes revenus si tôt », lui annonça Antoni.

Antoni se tint dos au comptoir, sans prêter attention à la foule de personnes, de volailles, de cochons et de bêtes de somme qui se trouvaient de l'autre côté, et conta à Belina comment ils avaient croisé la route du sénéchal et ses adjoints. Ils revenaient à Condom de Bordeaux, et le sénéchal avait maintenu que Messire Guillaume n'avait nul besoin de se rendre à Bordeaux.

« L'archevêque de Bordeaux avait déjà pris la route pour Tours, accompagné de son principal conseiller juridique, lui expliqua Antoni.

—Et l'évêque de Condom ? s'enquit Belina.

—Sans doute déjà à Tours, d'après le sénéchal. En train d'attendre la mort du roi Louis.

—Est-il décédé ?

—Oui, samedi. Paix à son âme. » Ils se signèrent tous deux. « L'évêque Montbrun restera vraisemblablement quelques semaines à Tours, pendant que les nobles se disputent le titre suprême, poursuivit Antoni.

—Quel titre suprême ? voulut savoir Belina.

—Régner sur la France, exercer le pouvoir, saisir des terres, augmenter les impôts…

—S'ils font cela, l'interrompit Belina, le peuple se révoltera. La guerre éclatera à nouveau partout. » Elle laissa échapper un soupir.

« Si guerre il y a, le nouveau roi pourra faire usage de tous ces mercenaires suisses très coûteux qui vivent grassement à Pont-de-l'Arche.

—Où est-ce ?

—Je l'ignore. Quelque part au nord, je suppose. Près de Paris, sans doute. » Ce fut au tour d'Antoni de soupirer. « Vous devez fermer l'échoppe et venir avec moi aux écuries, ajouta-t-il.

—Je ne le peux pas, répliqua Belina. Quiteira est déjà descendue à l'ancien entrepôt de bois, sans doute pour y suivre la foule qui est allée voir Rocca prostré au sol.

—Très probablement en compagnie de ses plus proches commères, toutes en train de jacasser en même temps. » Antoni se mit à abaisser tous les volets. « Personne n'achètera de babioles aujourd'hui. Et Messire Guillaume m'a formellement ordonné de vous mener jusqu'à lui. Il se trouve aux écuries. »

Antoni remonta les volets du bas et ils tâtonnèrent à travers l'échoppe désormais obscure jusqu'à la porte qui menait au passage. Belina verrouilla derrière elle, puis Antoni lui expliqua tandis qu'ils descendaient vers les écuries que le sénéchal revenait à Condom pour s'assurer que, lorsque la nouvelle de la mort du roi arriverait en ville, il n'y aurait pas de troubles.

« Il est plus probable qu'il y ait des réjouissances, Dame Belina, commenta-t-il.

—Mais le roi préservait la paix dans le royaume, rétorqua-t-elle.

—Peut-être. Mais les impôts sont devenus bien trop onéreux pour les gens du peuple comme nous.

—Peut-être le roi ignorait-il à quel point les évêques et les abbés soutiraient l'argent du peuple, suggéra-t-elle. Mon mari m'a dit que le roi Louis faisait don de sommes colossales à l'Église. »

Lorsqu'ils arrivèrent aux écuries de la cathédrale, ils conversaient au sujet de Rocca. « Les gens ne regretteront pas qu'il soit blessé, ou même qu'il soit mort, affirma Belina, mais j'ai vu ce matin une autre facette de sa personnalité. » Elle raconta à Antoni l'épisode du chat que Rocca avait secouru. Mais le palefrenier n'aimait pas les chats et il ne fit pas grand cas de son récit.

Belina aperçut Guillaume en train d'écouter Miqueu, le garçon d'écurie qui l'avait aidée à faire fuir Barvaux. Son cœur s'emballa. Le plaisir qu'elle ressentait à revoir son époux était gâché par son appréhension au sujet de ce que Miqueu était en train de lui dire. Guillaume croirait-il que Barvaux était le voleur, ou soupçonnerait-il Barvaux et Belina d'avoir monté l'histoire de toutes pièces afin de dissimuler un adultère ? Elle regrettait maintenant d'avoir rangé ses quartiers si soigneusement après la fuite de Barvaux. Quel récit Miqueu était-il en train de lui conter ? Elle déglutit et toussa.

Guillaume se retourna, ouvrit les bras et s'avança vers elle. Ils s'embrassèrent, mais sans grande passion.

« Surprise de me voir ? la salua Guillaume de manière laconique.

—Très. Je pensais qu'à cette heure-ci tu atteindrais la rive de la Gironde. » Elle lui serra le bras. « Je suis si heureuse que tu sois rentré.

— Vraiment ?

—Évidemment que je suis heureuse, protesta-t-elle. Pourquoi ne le serais-je pas ? » Que lui avait donc dit Miqueu ? Le fait qu'elle ait été vue dans des échoppes et tavernes en compagnie de Barvaux était déjà suffisamment problématique. Mais Miqueu avait très bien pu embellir la vérité, ou plutôt l'avilir. Elle le chercha du regard.

« Trop gênée pour me regarder dans les yeux ? lâcha Guillaume de son ton le plus sévère.

—Pas du tout. Je cherchais Miqueu, répondit-elle.

—Pourquoi donc ?

—Parce qu'il a été très serviable ce matin, et je voulais le remercier à nouveau », enchaîna-t-elle sans hésiter. Elle fut surprise par sa propre présence d'esprit. Mais Guillaume serait-il dupe ? Sa perspicacité légendaire l'aiderait à déceler tout mensonge, ou quasi-mensonge, qu'elle avançait.

« Qu'a-t-il fait, au juste ? »

Belina relata aussi calmement que possible ce qui s'était passé à Guillaume, en commençant par Minette et Rocca, puis son désarroi face à l'état de leur demeure et d'y voir « le Flamand », si bien qu'elle s'était précipitée dehors « immédiatement » et avait reçu l'aide d'Alain et Miqueu. « Quelle chance j'ai eu qu'ils se trouvent dans la cour à ce moment-là, ajouta-t-elle, le souffle court.

—Oui, en effet.

—Miqueu a mis le Flamand au sol d'un plaquage de soule, poursuivit Belina. J'imagine qu'il te l'a raconté en détail.

—Oui.

—Mais le Flamand lui a donné un coup de poing au visage et s'est enfui.

—Oui.

—As-tu vu l'état de nos quartiers ? se hasarda-t-elle à lui demander, sa voix soudain rauque.

—Pas encore. Je ne suis pas allé plus loin que la cour, où j'ai parlé à Sir John. » Pour la première fois, il sourit. « Et Alain, également. » Il se fendit à nouveau d'un sourire, bien plus large cette fois, et la prit dans ses bras. « Je crois comprendre que tu as été très occupée avec l'enquête sur la mort de ce pèlerin, et que tu as entendu une conversation très importante, selon les dires d'Alain.

—Oui, oui, bien sûr », répondit-elle en réprimant un soupir de soulagement. Elle décrivit aussi posément et d'un ton aussi neutre que possible le complot visant à intercepter les princes lorsqu'ils passeraient par Condom. Malheureusement, avant qu'elle ne puisse terminer son récit, elle fut interrompue par l'arrivée de l'un des hommes du sénéchal, qui venait demander à Guillaume de se rendre au chantier sur-le-champ, « car il y avait eu un mort ».

Guillaume se baissa et embrassa Belina en hâte, avant de partir en courant vers la porte située en face du chantier. Belina s'assit sur un banc, tremblante et épuisée. Elle se signa, baissa la tête et ferma les yeux.

CHAPITRE VINGT-TROIS

Non loin de Condom, dans la bourgade de La Romieu, un chevalier et son épouse attendaient à l'ombre d'un grand chêne qu'un maréchal-ferrant se mette à ferrer l'un de leurs chevaux. Dans la forge, leurs enfants observaient l'artisan tandis qu'il préparait la lame d'une serpette. Il finit par émerger de sa forge, essuyant la sueur de son front, sa boîte à outils dans l'autre main. Un apprenti l'accompagnait, lesté d'une enclume portable.

« *Adischatz.* » Le maréchal-ferrant scruta les chevaux, plutôt que ses clients.

« Le cheval de mon épouse a perdu un fer, expliqua le chevalier en indiquant le cheval bai. La route de Lectoure est très boueuse. »

Le maréchal-ferrant émit un grognement et suggéra que si le cheval provenait d'un endroit au climat humide, « dans le nord », il avait peut-être des sabots bien plus tendres. Il adressa une petite tape à la croupe du bai avant de laisser glisser sa main le long de sa jambe et de soulever son pied. Le cheval transféra son poids sur ses autres pieds.

Le maréchal-ferrant tint le pied sans fer de manière à ce que la sole du sabot soit face à lui. Il prit un cure-pied en métal incurvé dans sa boîte à outils et nettoya la partie basse du sabot. Puis il le brossa, tout en conversant du mauvais temps qu'il avait fait cette année avec le chevalier. Il n'avait jamais eu à ferrer tant de chevaux. Il avait également réparé un nombre faramineux de charrettes et de chariots, et façonné plus de roues qu'à l'accoutumée.

« Ce doit être bon pour votre commerce », commenta la dame tandis qu'elle l'observait choisir un couteau à sabot dans sa boîte à outils.

Le maréchal-ferrant répondit à nouveau par un grognement. Il ôta un excédent écailleux du bas du sabot, dont son chien s'empara avant de se mettre à le ronger. « La ferrure ne rapporte pas beaucoup d'argent, ma dame, mais j'aime travailler dehors à l'ombre. Travailler toute la journée dans ma forge me donne très chaud. » Il prit sa pince à sabot et para la paroi du sabot. « Vous rendez-vous auprès de Messire Saint Jacques, en Galice ? »

—Oui, acquiesça le chevalier, mais nous nous demandons quel serait le meilleur chemin à prendre, car les cours d'eau sont en crue. Nous avons tout juste pu traverser le gué de ce côté de Lectoure.

—Il y a un pont haut et bien bâti à Condom, leur apprit le maréchal-ferrant, mais vous pourriez rencontrer des difficultés plus à l'ouest. Vous devriez peut-être prendre vers le sud lorsque vous serez à Condom, plutôt que traverser le pont. » Il se mit à aplanir la sole du sabot au moyen d'une râpe, travaillant avec grande délicatesse et se servant de ses deux mains. « Et si vous décidiez de traverser le pont Barlet à Condom, le quartier de la Bouquerie qui se trouve de l'autre côté pourrait être inondé.

—Les carcasses des bouchers flotteraient-elles le long du chemin ?

—Les choses en arrivent là parfois, mais seulement au printemps. C'est à cette époque-là que le cours de la Baïse devient très rapide et que la rivière sort de son lit. » Il tira trois fers à cheval de sa boîte à outils et les étudia.

Ses clients attendirent dans l'ombre avec les autres chevaux. Les garçons partageaient une pêche. L'apprenti se tenait à côté de l'enclume portable.

« Si vous arrivez à passer la Bouquerie, vous devriez pouvoir atteindre Mouchan sans difficulté. Traversez le pont de pierre qui s'y trouve, puis le gué de l'Auzoue de l'autre côté de Gondrin, leur conseilla le maréchal-ferrant, essayant chacun des fers à cheval sur le sabot fraîchement préparé.

—Et s'il est inondé ? voulut savoir le chevalier, fronçant les sourcils.

—Un groupe de collecteurs d'impôts est passé ici hier et m'a dit que le gué de l'Auzoue était toujours praticable. » Le maréchal-ferrant choisit un fer légèrement plus grand que le sabot et sortit son marteau. « Peu après cela, vous arriverez à Cazeneuve. » Il plaça le fer sur l'enclume, l'examina attentivement et le frappa deux fois de son marteau. « Une fois à Cazeneuve, vous pourriez prendre en direction du sud, sur la Tenafreza.

—Qu'est-ce que c'est ? » Le chevalier sortit des documents de la pochette accrochée à sa ceinture, mit ses lunettes et étudia les papiers.

« La Tenafreza est une route très ancienne. Elle était déjà ancienne lorsque les Romains sont venus ici. Elle se dirige droit vers le sud et ne croise aucun cours d'eau. Si vous la suivez, vous passerez les Pyrénées et vous arriverez en Espagne. » Le maréchal-ferrant plaça le fer sur le sabot et enfonça deux clous carrés, reposant le sabot sur son genou, qui était recouvert de son tablier en cuir épais. Il râpa l'excès d'évasement et la paroi, puis enfonça six autres clous carrés de manière à ce qu'ils ressortent petit à petit de la paroi du sabot. Il donna de petits coups délicats, le regard braqué sur le sabot. Il se servit de l'arrache-clou de son marteau pour river les têtes carrées des clous. Enfin, il lima l'extrémité de l'ongle et ôta deux aspérités de la paroi du sabot. Il laissa finalement retomber le sabot, et le cheval de la dame put à nouveau se tenir dessus.

Le maréchal-ferrant examina les trois autres sabots et informa la dame qu'elle était trop lourde pour sa monture.

« Pas vraiment, non, il est habitué à mon poids, mais nous avons fait long voyage et les routes ont été très boueuses. »

Le maréchal-ferrant opina du chef et scruta les sabots du palefroi et des deux autres ambleurs. « Ils devraient durer encore trois semaines. Plus longtemps, si vous prenez la Tenafreza.

—J'envisagerai certainement de le faire, affirma le chevalier en payant le maréchal-ferrant. Vous avez dit qu'il nous faudra décider à Cassaneuf, il me semble ?

—À Cazeneuve, messire, précisa l'apprenti. Non loin de la tour de Lamothe. » Le chevalier lui donna une pièce.

L'apprenti les aida à remonter en selle et fit l'éloge du talent de cavalier de l'aîné des deux garçons.

« *Merci, mat beiden Hänn ënnerschreiwen !*

—D'où venez-vous ? s'enquit l'apprenti. Votre dialecte est étrange. »

Avant que le garçon ne puisse répondre et l'assurer qu'il était en effet un bon cavalier, la dame sourit et dit à l'apprenti qu'ils venaient de Lyon, où le temps avait été mauvais cette année aussi.

Le chevalier détourna à nouveau la conversation et voulut savoir quel chemin prendre pour se rendre à Condom.

« Il vous faut passer l'église, traverser la place et continuer tout droit. Suivez les traces de chariots et les empreintes de sabots, elles vous mèneront à l'église Sainte-Germaine, déclara le maréchal-ferrant. Vous pourriez laisser le cheval de la dame se reposer là un moment, en raison de son nouveau fer. Vous pourriez également y faire halte et y dîner. » Il ramassa sa boîte à outils et les salua d'un « *adischatz* », le dos tourné, avant de retourner dans sa forge, suivi de son apprenti qui portait tant bien que mal l'enclume pesante.

Les quatre cavaliers menèrent leurs chevaux par la bride à travers le petit bourg, admirant l'église immense et ses deux tours, puis traversèrent la petite place flanquée d'arcades. La dame acheta des petites tourtes au mouton et quelques pêches. « Avez-vous des pommes ? s'enquit-elle auprès de la femme âgée qui tenait l'étal.

—Non, ma dame, mon époux les a toutes apportées à Condom, tôt ce matin. C'est aujourd'hui mercredi.

La dame demanda si cela signifiait que c'était jour de marché, et la vieille femme acquiesça. « Avez-vous du vin, ou est-ce trop tard dans la saison ?

—Oui, il est trop tard, mais si vous le voulez, je peux vous vendre du cidre. » La dame lui acheta une gourde de cidre, qu'elle tendit à son mari en lui expliquant qu'elle ne pouvait rien trouver de mieux pour leur dîner, sur l'enclos paroissial de Sainte-Germaine.

« Cela ne fait rien. Les consignes de notre itinéraire indiquent que la nourriture est excellente au manoir Senclar, qui a la réputation d'être la meilleure table de Condom.

—Je me demande pourquoi, murmura la dame tandis qu'un passant l'aidait à monter en selle.

—Peut-être leur tarif élevé, Alice. J'ai enjoint Mautby à demander aux Senclar, lorsqu'il arrive sur place avant nous, s'ils acceptent de réduire le montant, vu que nous sommes en famille. Je suppose que je peux leur payer le tarif qu'ils réclament, quel qu'il soit, mais il s'agit d'une bonne occasion de faire croire aux gens que nous sommes une famille qui se rend à Compostelle en pèlerinage. »

Ils quittèrent la petite ville et chevauchèrent un moment pour atteindre l'église Sainte-Germaine. Comme toutes les églises qu'ils avaient vues en Gascogne, elle avait souffert du conflit qui avait duré plusieurs générations. Le mur d'enceinte du cimetière était en mauvais état et à l'intérieur de l'église, la peinture sur les murs s'écaillait. Une forte odeur d'humidité régnait, sans doute à cause des brèches dans la toiture.

Ils s'assirent sur un rebord en pierre du porche de l'église, prirent leur repas assez médiocre et discutèrent du périple qu'ils avaient accompli jusqu'à présent. Le jour où ils avaient quitté le Luxembourg pour échapper aux brigands envoyés par leurs ennemis, Christopher Urswick et Reynold Bray, leur semblait désormais lointain. Ils avaient traversé la Loire à La Charité et avaient poursuivi leur route en direction du sud-ouest, vers le Portugal, prenant parfois le chemin de Saint-Jacques et parfois un chemin alternatif, afin d'éviter que leurs ennemis puissent les suivre à la trace.

« Sir George, s'enquit le cadet des garçons, sommes-nous bientôt arrivés ? Je suis las de ce voyage. » Il laissa échapper un soupir. « Et Mamm sera-t-elle là ?

—Ta mère prendra un chemin différent du nôtre, pour notre sécurité à tous, et elle arrivera plus tard que nous, car elle est sans doute à Westminster en ce moment. »

L'aîné des garçons posa à son tour une série de questions. Leur mère allait-elle amener toutes leurs sœurs avec elle ? Voyagerait-elle par mer ou par voie terrestre ? Leurs oncles seraient-ils avec elle ? Et leurs demi-frères ? Sir George avait-il reçu des nouvelles concernant les projets de leur mère ? Il continua à poser question après question, d'un ton de plus en plus désespéré. « Pourquoi ne me dites-vous rien, Sir George ?

—Parce que je n'ai pas de réponses à te donner, Édouard, répondit le chevalier avec pondération. Je ne peux pas les avoir, car nous avons voyagé sans que personne ne sache qui nous sommes, ni où nous nous trouvons. C'est pour notre sécurité, tu le sais bien. » Le garçon acquiesça et se mit à manger sa pêche, inconsolable, les épaules voûtées.

« As-tu remarqué tous ces chats dans la dernière ville que nous avons traversée, Richard ? demanda la dame afin de détendre l'atmosphère.

—J'ai posé la question à l'apprenti. Il a dit que cela faisait cent quarante ans qu'il y avait trop de chats dans la ville, et que tout était de la faute d'une petite fille. »

Sir George consulta son descriptif de l'itinéraire. « Il est indiqué ici que la petite fille sauva La Romieu d'une invasion de rats qui rongeaient tout le grain de la ville, car elle avait dissimulé des chatons lorsqu'on avait ordonné aux habitants de tuer tous les chats. Ses chatons devinrent adultes et tuèrent tous les rats. » Il remit son itinéraire dans son doublet. « Ce n'était donc pas la faute de la petite fille, mais plutôt des gens qui gouvernaient la ville.

—Les mauvais dirigeants font souffrir tout le monde, déclara Édouard. Je serai un bon dirigeant. » Il se leva et regarda autour de lui. « J'obligerai tout le monde à réparer leurs églises.

—Les obligeras-tu à tuer les rats ? » lui demanda son frère, mais avant qu'il ne puisse recevoir de réponse ils furent interrompus par deux bœufs qui tiraient un chariot rempli de bois, derrière lequel cheminaient un paysan et son chien.

Sir George se leva et aida ses trois compagnons de voyage à monter en selle, avant de monter sur un bloc de pierre près du portail et de grimper sur sa propre monture. Ils passèrent le paysan et ses bœufs et poursuivirent leur route en direction de Condom.

CHAPITRE VINGT-QUATRE

Antoni ouvrit le petit portail qui séparait la cour de l'écurie du chantier et attendit que Belina ajuste son fichu. Il la referma derrière eux et ils contemplèrent la scène chaotique. L'imposant entrepôt à moitié terminé surplombait le site de l'ancien parc à bois et le plongeait dans l'ombre, ce qui faisait qu'il était difficile de distinguer ce qu'il s'y passait. À l'opposé se trouvait un autre entrepôt inachevé, devant lequel étaient amassés des planches et des rondins usés, qui servaient de banquettes temporaires à une foule de badauds en train de bavarder, parmi lesquels se trouvait Quiteira, assise à côté de la couturière de la cathédrale. Belina aperçut des femmes en train de prendre des objets placés derrière l'amas de planches et de les envelopper dans des haillons. Ensuite, elles passaient derrière les adjoints du sénéchal, qui étaient occupés à rassembler les ouvriers. Les maçons se tenaient là à ne rien faire, marteaux et burins en main. Les charpentiers sciaient des bouts de planches, renversant de temps à autre les personnes qui étaient assises dessus.

Belina voulut voir où Guillaume se trouvait, mais il y avait trop de va et vient. Il était peut-être dans le bâtiment en ruine, ou dans les écuries désaffectées à l'autre bout de l'ancien parc à bois. Elle contempla l'échafaudage et espéra qu'il ne se trouvait pas dans un endroit aussi dangereux. Elle supposa qu'il devait être aux côtés du sénéchal et qu'il n'était donc pas en danger, ce qui la rassura. Mais la proximité de l'officier comportait d'autres risques. Elle était très consciente du fait que son mari souhaitait devenir l'un des adjoints du sénéchal et suivre la même voie que son demi-frère à Bordeaux. Elle avait tenté de le dissuader en arguant contre l'idée de quitter la vie agréable qu'ils menaient à Condom, mais il lui avait reproché sa poltronnerie et son manque d'audace.

Belina tendit le cou, cherchant le sénéchal en vain. Plusieurs de ses sergents étaient en évidence, en train de rassembler la main-d'œuvre afin que le lieutenant puisse les interroger. Elle remarqua que le soldat jetait régulièrement des regards par-dessus son épaule, peut-être en direction de la personne agenouillée devant les écuries, mais il était peu probable que cette dernière soit le sénéchal. Il n'était jamais à genoux, sauf à l'église.

« Regardez, l'enjoignit Antoni en pointant du doigt l'homme à genoux, voilà un barbier-chirurgien. »

Belina l'observa et le vit se lever, un torchon dégoulinant de sang à la main, puis appeler quelqu'un. Deux soldats apparurent avec une porte, qu'ils posèrent au sol à côté du barbier-chirurgien. Ils s'y prirent à trois pour soulever un corps placé sur la porte, qu'ils recouvrirent entièrement d'un linceul. Un cadavre, donc. Belina se signa.

Il y eut une minute ou deux de silence dans la cour de l'ancien parc à bois tandis que tout le monde se signait et fixait du regard les trois hommes, qui prenaient le chemin de la forteresse du sénéchal.

Où était Guillaume ? Où était le sénéchal ? Belina crut voir un homme aux cheveux clairs sortir des écuries et se frayer un chemin à travers l'échafaudage. Elle retint son souffle et l'indiqua à Antoni.

« Cet homme est l'un des gardes écossais du roi, assigné au sénéchal, expliqua Antoni. Il nous accompagnait sur le chemin de notre retour à Condom. » Il la prit par le bras et lui fit traverser la cour pleine de monde, les rapprochant des écuries. « Je pense que Messire Guillaume se trouve dans cet édifice en ruine.

—J'espère que non, commenta Belina. Il a l'air sur le point de s'écrouler. »

Ils observèrent un soldat qui grimpait à l'échafaudage et monta jusqu'à la roue en bois de la grue qui se trouvait sur le toit.

« Il n'y a personne dans cette partie du bâtiment, annonça-t-il lorsqu'il redescendit enfin à terre. Trop dangereux, le plancher est pourri. »

Le lieutenant ordonna à un couvreur, qui se tenait près d'un tas de tuiles, à côté de la base du mécanisme de la roue de la grue, de gravir l'échafaudage et de fouiller plus minutieusement le toit délabré.

Tout le monde le regarda grimper, se hisser sur la corniche croulante et s'avancer prudemment vers le centre du toit. « Je ne vois rien d'autre que ce que j'ai vu lorsque je suis monté ici hier, cria-t-il. De toute manière, seul un couvreur se risquerait à mettre les pieds ici.

—Peut-être l'assassin était-il un couvreur ? suggéra quelqu'un.

—Bien sûr que non, rétorqua le couvreur. Tuer quelqu'un d'ici serait bien trop dangereux. Même pour un couvreur, ajouta-t-il. Puis-je descendre, maintenant ? s'enquit-il auprès du lieutenant.

—Oui. »

Antoni attrapa Belina par le bras et pointa du doigt l'autre bout des écuries désaffectées. Elle aperçut Guillaume, qui regardait au-dehors à travers l'embrasure d'une fenêtre, au-dessus de l'encadrement d'une porte. Elle fut horrifiée de le voir se pencher au-delà du rebord de la fenêtre et tâter la pierre du mur qui se trouvait dessous. Un fragment se détacha et tomba au sol.

« Vierge Marie, je vous en prie, protégez mon mari. Faites qu'il retourne immédiatement à l'intérieur et reste sain et sauf », murmura Belina. Elle récita trois *Salve Regina*, sans oser regarder.

Guillaume se pencha encore plus en avant. « Je crois que je comprends ce qui s'est passé, lança-t-il au sénéchal. Quelqu'un a délogé le linteau en pierre qui se trouvait au-dessus de cette porte. » Il pointa du doigt vers le bas. Belina avait du mal à voir quoi que ce soit, à cause de l'ombre que projetait l'entrepôt inachevé. « Il semble que le linteau ait été détaché avant, la nuit dernière peut-être, et que l'assassin ait ensuite attendu le moment propice pour faire tomber le bloc de pierre sur la tête du trésorier. Rocca n'avait aucune chance.

—L'assassin aurait néanmoins dû faire preuve d'une grande précision, fit remarquer le sénéchal.

—D'une grande précision et d'une grande force physique, précisa Guillaume. Quelqu'un d'expérimenté, à n'en pas douter.

—Je n'ai pas le souvenir qu'un meurtre de ce type se soit déjà produit ici », commenta le sénéchal. Il se gratta l'oreille.

« Dois-je redescendre, maintenant ? s'enquit Guillaume.

—Certainement pas. Fouillez toute cette partie des écuries. Peut-être l'assassin s'y trouve-t-il toujours, en train de se cacher. » Le sénéchal ordonna à plusieurs de ses hommes de pénétrer dans l'édifice par la porte hasardeuse et d'aller aider le rapporteur.

« Vous tremblez, Dame Belina. » Antoni interrompit les prières de Belina. « Je vais vous emmener vous asseoir à l'ombre. Rester ici est trop dangereux.

—C'est loin d'être aussi dangereux que ça l'est pour mon mari d'être dans cet affreux bâtiment.

—Votre époux sera très prudent, Dame Belina. Il l'est toujours », ajouta Antoni. Il la mena à l'autre bout du parc à bois et la fit asseoir à l'ombre sur un tas de planches, en demandant aux autres femmes qui s'y trouvaient de lui faire de la place. Antoni tira une bouteille en cuir de sa ceinture, en ôta le bouchon et la tendit à Belina. « Tenez, buvez », la somma-t-il.

Belina but quelques gorgées du vin tiède, le goût de cuir la faisant grimacer, puis lui rendit la bouteille. « Merci, Antoni. » Elle marqua une pause. « J'imagine que vous souhaitez retourner aux écuries prendre soin de vos chevaux.

—Je l'ai déjà fait, Dame Belina. Messire Guillaume et moi avons traversé le pont Barlet sans le moindre délai ce matin, car nous étions accompagnés du sénéchal.

—Oh ! » Belina changea de position sur les planches. « Je suppose que vous aimeriez tout de même vous reposer. Vous pouvez me laisser ici, Antoni. J'attendrai que mon mari sorte de cette ruine.

—Êtes-vous certaine que ça ira, Dame Belina ? Vous n'aviez pas l'air d'aller très bien, tout à l'heure.

—Je vais mieux maintenant, merci, Antoni. Je suis certaine que vous avez besoin de repos. Le sénéchal chevauche à vive allure, ou du moins c'est ce que j'ai entendu dire.

—C'est vrai. Il fait garder des chevaux frais dans tous les relais de poste. » Antoni laissa échapper un soupir.

« Mais mon époux ne tarit jamais d'éloges pour votre coursier. » Elle lui sourit.

Antoni mit la main à son calot, la salua en s'inclinant, puis s'éloigna d'un pas vif en direction du portail qui menait aux écuries de la cathédrale, le verrouillant derrière lui.

Mais avant que Belina n'ait le temps de s'installer sur les planches à un bon endroit pour observer le bâtiment en ruine, une main se posa sur son bras.

« Qui s'occupe de l'échoppe, Belina ? »

Belina se retourna non sans peine, s'efforçant de garder l'équilibre sur les planches, et se retrouva face à Quiteira, qui lui adressait un regard furieux.

« Personne. Il n'y a pas de clients. Tout le monde est au marché ou ici, répondit Belina. Comme toi, d'ailleurs. » Elle marqua une pause. « Raconte-moi un peu ce qui s'est passé ici. »

Quiteira fournit à Belina un résumé assez confus de ce qu'elle avait entendu dire d'autres gens. Rocca avait apparemment houspillé tous les ouvriers au sujet des retards pris dans la réparation du parc à bois en ruine, et cela avait beaucoup ronchonné, surtout concernant le fait qu'il projetait de convertir le parc en d'énormes entrepôts, où il comptait garder la dîme de la cathédrale ainsi que le loyer des métayers. Rocca s'était ensuite rendu à l'intérieur des anciennes écuries, accompagné de plusieurs charpentiers. Tous les autres avaient attendu dans la cour, commentant le discours courroucé de Rocca et les menaces qu'il avait proférées : personne ne serait payé tant que le site ne serait pas achevé comme il le souhaitait.

« Tout le monde jurait et pestait, déclara Quiteira. Ce n'est pas plus mal que toi et moi n'étions pas là pour l'entendre.

—Et ensuite ? » l'encouragea Belina.

Quelques temps plus tard, Rocca était sorti de l'écurie en ruine, visiblement furieux, son crâne tonsuré était rose de colère et il triturait la bourse qui pendait à sa ceinture, tentant d'en extraire un document, ou de l'y replacer. Quiteira avait entendu deux versions différentes à ce propos.

« Et puis ?

—Il est tombé face contre terre, annonça Quiteira avec un grand sourire.

—Un arrêt du cœur, peut-être, observa Belina.

—Le remords dû à ses actes malveillants, peut-être, rétorqua Quiteira. Mais j'ai entendu dire que Rocca est tombé parce que quelque chose l'a frappé par-derrière, ou peut-être du dessus. Impossible de dire ce qui l'avait frappé, ou d'où l'arme du crime était provenue. » Elle marqua une pause de manière théâtrale, avant de poursuivre. « Le maître maçon s'est rendu auprès de Rocca, qui gisait au sol, et il a déclaré peu après qu'il était mort.

—Comment le savait-il ? s'enquit Belina.

—Peut-être le souhaitait-il, répliqua Quiteira. Toujours est-il que tout le monde poussa des acclamations. Beaucoup d'entre eux lancèrent leur chapeau en l'air, et deux maçons dotés de pioches se mirent à danser autour des blocs de pierre qu'ils étaient en train de tailler.

—Et les charpentiers dans l'ancienne écurie ? voulut savoir Belina.

—Ils se sont précipités au-dehors en entendant les cris de joie, et ils ont vu Rocca prostré. Après cela, personne n'a plus rien fait ; personne n'a bougé, personne n'a rien dit.

—Pourquoi donc ?

—Parce que Loupmont est apparu et s'est rué à l'endroit où Rocca gisait au sol. Il a ordonné au maître maçon de s'éloigner et s'est mis à tâter la poitrine de Rocca. » Quiteira marqua à nouveau une pause délibérée et se signa. « Loupmont s'est mis à hurler, à hurler comme un loup, affirma-t-elle, et il a accusé tout le monde d'avoir assassiné Rocca.

—Comme il s'agit d'un bâtiment en ruine, ç'aurait pu être un morceau de bois pourri ou de la pierre qui est tombée parce qu'elle était moisie, suggéra Belina en contemplant les anciennes écuries recouvertes d'échafaudage.

—Pourquoi es-tu si favorable à Rocca, tout d'un coup ? exigea de savoir Quiteira.

—Je ne le suis pas, contra Belina. Je raisonne de manière logique, voilà tout.

—Il sera difficile de trouver qui a jeté le bois ou la pierre ou quoi que ça ait bien pu être. Les ennemis ne manquent pas. La ville entière, m'est avis, déclara Quiteira.

Toutes les femmes assises sur l'amas de planches se levèrent soudain, et Belina fut projetée contre la poitrine généreuse de Quiteira.

« Dame Lansac, vous pouvez rester ici, mais vous autres commères devez quitter la cour sur-le-champ. Ce sont les ordres du lieutenant. » Le sergent indiqua le large portail à l'extrémité du parc à bois, vers lesquelles les troupes du sénéchal menaient tous les badauds qui avaient fait tant de chahut.

« Je suis avec Dame Lansac, affirma Quiteira, et je vais donc rester ici.

—Non, vous allez partir avec les autres.

—Et pourquoi Dame Lansac est-elle autorisée à rester ? » Quiteira mit les mains sur les hanches et prit un air défiant.

« Parce que son mari a demandé qu'elle reste. Si vous

persistez à défier les ordres du lieutenant, je vais lui suggérer que c'est vous qui avez attiré le trésorier à l'intérieur des vieilles écuries. »

Quiteira prit la menace au sérieux et s'éloigna en direction du portail.

« Qui l'a attiré dans les écuries ? Belina s'enquit du sergent en se rasseyant sur les planches.

—Nous ne le savons pas, au juste. J'ai interrogé cinq suspects, mais il semble que sept hommes aient accompagné Rocca à l'intérieur. Deux d'entre eux sont introuvables. Il doit y avoir une sortie dissimulée.

—Ou une cave, fit remarquer Belina.

—Apparemment pas.

—Un grenier à foin ?

—Nous sommes en train de le fouiller en ce moment même. »

Le sergent prit congé d'elle et se remit à guider les curieux vers le portail. Belina contempla à nouveau les écuries abandonnées et pria pour que Guillaume soit en lieu sûr, et non dans le grenier à foin. Son cœur battait à tout rompre, ses mains étaient moites et serraient les planches posées sous elle. Elle déglutit nerveusement.

La voix grêle et froide de Dame Senclar interrompit ses pensées anxieuses. « Lieutenant, menez-moi immédiatement auprès du sénéchal. J'exige une explication au sujet de ce qui est arrivé à mon ami le trésorier.

—Nous n'avons pas encore déterminé ce qui s'est passé, Dame Senclar. Tous ces travailleurs affirment qu'ils se trouvaient dans cette cour, où ils écoutaient le trésorier s'adresser à eux au sujet de...

—À quel sujet ? l'interrompit Henri Senclar.

—Je crois comprendre qu'il leur disait que l'évêque souhaitait les voir travailler avec plus d'assiduité.

—Ils n'ont pas dû apprécier cela, commenta le consul avec un rictus méprisant.

—Non, messire, en effet, répondit le lieutenant. Mais comme vous le savez bien, il existe une tradition bien établie à Condom, selon laquelle les habitants de la ville ressentent une certaine antipathie envers leur évêque.

—Cette tradition ne s'applique pas à moi », rétorqua Henri Senclar.

Le lieutenant le dévisagea sans ciller. « Cela fait bien longtemps qu'il existe de l'antipathie entre consuls et évêques, fit-il remarquer, et entre consuls et abbés avant cela. Cela fait des siècles et des siècles qu'elle existe, comme les prières. »

Henri Senclar, sa mère et Chézelle, le médecin de sa mère, quittèrent d'un pas altier le parc à bois par le portail principal, évitant de peu une collision avec Jeanne Senclar qui y entrait accompagnée de Barvaux et du marchand catalan. Barvaux avait sa main autour de la taille de Jeanne Senclar, et son époux Henri l'en délogea avec un grognement furieux. Il frappa ensuite Barvaux d'un coup de poing à la figure.

« Ne t'avise pas de toucher à ma femme, sale Flamand ! » s'écria le consul, avant de tenter de lui asséner un second coup de poing. Mais Barvaux fit un pas de côté très rapide et Senclar faillit perdre l'équilibre. Chézelle le rattrapa et lui évita de tomber au sol, puis il le mena en direction du manoir Senclar, le long des quais, tandis qu'Henri continuait de grommeler de rage.

Pendant ce temps, le marchand catalan étudiait la scène animée autour de lui. Il tenta d'obtenir des explications d'un ouvrier qui se trouvait près de lui, mais ce dernier ne fit que le dévisager avant de s'éloigner. Le Catalan approcha ensuite Belina. Son accent était épais et difficile à comprendre, et elle dut lui demander de répéter sa question.

Belina lui rapporta en français ce qu'elle savait au sujet du meurtre de Rocca, en parlant lentement. Jeanne Senclar l'entendit et se fendit d'un sourire. Belina se demanda l'espace d'un instant s'il était possible qu'elle fût l'assassin. Après tout, elle n'avait que peu d'affection pour Rocca. Mais il était hautement improbable qu'elle ait grimpé au premier étage des écuries désaffectées et qu'elle ait jeté un bloc de pierre sur le crâne tonsuré du trésorier. Il était bien entendu possible qu'elle ait engagé quelqu'un pour le faire à sa place. Il ne fallait pas chercher bien loin à Condom pour trouver quelqu'un qui avait une dent contre Rocca.

Belina entendit Barvaux mentionner le Luxembourg, et Jeanne Senclar l'informer du fait qu'elle attendait l'arrivée de quatre Luxembourgeois cet après-midi même. Ils avaient envoyé un serviteur au-devant d'eux afin de faire en sorte que leur logement et celui de leurs chevaux soit organisé. L'intendant des Senclar n'avait pas bien compris s'il s'agissait d'une famille qui comprenait deux fils, ou si les deux garçons étaient accompagnés de leurs tuteurs lors d'un pèlerinage. Il était à moitié sourd et de plus, il avait du mal à comprendre l'accent luxembourgeois.

« Je comprends le luxembourgeois, Dame Jeanne, murmura Barvaux. C'est un mélange de français, d'allemand et de hollandais. Je me ferais un plaisir de vous aider à vous occuper de vos invités. Je pourrais d'ailleurs emmener les garçons aux quais, puis les mener en barque à la Bouquerie, ou même en amont, au moulin à Gauge. Ce serait assurément une sortie des plus agréables pour eux. Les rivières s'écoulent dans des ravins abrupts, au Luxembourg. Voir la Baïse leur ferait certainement très plaisir.

—Comme vous êtes aimable, Philippe, ronronna Jeanne Senclar. Je vous ferai envoyer une missive dès leur arrivée. Mais où vous trouverez-vous ?

—À l'auberge du pont Barlet, avec mon collègue catalan. Nous devons nous entretenir longuement. » Il adressa un sourire au Catalan. Le marchand n'offrit pas la moindre réaction en retour. Mais Belina remarqua qu'il observait attentivement les mains de Barvaux, dont les paumes étaient couvertes de poussière. Elle se demanda comment il se faisait qu'un homme aussi méticuleux que Barvaux ne se fût pas lavé les mains récemment.

Elle examina ses propres mains afin de les comparer, et se demanda où Barvaux avait bien pu salir les siennes ainsi. Peut-être avait-il épousseté ses vêtements des paumes de ses mains ? Il lui avait paru assez propre à l'heure du petit déjeuner.

Elle secoua la tête, ce qui déplaça son fichu. Elle était en train de l'ajuster lorsqu'une main se saisit de la sienne.

« Oh ! » Elle tourna la tête prudemment en espérant qu'il ne s'agissait pas de Barvaux.

C'était Guillaume. Elle se leva d'un bond, faisant tomber l'une des planches. Ils s'embrassèrent si fort que le fichu de Belina s'envola et atterrit sur le sol poussiéreux.

Guillaume le ramassa, l'épousseta et se baissa pour le replacer sur sa tête. Belina vit par-dessus l'épaule de son mari que le Catalan avait l'air perplexe et que Barvaux était toujours en pleine conversation avec Jeanne Senclar. Peut-être les Catalans n'étaient-ils pas très expansifs en public ? Ou peut-être Barvaux s'était-il vanté de l'amitié qui le liait à la fille du meunier ? Elle espérait que non. Elle se demanda ce qu'on avait déjà rapporté à Guillaume concernant Barvaux et elle. Il était évident que Miqueu, le nouveau garçon d'écurie, avait dit quelque chose qui avait éveillé les soupçons de Guillaume. De plus, Guillaume savait bien interpréter la gestuelle de Sir John, et il lui avait dit qu'il avait vu Sir John peu après son retour à Condom. Enfin, dès qu'elle en aurait l'opportunité, Quiteira raconterait tout à Guillaume, sans avoir besoin de faire de gestes. Même lorsqu'elle était d'humeur aimable, Quiteira était bavarde, et c'était pire encore lorsqu'il y avait quelque scandale à révéler. Belina redoutait le pire.

« Eh bien, tu restes muette, ma tendre, remarqua Guillaume d'une voix traînante, avant de la prendre à nouveau dans ses bras.

—Je suis soulagée que tu sois sorti de ce dangereux édifice. » Elle l'embrassa.

« Heureux de vous revoir à Condom, Messire Guillaume. »

Ils se retournèrent. C'était le frère Pierre, qui arborait un large sourire et avait à ses côtés le frère Martin, un rouleau de tissu à la main.

« Qu'est-ce qui vous fait penser que je m'étais absenté de la ville ? s'enquit Guillaume d'un ton assez abrupt.

—Les nouvelles se répandent rapidement, Messire Guillaume. Mais Dame Belina vous a fort bien suppléé. » Il marqua une pause. « Elle est très compétente et voit très juste, c'est un plaisir de collaborer avec elle. Les employés de l'hospice ont tous apprécié la façon minutieuse mais aimable dont elle a mené l'enquête. » Un sourire se fit jour sur son visage. « Et maintenant, il vous faudra m'excuser, mais le frère Martin et moi devons retourner à l'hospice avec ce tissu. *Adishatz*, Dame Belina, et merci pour votre travail assidu. »

Belina lui tira la révérence. Elle se demanda comment il avait appris que Guillaume avait quitté Condom, et ce qu'il avait entendu dire au sujet des ses agissements pendant son absence. Elle déglutit nerveusement.

Quelqu'un l'écarta de son chemin et faillit la renverser. C'était Loupmont. Il avait passé son temps à s'affairer d'un côté à l'autre de la cour de l'ancien parc à bois, pleurant la mort de Rocca et pestant contre le sergent-chef du sénéchal, refusant de répondre aux questions de ce dernier jusqu'à ce que le sergent menace de l'emmener à la forteresse du sénéchal et de l'y interroger « plus soigneusement ».

Guillaume attrapa Loupmont par l'épaule, ignorant ou ne se souciant pas du fait que le sergent l'avait déjà contusionnée.

« Aïe ! glapit Loupmont.

—Prenez garde où vous mettez les pieds, crétin de comptable, ou je vous jetterai par terre, où vous serez à votre place », gronda Guillaume.

Belina ne put s'empêcher de sourire. Il était dommage que son frère Jordi n'ait pas été présent pour entendre cela.

Guillaume la prit par le bras. « Allons dîner à l'auberge. Je dois encore m'entretenir avec le sénéchal et ses hommes de ce meurtre, ainsi que de celui de pèlerin. » Il marqua une pause.

« Mais tu pourras lui parler de ce dernier. » Il lui serra le bras avec affection.

« Je dois me rendre aux écuries des Senclar, déclara-t-elle.

—Pourquoi donc ?

—Pour savoir quand arrivera un groupe de Luxembourgeois. C'est de la plus haute importance.

—Tu parles des deux garçons venus d'Angleterre ? chuchota-t-il.

Belina acquiesça. Elle lui expliqua ce que Jeanne Senclar et Barvaux projetaient de faire cet après-midi. Les garçons étaient en grand danger.

« Ils le sont, en effet, répondit-il. Mais nous allons nous occuper de cela. Ne t'inquiète pas.

—Mais je suis très inquiète, l'interrompit-elle. L'affaire est très grave. J'en suis certaine, l'implora-t-elle.

—Ils n'arriveront pas à Condom avant le milieu de l'après-midi. Cela nous donne largement le temps de dîner et de parler au sénéchal. » Il l'emmena en direction des quais et de l'auberge du pont Barlet. Loupmont leur emboîtait le pas.

CHAPITRE VINGT-CINQ

À l'intérieur de l'auberge se trouvaient deux longues tables à tréteaux recouvertes de nappes blanches relativement propres. Le sénéchal et ses hommes étaient assis près des fenêtres. Ils firent de la place à Guillaume et Belina, adressant de grands sourires à l'épouse du rapporteur. Loupmont tenta de s'asseoir à côté d'eux, mais le sergent-chef se saisit de lui et le traîna vers la sortie.

« Ne vous avisez pas de revenir, décréta-t-il sèchement. Nous ne voulons pas de vous ici. Dégagez. » Il expulsa Loupmont puis retourna s'asseoir à sa place, à côté de Belina. Tout le monde l'applaudit.

Un groupe de soldats étaient assis vers le centre de la table et discutaient à voix haute de la *Reconquista* contre les Maures, décrivant la manière dont ils les affronteraient et se saisiraient de leurs femmes, leurs armes et leurs trésors. Mais Belina avait du mal à comprendre leurs accents. Ce qui n'était sans doute pas plus mal, se dit-elle. Elle contempla son bol de garbure et sortit sa cuiller du sac qui pendait à sa ceinture.

Il lui fallut un certain temps pour réaliser que les deux hommes qui se trouvaient à l'extrémité opposée de l'autre table, derrière un groupe de paysans bruyants, étaient Barvaux et le Catalan. Ils semblaient en pleine conversation sérieuse et traçaient des lignes sur la nappe. L'esquisse d'une carte, peut-être. Elle se demanda si cela avait quelque chose à voir avec les garçons venus du Luxembourg, ou plutôt les princes anglais. Elle doutait cependant que le marchand catalan souhaite prendre part au meurtre de deux jeunes garçons inconnus. Il était bien connu en Gascogne que les Catalans étaient d'excellents hommes d'affaires, qui n'étaient pas enclins à se battre avec tout ce qui bougeait, comme l'étaient les Castillans.

Le sénéchal s'entretenait avec ses hommes et Guillaume au sujet des circonstances de la mort de Rocca. Belina écouta Guillaume rapporter au sénéchal sa découverte d'un tas de tuiles de toiture en bon état au premier étage des écuries désaffectées, qui avaient sans doute été mises là en attendant de pouvoir être placées sur la nouvelle charpente du toit. Il y avait deux accès aux écuries qui donnaient sur la rue derrière elles. Les deux avaient été utilisés récemment.

« Par des ouvriers, vraisemblablement, commenta le sénéchal.

—Tous ceux que mes sergents et moi avons interrogés ont affirmé qu'ils ne passaient que par le portail et qu'ils n'entraient jamais dans les écuries désaffectées, déclara le lieutenant.

—Je n'en doute pas, rétorqua le sénéchal. Il va être très difficile de retrouver l'assassin. Il y a tant de personnes qui avaient une raison, voire plusieurs raisons, de tuer le trésorier. »

Le lieutenant poursuivit son rapport. « Ils étaient d'avis que les anciennes écuries étaient un endroit dangereux ; certains m'ont même dit qu'elles étaient hantées par le marchand de bois que Rocca avait fait harceler pour faire main basse sur le parc à bois, où il comptait entreposer d'autres biens volés aux métayers.

—Volés ? le regard du sénéchal se fit particulièrement sévère.

—Soutirés aux paysans par pure avidité, alors qu'ils ont vécu une année très difficile, deux même », répondit le lieutenant d'un ton ferme.

Plusieurs des hommes émirent des grognements d'assentiment.

« Cette dernière affirmation, au moins, est vraie, reconnut

le sénéchal. Les récoltes ont pourri. Des gens mourront de faim cet hiver. Je compte demander à l'évêque Montbrun de dispenser autant de grain que possible, ainsi que d'autres denrées. »

Guillaume fit remarquer que Rocca était un exemple typique d'un homme venu de Paris, une grande ville, qui ne connaissait rien au travail de la ferme.

« Mais Guillaume, l'interrompit Belina, Rocca ne vient pas – ou plutôt, ne venait pas – de Paris en premier lieu. Il vient d'une ville dans l'est, du nom de Saint-Michel, ou quelque chose comme ça. » Elle marqua une pause. « Pas exactement Saint-Michel, non.

—Comment savez-vous cela, Dame Belina ? voulut savoir le sénéchal.

—Je l'ai entendu dire par Barvaux dans la cour.

—Quelle cour ?

—La cour de la résidence des employés de la cathédrale. Barvaux y logeait avec Rocca et ils buvaient ensemble en soirée. » Elle s'efforça de parler de manière aussi décontractée que possible.

—Ils devaient parler bien fort pour entendre leur conversation depuis vos quartiers, à l'étage.

—Non, j'étais moi aussi dans la cour », dit-elle en baissant la voix. Elle aurait aimé qu'il y ait moins de gens à l'écouter.

« Pourquoi donc ?

—Je joue aux échecs avec Sir John.

—Vraiment ? s'étonna le sénéchal. Je ne vous connaissais pas ce talent.

—Elle le possède en effet, confirma Guillaume. Je lui ai appris à jouer et elle l'a assimilé très rapidement. » Il passa un bras protecteur autour de Belina.

« Qui est ce Barvaux ? s'enquit le sénéchal.

Belina expliqua de son ton le plus neutre qu'il s'agissait d'un avocat flamand de Bruges, qui connaissait déjà Rocca.

« Son prénom ? demanda sèchement le sénéchal.

—Philippe, je crois », répondit Belina. Elle se demanda combien de temps elle tiendrait face à un interrogatoire serré du sénéchal. Guillaume était intimidé par l'homme et son grand pouvoir. À son grand soulagement, ils furent interrompus par un serveur qui venait placer deux bols de merveilles sur la table. La conversation s'estompa un moment tandis que tout le monde se servait des petits gâteaux.

Lorsqu'ils reprirent leur discussion, ils étaient encore en train de mâcher et de répandre des miettes sur la table, et le sujet du débat était l'identité la plus probable de l'assassin. Ils étaient tous d'accord sur le fait qu'il devait s'agir d'un homme doté d'une certaine force – la taille et le poids du linteau de pierre qui avait brisé le crâne de Rocca le prouvaient. Il n'était pas forcément de grande taille, car le haut du linteau et le bas de la fenêtre n'étaient pas très éloignés.

« J'ai constaté qu'il aurait pu ancrer sa jambe fermement dans une happe qui était fixée au mur. Cela l'aurait empêché de tomber, expliqua Guillaume. J'ai essayé moi-même, c'était efficace.

—Combien de temps aurait-il fallu pour installer cette happe ? demanda le lieutenant.

—Elle se trouvait déjà là. Elle sert à retenir les volets intérieurs, bien que ces derniers aient disparu.

—Volés, peut-être ? »

Guillaume haussa les épaules. « Pas nécessairement. Tout ce qui était en bois dans les anciennes écuries était en train de pourrir, et avait été jeté dans des tas.

—Il a donc une bonne vue et une main ferme, commenta le lieutenant.

—Beaucoup de pratique aussi, fit remarquer le sergent-chef. Comment l'aurait-il obtenue ?

—Il l'avait déjà fait avant, conclut le sénéchal. Plusieurs fois, peut-être. »

Tout le monde en convint.

« Pardonnez-moi, monseigneur sénéchal, intervint l'un des

soldats en milieu de table, mais j'écoutais votre conversation. J'espère que vous ne m'en tiendrez pas rigueur.

—Pas du tout, répondit le sénéchal. Une auberge est un lieu public.

—Lorsque j'étais gamin, il y avait de par chez nous un meurtrier qui tuait ses victimes en faisant tomber dessus des linteaux, des rochers ou d'autres choses qu'il trouvait.

—Comment a-t-il réussi à le faire si souvent sans se faire prendre ? s'enquit le sénéchal.

—Il faisait en sorte de ne jamais être vu, n'agissant qu'une fois la nuit tombée, ou lorsque le temps était mauvais, par exemple. Il faisait souvent mauvais l'hiver là où j'habitais, un temps humide et brumeux.

—Où donc était-ce ?

—Dans l'est. Une ville appelée Saint-Mihiel.

—Oh ! s'exclama Belina. »

Le sénéchal la dévisagea, contrarié.

« C'est le nom de la ville d'où venait Rocca, expliqua-t-elle. Je m'en souviens, maintenant. Pas Saint-Michel, mais Saint-Mihiel. C'est de là que Barvaux et lui se connaissaient.

—Voilà qui est fort intéressant.

—Ce pourrait être une coïncidence, suggéra le lieutenant.

—Peut-être pas », répliqua le sénéchal. Il se tourna à nouveau vers le soldat et lui demanda s'il avait déjà entendu les noms Rocca et Barvaux.

Le soldat se gratta le crâne. « C'était il y a longtemps. Quinze ans, au moins. Il faut que je réfléchisse. »

Le sénéchal attendit patiemment.

« Pourriez-vous répéter les deux noms, monseigneur sénéchal ?

—Claude Rocca, un clerc, et Philippe Barvaux, un Flamand de Bruges. »

Belina pointa du doigt Barvaux, qui était penché sur le croquis qu'il avait dessiné sur la nappe devant lui. « Cet homme est Philippe Barvaux, de Bruges », chuchota-t-elle.

Tout le monde lorgna Barvaux, soit en se retournant, soit en regardant par-dessus les têtes d'autres clients. On ne le voyait pas très bien, car il se trouvait dans une partie obscure de la salle à manger, derrière des paysans qui menaient une conversation animée et bruyante, et il était assis dos à la table du sénéchal. Belina se demanda s'il s'était lavé les mains et en avait ôté la poussière.

« Je me souviens, maintenant, déclara le soldat. Le meurtrier était censé être un Flamand, mais il n'en avait pas du tout l'air. Il avait des cheveux noirs bouclés, comme ce type-là. Pour nous, il ressemblait davantage à un Italien ou un Grec. Il y avait beaucoup d'Italiens à Saint-Mihiel. Il y avait d'ailleurs une famille d'orfèvres italiens du nom de Rocca, si ma mémoire est bonne. Une famille qui est devenue très riche en très peu de temps, grâce à des tractations financières malhonnêtes. »

Le soldat se mordilla la lèvre, se gratta le crâne, contempla ses pouces. Le sénéchal patienta. On entendait provenir de la cuisine le fracas de poêles et de chaudrons, ainsi qu'un chien qui aboyait. Guillaume caressa la nuque de Belina et déplaça légèrement son fichu.

Le soldat se massa lui-même le cou d'un air pensif, puis se leva soudain, se retourna et s'avança en direction de Barvaux, qui était toujours penché au-dessus du croquis qu'il avait tracé sur la nappe.

Le soldat attrapa rudement Barvaux par les cheveux et les tira vers le haut. « Venez voir par vous-même, monseigneur sénéchal, il porte la même cicatrice que le meurtrier de Saint-Mihiel avait sur la nuque. »

Le sénéchal et le lieutenant se levèrent, rejoignirent le soldat et examinèrent le cou de Barvaux, que le soldat maintenait immobile. Belina supposa qu'un soldat aguerri devait être capable de maîtriser un homme, même s'il était fort comme Barvaux.

Le lieutenant passa très délicatement les doigts sur la cicatrice. « Comment avez-vous eu cette cicatrice ?

—Un accident de cheval, il y a trois ans.

—Cette cicatrice date de plus de trois ans.

—Quatre ans, peut-être? Dites à votre homme de me lâcher.

—Ce n'est pas mon homme, rétorqua le lieutenant, et votre cicatrice est bien plus ancienne que cela. Vous êtes un menteur.

—Vous n'allez pas croire la parole d'un soldat plutôt que celle d'un avocat ? insista Barvaux.

—Je croirais la parole de n'importe quel homme plutôt que celle d'un avocat, affirma le lieutenant.

—Pourquoi donc ? voulut savoir Barvaux.

—Mon expérience m'a appris que beaucoup d'avocats ont tendance à être des menteurs et des escrocs.

—C'est peut-être le cas ici en Gascogne, mais pas à Bruges.

—Et à Saint-Mihiel ? intervint le sénéchal.

—Je n'en ai aucune idée, répliqua Barvaux. Je n'y suis jamais allé. Je viens de Bruges, en Flandres, près de la côte.

—Il ment, Guillaume, lui chuchota Belina.

—Oui, je sais, mais ce n'est pas le moment de le dire ouvertement », répondit-il.

Le soldat tenait toujours Barvaux par ses boucles noires lustrées, et le sénéchal continuait d'étudier la cicatrice.

« Monseigneur sénéchal, relata le soldat, cet homme a échappé à la corde car deux avocats anglais qui résidaient à Saint-Mihiel le connaissaient. Des menteurs et des escrocs, comme l'a dit le lieutenant. Ils l'ont fait libérer de la prison de Saint-Mihiel en soudoyant les gardes, avant de le mener en lieu sûr à Bruges. J'ai eu ouï-dire bien plus tard que cet homme était un criminel notoire à Bruges. En temps utile, les avocats anglais l'ont fait mener à Calais afin qu'il puisse prendre part au complot qui visait à faire sortir le comte d'Oxford du château de Hammes.

—Pourquoi des avocats anglais résidaient-ils à Saint-Mihiel ? s'enquit le lieutenant.

—Ils faisaient partie de la pitoyable petite cour de la reine Marguerite d'Anjou, qui s'y trouvait en exil.

—Ah ! lâcha le sénéchal. Vous rappelez-vous leurs noms, à tout hasard ? Je me rends bien compte que c'était il y a longtemps, si quinze ans se sont écoulés. Comme la cicatrice à son cou. »

Le soldat réfléchit un long moment. « Un petit homme d'Église appelé Mauretonne, ou quelque chose de semblable, je crois. » Son front tanné se plissa. « L'autre se nommait Sir Jean quelque chose. »

Le sénéchal patienta à nouveau, le regard braqué sur la cicatrice de Barvaux.

« Fourtesqueue, finit par s'écrier le soldat d'un ton triomphal. J'ai bonne mémoire pour les noms. Et pour les cicatrices, aussi, ajouta-t-il.

—Je suis très impressionné, le félicita le sénéchal. Et je vous suis reconnaissant de votre compétence. Je vous souhaite bon vent en Espagne – beaucoup de victoires, de trésors et de femmes. » Il lui adressa un sourire.

« Et maintenant, lâchez mes cheveux, exigea Barvaux.

—Quels sont vos ordres, monseigneur sénéchal ? lui demanda le soldat.

—Oui, vous pouvez lâcher prise, désormais. Nous ne voudrions pas le voir mourir. Pas encore, du moins. »

Barvaux émit un grognement de rage. « Le roi entendra parler de vous lorsque je serai de retour à Paris. »

Le sénéchal resta indifférent. C'était une menace en l'air, car le nouveau roi n'avait que treize ans et il serait sous la coupe de sa sœur, Anne de Beaujeu, pour plusieurs années.

Belina se rendit compte que Barvaux ne savait probablement pas encore que le roi Louis était mort. Elle se demanda si cela changerait quoi que ce soit pour le complot de Morton et Beaufort visant à placer Henri Tudor sur le trône d'Angleterre. Peut-être que cela faciliterait la reconquête de la Gascogne par le roi Richard, que les affréteurs de vin de Bordeaux appellaient de leurs vœux. Il lui fallait poser la question à Guillaume, mais pas ici, dans un lieu aussi public. Qu'allait faire Barvaux, désormais ? Le simple fait qu'il soit capable d'accomplir un meurtre ne pèserait pas bien lourd dans la balance, à moins que Guillaume et les hommes du sénéchal ne trouvent d'autres preuves. Ou que le lieutenant arrive à faire avouer Barvaux, ce qui semblait plus probable. Elle s'efforçait de porter un regard objectif sur l'affaire, mais cela ne lui était pas chose aisée.

La porte de l'auberge s'ouvrit soudain et Arnaud, le palefrenier de Jeanne Senclar, entra à la hâte.

« Messire Barvaux, s'écria-t-il, Dame Jeanne a besoin de vous voir d'urgence. Il vous faut venir sur-le-champ. Elle m'a chargé de vous informer que les garçons sont arrivés. »

Barvaux bondit de son banc et quitta l'auberge en courant.

« J'espère qu'il a au moins réglé sa note », commenta le sénéchal.

Mais le Catalan ne l'avait pas compris, ou feignit de ne pas le comprendre.

Le sénéchal tapa dans ses mains et l'aubergiste apparut aussitôt.

« Monseigneur sénéchal ?

—Cet étranger aux cheveux bouclés est parti en courant sans payer sa note. »

L'aubergiste fit un geste en direction du marchand catalan. « Je veillerai à ce que ce... gentilhomme, dit-il après avoir marqué une pause, ne s'esquive pas avant d'avoir réglé ce qu'ils me doivent tous deux. »

Le Catalan décrocha la bourse qui pendait à son ceinturon. « Combien ? » demanda-t-il.

L'aubergiste réfléchit à une somme et la tripla. Tout le monde retint sa respiration, observant la scène. Le Catalan fit le compte, ajouta quelques deniers, puis se leva.

« Rasseyez-vous, *señor*, j'ai quelques questions à vous poser », dit le sénéchal.

Le Catalan s'exécuta et attendit.

Le sénéchal débuta son interrogatoire d'un ton courtois et détendu. « Connaissez-vous bien cet individu aux cheveux bouclés ?

—Non, monseigneur. Un peu, c'est tout.

—Quelle affaire vous lie à lui ? »

Le Catalan s'expliqua, sans préciser le montant de la somme contenue dans le coffre au trésor.

« Où logez-vous à Condom ? »

Le Catalan lui répondit.

« Pourquoi avez-vous choisi le manoir Senclar ?

—Mention en était faite dans les instructions que j'ai reçues de Messire Barvaux, à Paris.

—Les avez-vous reçues de Barvaux lui-même ?

—D'un certain Messire Urswick. » Il eut du mal à prononcer le nom du maître des espions de Lady Margaret Beaufort à Paris.

« À quel usage est destiné tout ce trésor ?

—Je l'ignore, monseigneur. Il ne s'agit pas de mes propres fonds, pour la plus grande partie. Ils ont été récoltés auprès d'au moins une douzaine d'argentiers catalans, et la somme est inférieure à celle que souhaitait obtenir Messire Urswick. Nos ressources sont limitées en ce moment, car nous souhaitons financer le long et coûteux voyage de l'un de nos membres, Cristóbal Colom.

—J'espère que vous vous êtes mis d'accord sur un taux de change qui vous est favorable.

—Bien entendu, monseigneur.

—Que savez-vous au sujet de Barvaux ?

—Peu de choses, hormis le fait qu'il vient de Bruges, comme il vous l'a dit. Plus récemment, il a résidé à Londres, où il était au service d'un évêque. Je ne crois pas cette histoire de meurtres commis en faisant tomber des choses sur des gens.

—Je me souviens très bien qu'un Flamand ressemblant beaucoup à une version plus jeune de ce type était le meurtrier à Saint-Mihiel, interrompit le soldat. Il n'aurait pas dû s'en tirer comme ça. Cela avait causé beaucoup de malheur en ville, surtout parce que les victimes étaient des bijoutiers et d'autres bourgeois du cru. Ce qui avait aidé la famille Rocca, parce que… »

Le Catalan interrompit à son tour le soldat. « Est-ce tout, monseigneur ? demanda-t-il au sénéchal.

—Oui, pour l'instant. Mais vous ne pouvez quitter Condom avant que je ne vous en donne l'autorisation. Tous les gardiens des portes auront pour ordre de vous refuser passage et de vous mener à la forteresse si vous tentez de le faire. »

Le Catalan acquiesça et se leva. « Au revoir, messires. » Il sortit par la porte ouverte et se mit à remonter la rue Barlet.

Guillaume posa quelques pièces sur la table, prit Belina par le bras et quitta l'auberge à la hâte. Les autres les observèrent, stupéfaits.

« Voilà ce qui arrive lorsqu'on a une très jolie femme et qu'on la quitte quelques jours. » commenta le sergent-chef.

Le sénéchal les pria tous de se rasseoir afin qu'ils poursuivent leur conversation au sujet du meurtre de Rocca.

CHAPITRE VINGT-SIX

Guillaume et Belina marchèrent bras-dessus, bras-dessous jusqu'au quai. La rivière sortait presque de son lit et son cours était très rapide. Belina ne se souvenait pas l'avoir vue à un niveau aussi élevé en été. Il arrivait qu'elle déborde après la fonte des neiges d'hiver, mais elle était d'ordinaire peu profonde et alanguie au début du mois de septembre, ce qui ne rendait pas les choses faciles pour son frère, car le moulin de Gauge dépendait de sa roue à aubes pour son bon fonctionnement.

« Je me demande comment Jordi s'en sort, avec la rivière qui coule si précipitamment et si chargée de branches mortes, fit-elle remarquer à Guillaume.

—Nous n'avons qu'à le lui demander. » Guillaume indiqua une barque que l'on était en train d'amarrer en aval du pont Barlet. « Le voilà, avec ton cousin Christau. »

Belina suivit son doigt et se mit à faire de grands gestes à leur intention, mais Jordi ne la vit pas. Il était entièrement concentré sur le fait d'arrimer l'embarcation de Christau, luttant contre le tourbillonnement des eaux.

« Belina, l'interrompit Guillaume, retourne aux écuries et demande à Antoni de préparer trois chevaux pour t'emmener au moulin d'Autièges le long du chemin de halage, puis retrouvez-moi là-bas.

—Je préférerais monter derrière Antoni, qui n'aurait ainsi besoin de ne prendre qu'un cheval, protesta-t-elle. Et à qui le troisième cheval est-il destiné ? Comment te rendras-tu au moulin d'Autièges ? » Elle contempla le cours rapide de l'eau, la mâchoire serrée.

« Il nous en faudra trois, insista Guillaume. Dame Jeanne a affirmé que deux personnes escortent ces garçons. Ces deux-là n'abandonneront pas leurs protégés. J'espère d'ailleurs que ce sera le cas car, sinon, cela pourrait signifier que les garçons ne sont que des Luxembourgeois ordinaires, et non des princes.

—Comment allons-nous nous en assurer ? voulut savoir Belina.

—Je ne pense pas que nous le puissions, répondit-il. Nous allons présumer qu'il s'agit bien des princes, pour l'instant. Ce Flamand fougueux semble être de cet avis.

—Et que dois-je faire une fois que j'aurai convaincu Antoni de seller trois chevaux ? s'enquit Belina, souhaitant changer de sujet.

—Tu quittes les écuries sans que personne ne t'aperçoive, puis tu trouves Jeanne Senclar, le Flamand et les Luxembourgeois.

—Et ensuite ?

—Essaie d'éloigner le Flamand des garçons.

—Comment ?

—C'est à toi de le décider, ma chère. » Il se pencha vers elle et plongea son regard dans le sien. « Distrais-le, raconte-lui des galéjades, donne-lui un grand coup dans les roubignolles, trouve le moyen le plus efficace d'empêcher le scélérat de faire monter ces garçons dans un bateau. »

Belina se demanda ce que Guillaume avait entendu au sujet de « ce Flamand fougueux ». Elle fut prise d'un frémissement.

« Ne frissonne pas comme ça, l'enjoignit Guillaume. Suis simplement mes instructions. C'est important. C'est une question de vie ou de mort. » Il marqua une pause. « Peut-être. »

« Et que feras-tu pendant que je suis occupée à nous procurer trois chevaux et à distraire le Flamand ? » demanda-t-elle, en tournant à nouveau son regard vers la rivière et en redoutant la réponse à sa question.

—Je vais demander à Jordi et Christau de nous faire descendre la rivière jusqu'au moulin d'Autièges, aux princes et à moi.

—Guillaume, s'exclama-t-elle, la rivière est bien trop périlleuse en ce moment pour naviguer dessus. Pourquoi n'emmènes-tu pas les chevaux au moulin d'Autièges toi-même ? Ce serait beaucoup plus sûr, non ?

—Sottises, le Flamand fera en sorte que les Senclar envoient leurs gardes à notre poursuite, avec l'ordre de nous tuer. J'ai entendu dire qu'il sait se montrer très convaincant. » Guillaume regarda Belina dans les yeux. « Jordi est un excellent batelier, continua-t-il, et Christau est encore meilleur que lui. Tu le sais très bien. » Belina acquieça et détourna le regard de son mari. « Nous nous retrouverons donc tous sains et saufs au moulin d'Autièges.

—Qu'entends-tu par " tous " ? lui demanda Belina, les yeux rivés au sol.

—Nous cinq dans le bateau, et Antoni et toi à terre, avec les personnes qui accompagnent les princes.

—Et si le Flamand ne lâche pas les princes d'une semelle ? S'il saute dans la barque de Jordi ? » Belina s'efforça de se concentrer sur la sécurité des princes plutôt que sur sa crainte d'une accusation de la part de Guillaume au sujet de son comportement avec « ce Flamand fougueux ».

« Je le jetterai à l'eau et je le laisserai se noyer. » Belina laissa échapper un cri de surprise. Guillaume la serra fort dans ses bras. « Ne t'inquiète pas, il ne montera pas dans le bateau de Jordi. Il ne risquerait pas sa vie ainsi. Il est beaucoup plus probable qu'il nous prenne en chasse à bord d'une autre embarcation. » Belina devait bien admettre que sa réponse était sensée. « Et avec un peu de chance, poursuivit calmement Guillaume, il se noiera dans la Baïse. »

Il l'embrassa tendrement. « Ne t'inquiète pas, mon amour, le Flamand va se noyer et ton frère et moi allons rester en vie. »

Elle n'était pas convaincue. « Et s'il arrive jusqu'au moulin d'Autièges, plutôt que de se noyer ?

—Alors je le tuerai et je jetterai son corps dans la rivière.

—Guillaume, s'exclama-t-elle, tu commettrais un meurtre de sang-froid ? Je ne peux pas le croire.

—N'oublie pas ce que cherche à faire le Flamand, lui répondit-il. Il veut noyer deux garçons innocents. » Belina opina du chef. « De plus, poursuivit Guillaume en prenant Belina par le bras, tu m'as dit qu'il avait déjà noyé deux autres enfants dans la Tamise. C'est un scélérat. Il ne mérite aucune pitié.

—Je me demande si le soldat à l'auberge du pont Barlet disait vrai, commenta Belina d'un ton mal assuré. Peut-être le Flamand était-il le meurtrier à Saint-Mihiel il y a toutes ces années.

—Je suis certain que c'est le cas, affirma Guillaume, mais nous discuterons de tout cela plus tard. » Il lui fit répéter deux fois toutes ses instructions, l'embrassa passionnément, puis s'éloigna le long du quai en direction du pont Barlet.

Belina l'observa quelques instants tandis qu'il s'entretenait avec son frère, avant de pénétrer dans les écuries de la cathédrale par l'entrée côté rivière.

Antoni se trouvait dans la sellerie, en train d'écouter Miqueu. « Il s'intéresse de très près à une jolie fille de la Bouquerie. Il y a envoyé son chef batelier pour la chercher. »

Miqueu gratta sa chausse avant de continuer son récit. « Apparemment, le consul avait invité la catin à un déjeuner suivi d'une sieste, mais elle n'est pas venue. » Il laissa échapper un petit rire gras.

Belina se racla la gorge bruyamment et ils se retournèrent tous deux. Un silence gêné s'ensuivit et Miqueu finit par s'éclipser. Belina expliqua à Antoni ce que Guillaume attendait de lui. « Restez aux aguets pour me voir lorsque je reviendrai vers les écuries, et menez les chevaux à la porte de derrière au moment opportun. » Elle lui adressa son sourire le plus chaleureux, posa la main sur son bras, puis repartit.

Belina poussa un soupir de soulagement lorsqu'elle eut quitté les écuries. Elle regarda autour d'elle, afin de repérer

Dame Jeanne et Barvaux parmi les groupes de gens qui se tenaient sur le quai et palabraient au sujet de la mort de Rocca. Il lui fallut un certain temps pour se frayer un chemin parmi la foule et trouver enfin Barvaux. Il se tenait avec Dame Jeanne, son bras autour de la taille de cette dernière. Ils étaient en compagnie de deux jeunes garçons aux cheveux encore plus clairs que ceux de Guillaume, ainsi que d'un couple aux cheveux gris. Belina réalisa qu'il devait s'agir des personnes qui, selon son mari, accompagnaient les garçons. Elle se demanda s'ils étaient luxembourgeois et quelle langue ils parlaient. Ils étaient tous deux assez corpulents et Antoni allait devoir choisir deux grands chevaux pour les transporter.

« Ma chère Jeanne, Barvaux était en train de dire, tout en resserrant son étreinte autour de sa taille, pourriez-vous demander à quelqu'un de trouver votre chef batelier, afin que les garçons et moi puissions nous rendre à la Bouquerie, sur l'autre rive.

—Je fais de mon mieux, Philippe, répondit-elle sèchement. J'ai envoyé deux autres personnes le chercher et elles m'ont rapporté que Troubat a traversé la rivière avec le gros bateau pour aller chercher quelque chose pour mon mari, quelque chose de trop volumineux pour le faire passer par le pont. On m'a assuré que le déchargement de l'embarcation est en cours et qu'il reviendra ici ensuite. »

La jeune fabricante de fichus n'était pas vraiment volumineuse, se dit Belina. Même ses fichus étaient plutôt fins. Le prétexte était peu convaincant. Elle imaginait que Jeanne Senclar ne s'était pas non plus laissé abuser.

L'homme aux cheveux gris voulut savoir pourquoi il leur fallait prendre un bateau. Son français était quasiment parfait, bien meilleur que celui de Belina.

« Sir Arliston, les garçons préféreront de loin le bateau. C'est bien plus agréable pour les enfants. Mes fils le disent toujours. Mes fils sont… »

—Peu m'importent vos fils, l'interrompit la femme d'âge

mûr. Je présume qu'ils sont trop jeunes pour voyager en bateau. Le cours de la rivière a l'air dangereux. Nous ferions mieux de passer par ce très beau pont pour traverser jusqu'à l'autre rive.

—Cela prendrait bien trop longtemps, contra Barvaux sans hésiter.

—Et pourquoi donc ? » Le ton de la femme était assurément autoritaire.

« Parce que nous sommes jour de marché et que le gardien des portes s'assure que tout le monde s'acquitte du montant requis pour le péage. » Il indiqua de sa main libre les foules de gens qui se trouvaient aux deux extrémités du pont Barlet. « Les agents des poids et mesures vérifient toutes les marchandises qui entrent et sortent de la ville. Voyez donc tous ces ânes et mulets qui attendent près de la tour cochère. »

Ils contemplèrent la file de chariots qui attendaient de traverser le pont à la sortie de Condom, ainsi que celle – encore plus longue – qui patientait du côté de la Bouquerie. Une bête de somme, sur laquelle était juchée la femme d'un paysan avec ses emplettes, bloquait l'entrée de la cité pendant que le paysan et le gardien des portes se disputaient au sujet du montant du péage. Ânes et mulets protestaient avec véhémence, tout comme leurs maîtres.

« Je suis certaine que nous pourrions rejoindre la file et nous acquitter du péage, affirma la dame. Ceux qui voyagent à pied n'attendent pas si longtemps pour payer leur droit de péage, et il n'est pas très coûteux. Ne faites pas le Hollandais en refusant de vous départir du moindre sou.

—Voyons, ma chère, intervint son mari, cet homme *est* un Hollandais.

—Cela m'étonnerait, rétorqua-t-elle d'un ton abrupt. Il m'a tout l'air d'un Grec. Ses cheveux noirs bouclés, sa fossette au menton et ses sourcils qui se rejoignent presque ; ce sont tous là des attributs de Grec. »

Le regard de Barvaux brillait de colère, mais il ne dit pas un mot.

« Messire Barvaux est flamand, déclara Jeanne Senclar en prenant Barvaux par le bras et en pressant sa poitrine contre lui.

—Voilà qui explique son accent, alors.

—Comme je vous l'ai dit, les assura Barvaux de son ton le plus mielleux, il vaudrait mieux pour les garçons traverser la rivière en bateau.

—Le cours de l'eau est beaucoup trop agité, fit remarquer l'homme aux cheveux gris.

—Sir George, s'il vous plaît, nous aimerions tant y aller en bateau. Comme au bon vieux temps, quand…

—Le bon vieux temps est révolu, désormais, Richard. »

Le cadet des garçons se mordilla la lèvre. « Mes excuses, je l'oublie sans arrêt. » Il se tourna vers son frère et lui dit : « *t'as néirens wéi doheein.*

—Et muss een d'Saachen huelen wéi se kommen, lui répondit l'aîné.

—Et muss ee sech der Decken no strecken », énonça Barvaux.

Tout le monde le dévisagea avec stupéfaction. « Comme vous êtes brillant, Philippe, Dame Jeanne s'enthousiasma. Rapportez-moi ce que vous leur avez dit, je vous en prie.

—Il faut savoir naviguer avec le vent.

—Est-ce en luxembourgeois ? » Il acquiesça. « Et qu'ont dit les garçons ?

—J'ai oublié. Rien d'important, quoi qu'il en soit.

—Au contraire, répliqua Sir George. Ils ont dit "rien ne vaut son chez-soi" et "il faut prendre les choses comme elles viennent". » Il dévisagea Barvaux. « Des expressions appropriées pour des personnes qui sont en voyage, ne trouvez-vous pas ? »

Barvaux secoua la tête.

Belina scruta le quai à la recherche de Guillaume et Jordi. Elle fut soulagée de voir Christau et Jordi à bord de leur embarcation, en train de rentrer les rames. Le courant déportait la barque, et Guillaume et deux autres hommes étaient à quai pour s'assurer qu'elle ne rompe pas ses amarres. La rivière était très haute, des vagues d'eau boueuse venaient régulièrement se déverser sur le quai. Les gens qui s'y tenaient étaient très mouillés.

L'aîné des garçons écarta Belina du bras et pointa du doigt la barque de Jordi. « Nous pourrions prendre ce bateau, là, dit-il.

—Certainement pas, rétorqua Barvaux en empoignant la chemise du garçon.

—Lâchez-moi immédiatement, lui ordonna ce dernier.

—Non.

—Obéissez, Flamand. »

Barvaux ne lâcha pas prise de sa chemise.

« Messire de Bruges, exigea Sir George Harliston, ôtez votre main de la chemise de mon neveu. »

Barvaux refusa d'obtempérer et Sir George tenta de la retirer de force.

Belina saisit l'opportunité qui s'offrait à elle. Elle prit le cadet des garçons par le bras et se précipita vers l'embarcation de Christau. À bout de souffle, elle plaça le garçon dans les bras de Jordi et lui dit : « Je vais retourner chercher son frère aîné.

—Non, Belina, intervint Guillaume. Je vais m'occuper du garçon. Reste près des deux personnes qui les escortent, afin de pouvoir les mener aux écuries. As-tu demandé à Antoni de seller trois chevaux ?

—Oui.

—Très bien. » Guillaume s'avança vers Jeanne Senclar et la saisit par les épaules.

« Aïe ! s'écria-t-elle. Philippe, aidez-moi ! »

Barvaux n'y prêta pas attention et continua à s'accrocher à la chemise du garçon.

Lady Harliston mit son bras autour des épaules de l'enfant. « Ne t'inquiète pas, Édouard. Nous allons t'ôter des pattes de ce malappris dès que nous le pourrons. »

De son autre main, Barvaux retira le bras de Lady Harliston.

Il y avait maintenant deux femmes en train de crier, les cris de Jeanne Senclar étaient les plus stridents. Guillaume la tira en arrière et la poussa dans les bras d'un pêcheur. « Tenez-la aussi fermement que possible. Ne la laissez pas s'échapper », lui ordonna-t-il en gascon.

L'homme lui obéit avec ferveur, retenant Jeanne Senclar de ses mains sales. Il ne prêta aucune attention à ses protestations furieuses et frénétiques en français.

« Troubat, aidez-moi ! » hurla Jeanne Senclar à l'intention d'un homme qui débarquait avec grande précaution du plus gros des bateaux qui bravaient les eaux turbulentes.

Il la lorgna du regard, mais garda ses distances.

« Est-ce enfin le chef batelier ? lança Barvaux d'une voix rageuse.

—Oui.

—Alors, faites en sorte qu'il fasse monter ce garçon et cette femme dans le bateau, somma-t-il Dame Jeanne.

—Aidez-moi d'abord à me libérer de ce paysan malodorant, cria-t-elle. Où est l'autre garçon ?

—Je l'ignore. C'est l'aîné qui importe le plus.

—Pourquoi ?

—Parce que je le dis. Je vous le répète, ordonnez à votre batelier de faire monter ces deux personnes dans le bateau.

—Je ne le peux pas.

—Pourquoi pas ?

—Parce que ce n'est pas mon batelier. C'est le batelier de mon époux. Je ne connais rien aux bateaux ou aux bateliers.

—Voici l'occasion d'y remédier », observa Barvaux sèchement, retenant toujours le garçon et Lady Harliston.

Belina supposa que Guillaume et l'autre homme hésitaient à se jeter sur Barvaux car ils craignaient qu'il ne fasse du mal à ses deux prisonniers. Elle examina la grande embarcation des Senclar avec ses trois membres d'équipage et réalisa que même si Guillaume arrivait à faire monter l'aîné des garçons dans la barque de Christau et qu'ils filaient le long de la rivière, le bateau des Senclar les rattraperait. Et ensuite ? Elle frissonna et adressa une brève prière à la Vierge Marie.

Tandis qu'elle se concentrait sur sa prière, Guillaume saisit Barvaux par les cheveux, tira sa tête vers le haut et scruta sa cicatrice.

« Les hommes de sénéchal se feront un plaisir d'examiner cette cicatrice vieille de quinze ans, lui dit-il. La forteresse regorge d'instruments permettant d'"examiner" de quelle manière vous avez obtenu cette cicatrice. Après quoi, la corde du bourreau la recouvrira. »

Barvaux lâcha prise de Lady Harliston et tenta de frapper Guillaume au visage.

« Vite, Belina, emmène la dame à notre bateau et attends là », l'enjoignit Guillaume en gascon.

Soulagée de pouvoir s'éloigner d'une possible échauffourée, Belina s'exécuta. Guillaume survivrait-il ? Mais ce n'était pas le moment de faire une autre prière. Elle courut jusqu'à l'embarcation de Christau avec Lady Harliston. Le cadet des garçons y était retenu contre son gré et protestait dans une langue qu'elle ne comprenait pas. Était-ce du luxembourgeois ? Était-ce de l'anglais ? Après tout, elle n'avait jamais entendu que Guillaume parler anglais, ainsi qu'un très rare mot grogné par Sir John. Elle expliqua à Lady Harliston dans son meilleur français le plan qu'avait élaboré Guillaume pour leur permettre de s'échapper.

« Je sais que ça a l'air dangereux, déclara-t-elle à la femme âgée, mais mon mari est convaincu qu'il s'agit de la seule solution.

—Nous attendrons et nous verrons bien – et nous placerons notre foi en Dieu, bien entendu », vint la réponse réconfortante.

On entendait toujours Jeanne Senclar hurler dans les bras du pêcheur, mais il était difficile de voir ce qui était en train d'arriver à l'aîné des garçons. Il semblait être au cœur d'un bras de fer acharné. Belina se mordilla la lèvre, osant à peine regarder. Maintenant que la main droite de Barvaux était libre, il pouvait facilement frapper l'homme âgé et l'assommer, ou même le tuer. Il pouvait également poignarder l'homme et Guillaume. Son cœur battait à tout rompre. Il pouvait poignarder le garçon, qu'il comptait tuer dans la rivière de toutes les façons, après tout. Elle s'essuya désespérément les mains sur sa jupe.

« Ne soyez pas si inquiète, ma chère, lui intima Lady Harliston. Mon époux est un combattant aguerri et votre homme a l'air très compétent, lui aussi. Je pense qu'ils cherchent un moyen de piéger le Flamand, de lui faire baisser sa garde. Ainsi, ils risquent moins de mettre Édouard en danger.

—Oui, répondit Belina d'un ton empli de doute, continuant à lisser sa jupe nerveusement.

—Il est très important qu'aucun mal ne soit fait à Édouard. C'est plus important que de sauver mon mari, ou le vôtre. » Elle marqua une pause et s'efforça de sourire. « Mais vous ne le réalisez pas, bien évidemment, ajouta-t-elle.

« Si. Je réalise tout à fait ce que vous voulez dire. Mais ce n'est pas le moment de parler de ça », chuchota Belina. Elles étaient entourées de bateliers qui s'accrochaient à la corde d'amarrage de Christau, ou à d'autres cordes d'amarrage. Le moment était mal venu pour aborder le sujet de complots anglais malveillants. Ou s'agissait-il à l'origine de complots français ourdis par le roi Louis ? Il lui faudrait poser la question à Guillaume. Mais pas maintenant.

Elles continuèrent à suivre les mouvements des cheveux clairs de Guillaume, des cheveux gris de Sir George et des boucles noires de Barvaux. Les hurlements de Jeanne Senclar se poursuivaient, sous les regards amusés d'autres pêcheurs qui s'étaient attroupés autour d'elle. Elle avait perdu son fichu élégant et Belina aperçut une poissonnière qui s'éclipsait avec.

Barvaux réussit soudain à se dégager et se mit à traîner le garçon vers le bateau des Senclar, qui tirait avec force sur sa ligne d'amarrage.

« Lâchez-moi », s'écria à nouveau Édouard.

Un homme qui menait une charrette tirée par un âne se jeta sur Barvaux de derrière, dans ce qui ressemblait à un plaquage de soule. Les pêcheurs qui se tenaient autour de Dame Jeanne l'applaudirent. Mais malheureusement, Édouard fut lui aussi précipité au sol violemment et appela à l'aide, ou du moins le supposait Belina d'après le ton de sa voix.

Elle vit Guillaume se pencher par-dessus le corps tressautant de Barvaux et le relever sans ménagement. Sir George releva Édouard avec beaucoup plus de douceur. Il s'adressa à l'homme qui avait plaqué Barvaux, et ensemble ils placèrent le garçon aussi délicatement que possible dans le chariot et le calèrent contre des sacs de légumes. Le trajet n'allait pas être confortable, et c'était une bonne chose qu'il ne serait pas long. Guillaume les aida en stabilisant le chariot tandis qu'il cahotait le long du quai, passant le pont Barlet et arrivant bientôt à hauteur de la barque remuante de Christau. Pendant ce temps, Sir George poussait Barvaux contre un bollard, profitant de la blessure à la jambe de son antagoniste.

Belina se demanda comment Édouard arriverait à monter dans un bateau, et elle avait de sérieux doutes quant au fait qu'il survivrait au voyage jusqu'au moulin d'Autièges. Guillaume grimpa non sans difficulté dans la barque et tendit les bras vers Édouard, mais celui-ci laissa échapper un gémissement et refusa. Son frère cadet tenta de quitter l'embarcation et Jordi dut le retenir fermement.

Belina jeta un regard en direction de Sir George, qui luttait toujours contre un Barvaux farouche mais claudicant, ce dernier bénéficiant de l'aide assez inefficace de Troubat. Elle supposa que Sir George tentait de donner à Guillaume le temps de placer les deux garçons en sécurité sur le bateau de Christau, avant que celui des Senclar ne puisse le prendre en chasse. Mais elle réalisa ensuite que Sir George ne devait pas être au courant du plan de fuite hasardeux de Guillaume. Son époux n'aurait pas osé l'en informer en anglais en présence de Barvaux, qui parlait plusieurs langues.

« Lady Harliston, implora Guillaume en anglais, persuadez le garçon de monter à bord de l'embarcation sur-le-champ, je vous en prie. C'est sa seule chance de s'en tirer vivant. Le Flamand est résolu à le tuer et je ne pense pas que votre mari puisse le détenir encore bien longtemps. Plus le garçon hésite, plus le danger est grand pour votre mari.

—Tu as entendu, Édouard, enjoignit Lady Harliston. Monte à bord de ce bateau, afin que nous puissions tous être sains et saufs.

—Je n'irai pas sans vous, Lady Harliston, geignit-il.

—Si, tu vas le faire. Nous nous retrouverons plus tard en aval. Tout ira bien, ne t'inquiète pas. Mais je t'en prie, fais ce que je te dis de faire, et fais-le immédiatement. Que penserait ta mère si elle te voyait hésiter ainsi ?

—Vais-je revoir Mamm un jour ?

—Je l'espère de tout cœur. Comme tu le sais, elle est en sécurité et en bonne santé à Westminster.

—Comment puis-je en être certain ?

—Ton oncle ne lui fera aucun mal, tu peux être certain de cela. C'est un homme aimable et bienveillant.

—Oui. » Le garçon semblait avoir des doutes.

Lady Harliston le poussa dans les bras tendus de Guillaume et lui dit : « *Adi*, Édouard.

—*Adi*, Lady Harliston. »

Guillaume plaça le garçon avec beaucoup de soin sur les coussins. Son frère cadet était assis de manière peu confortable au fond de la barque et il agrippait les bords de l'embarcation, l'air très anxieux. Ses lèvres remuaient. Belina supposa qu'il adressait une prière à la Vierge Marie. Guillaume et Jordi étaient assis en travers, dos à la proue. Christau leur faisait face, sa main tenant fermement le gouvernail.

« Larguez les amarres ! » Christau signala aux bateliers qui se trouvaient à quai. Ils déroulèrent la corde avec grand effort et la barque fila avec le courant furieux de la Baïse, guidée de main experte par Christau le long du chenal étroit qui séparait le quai du moulin de la ville. Belina les suivit du regard, tenaillée par l'angoisse, ses mains lissant sa jupe sans cesse. Guillaume et Jordi se mirent à ramer. Ça avait l'air très difficile et dangereux.

Belina réussit à reprendre ses esprits et demanda à Lady Harliston de se rendre un peu plus loin le long du quai et de s'asseoir sur un bollard, pendant qu'elle allait chercher Sir George. Elle rejoignit en courant l'endroit où Sir George repoussait Barvaux contre les pêcheurs qui étaient attroupés autour de Dame Jeanne.

« Philippe, Philippe, au secours ! »

Mais Barvaux avait vu l'embarcation de Christau quitter le quai. Il boitilla jusqu'au bateau des Senclar, dont les deux épaisses cordes d'amarrage étaient tendues commes celles d'un arc. Les bateliers le fixaient de leurs yeux ronds.

« Aidez-moi à monter à bord et larguez immédiatement les amarres !» leur ordonna Barvaux.

Ils continuèrent à le dévisager, mais ne bougèrent pas d'un pouce.

« Dépêchez-vous, hurla Barvaux.

—Ce bateau ne va nulle part tant que le chef batelier ne nous en a pas donné l'ordre.

—Je vous en ai donné l'ordre. Cela devrait suffire. »

Ils le lorgnaient toujours fixement tandis qu'il tentait de grimper à bord du bateau tanguant, gêné par sa jambe blessée.

« Eh bien, aidez-moi ! s'écria-t-il. Ne voyez-vous pas que ma jambe est meurtrie ? » Il regarda autour de lui, cherchant Troubat des yeux. Le chef batelier se tenait à quelques pas de là, en pleine discussion avec deux pêcheurs sur le quai.

« Dépêchez-vous, Troubat, le pressa Barvaux. Il nous faut prendre en chasse cette barque.

—Nul besoin, messire. Le message que Dame Jeanne m'a fait parvenir indiquait que deux garçons voulaient rejoindre l'autre rive en bateau. » Il pointa du doigt l'embarcation de Christau, qui filait en direction du moulin de la ville et du chenal de la rive droite de la Baïse. « Ils sont déjà à bord d'un bateau.

—Je le sais très bien, rétorqua Barvaux sèchement. Il vous faut le rattraper. Vous gaspillez du temps précieux.

—Le cours de la rivière est trop périlleux, messire. Vous le voyez vous-même.

—Cette barque navigue sans mal. Vous pourriez faire de même.

—Seulement si on m'en avait donné l'ordre.

—*Je* vous en ai donné l'ordre.

—Vos ordres n'ont aucun poids. Nous n'obéissons qu'aux ordres du consul Senclar. Et il ne souhaite pas être dérangé. » Troubat laissa échapper un ricanement. « Il est très occupé en ce moment.

—Sir George, chuchota Belina, nous devons les laisser et rejoindre à cheval un moulin en aval, où l'embarcation sera amarrée.

—Mais nous avons laissé nos chevaux aux écuries des Senclar, où ils récupèrent de notre voyage.

—Cela ne fait rien, Sir George. Trois montures du diocèse sont sellées et prêtes à nous emmener. Le palefrenier de mon mari nous attend à la porte de derrière des écuries et votre épouse nous attend là-bas, assise sur ce bollard. » Elle lui indiqua Lady Harliston.

Belina mena Sir George à travers la foule de badauds qui observaient les pêcheurs en train de retenir Dame Jeanne. Elle entendit certains d'entre eux parier sur le temps qui s'écoulerait avant que l'un des domestiques des Senclar arrive pour lui porter secours.

CHAPITRE VINGT-SEPT

Belina et les Harliston marchèrent jusqu'à l'entrée côté rivière des écuries de la cathédrale, où Antoni les attendait en tenant la bride de trois grands chevaux, qui secouaient la tête pour éloigner les mouches. Il aida les Harliston à monter en selle, avant de grimper lui-même sur le troisième cheval. Belina se demandait comment elle allait faire pour monter derrière lui avec sa lourde jupe maculée de boue, mais Miqueu apparut et la souleva pour la placer derrière Antoni. N'étant pas une cavalière très expérimentée, elle espéra que sa monture ne galoperait pas trop vite.

« Accrochez-vous bien à ma taille, lui ordonna Antoni. Vous êtes trempée et couverte de boue. Prenez garde à ne pas glisser. » Il éperonna les flancs de sa monture et ouvrit la voie en direction du chemin de halage. La pluie avait rendu le terrain glissant et par endroits l'eau de la rivière le recouvrait, obligeant Antoni à avancer très lentement. Mouches et moustiques bourdonnaient, importunant les montures et leurs cavaliers. De l'eau, des arbres qui les surplombaient, leur dégoulinait dessus. Le trajet était tout sauf aisé. Belina se demanda comment les Harliston allaient s'en tirer, d'autant plus qu'ils devaient être fatigués après leur voyage. Elle se retourna avec beaucoup de précaution pour vérifier que tout allait bien.

« Tenez-vous tranquille, Dame Belina, lui intima Antoni sur un ton abrupt.

—Mais je voulais voir si les deux autres étaient toujours là et comment ils s'en sortaient.

—Je les entends, répondit-il, et j'ai déjà remarqué qu'ils sont tous deux des cavaliers très compétents.

—Je suis désolée, Antoni, s'excusa Belina.

—Contentez-vous de ne pas bouger. »

Belina s'aperçut qu'Antoni scrutait la rivière sur leur gauche. « Voyez-vous la barque de Christau ? lui demanda-t-elle.

—Non. Ils sont peut-être plus loin. Le cours de la rivière est très rapide. Trop rapide pour naviguer en sécurité, à mon avis.

—C'est aussi mon avis. Je suis très inquiète au sujet de mon mari.

—Votre époux prend des risques, mais jamais de risques inconsidérés. D'après mon expérience, il fait toujours preuve d'un grand discernement. »

Antoni continua à fouiller du regard la rivière. Il arrêta soudain sa monture derrière un bosquet d'arbres qui occultait presque entièrement le cours d'eau, tourna la tête et porta le doigt à sa bouche.

Ils attendirent dans le silence le plus total tandis qu'Antoni guettait la rivière à travers les branches. Belina était perplexe, mais elle se tint immobile.

Sir George déplaça très légèrement son bras gauche et ils regardèrent dans la direction qu'il indiquait. Le grand bateau des Senclar apparut, quatre bateliers souquant ferme tandis que Barvaux tenait la barre. Il guidait prudemment la lourde embarcation entre les branches qui descendaient la rivière à vive allure et un groupe d'arbres à demi submergés qui se trouvaient le long de la berge. Belina ignorait qu'il savait barrer un bateau, mais elle supposa qu'il avait dû apprendre à Bruges, ou peut-être sur la Tamise. Elle savait très peu de choses au sujet de Barvaux, après tout, bien qu'elle ait passé plusieurs jours en sa compagnie.

Barvaux ne donnait aucun signe de panique malgré le danger que constituait la rivière dans son état actuel. Au contraire, un observateur aurait pu présumer qu'il connaissait très bien les méandres de la Baïse. C'était très inquiétant. Allait-il rattraper le bateau de Christau ?

Antoni se remit à avancer et ils arrivèrent à un endroit où un sentier rocailleux longeait le chemin de halage boueux. Il leur permit de se déplacer plus rapidement, et ils arrivèrent bientôt aux étangs à poissons du château de Cahuzac. Antoni leur fit passer prudemment le gué du ruisseau à l'est des étangs, puis ils regagnèrent le chemin de halage.

Ils découvrirent avec stupeur que l'embarcation de Christau n'avait pas beaucoup d'avance sur celle des Senclar et ses quatre rameurs. Christau contournait les étangs, tandis que Barvaux avait opté pour un trajet plus court en les traversant. S'il y parvenait, il rattraperait la barque de Christau.

Belina pria avec ferveur, plus désespérément qu'elle ne l'avait encore jamais fait. Elle n'osait pas regarder ce qui était en train de se passer. Antoni avait accéléré la cadence de sa monture, ce qui était tout sauf rassurant.

Un craquement retentissant se fit soudain entendre. Antoni s'arrêta un moment et Belina se retourna, craignant une collision entre les deux bateaux. Si tel avait été le cas, elle serait bientôt veuve, quelle que soit la détermination avec laquelle Guillaume s'opposerait à Barvaux.

Mais les deux embarcations ne s'étaient pas rentrées dedans. Les prières ferventes de Belina avaient été exaucées. Elle constata avec grand soulagement que le bateau des Senclar avait percuté les murets submergés du plus petit des étangs. La lourde embarcation tournait sur elle-même et deux de ses rames s'en éloignaient en flottant. Barvaux criait et jurait par-dessus le grondement de la rivière. Troubat pestait contre Barvaux et exigeait qu'il lui laisse sa place afin qu'il puisse dégager le bateau des étangs. Les trois rameurs avaient pris le parti de Barvaux et empêchaient Troubat de prendre la barre. Barvaux s'y accrochait fermement et il asséna un coup de poing si violent dans la poitrine du chef batelier des Senclar que ce dernier faillit passer par-dessus bord.

Pendant ce temps, le crépuscule tombait. Belina réalisa qu'il leur fallait encore rallier le moulin de Beauregard, puis celui d'Autièges. Leur périple le long du chemin de halage était loin d'être à son terme. Antoni éperonna les flancs de son cheval et ils repartirent à vive allure. Belina s'accrocha du mieux qu'elle put à la taille d'Antoni, secouée de haut en bas à l'arrière de sa monture.

Son cœur aussi était bringuebalé tandis qu'elle s'efforçait de ne pas penser aux jeux de son enfance avec Jordi, Géraud et Christau près du moulin de Beauregard, sur le chemin du retour de l'école. Ils avaient eu pour habitude de contempler l'énorme roue à aubes (plus grande encore que celle de leur moulin à Autièges) qui faisait bouillonner l'eau de la rivière s'écoulant dessus. Le vacarme des eaux rapides qui plongeaient par-dessus le haut barrage était encore plus impressionnant. Elle se souvint d'un après-midi, autrefois, alors qu'ils avaient vu tous les quatre le cadavre d'une chèvre emporté par-dessus le barrage, et la manière dont les pattes et la tête s'étaient détachées du torse de l'animal, avant de disparaître dans les eaux tourbillonnantes.

Lorsqu'ils arrivèrent au pied d'une falaise, Antoni arrêta si brusquement sa monture que Belina faillit tomber. Il pointa du doigt la rivière et elle en scruta la surface dans la lumière déclinante, pour voir ce qu'il s'y passait. La barque de Christau était proche d'eux, filant à vive allure. Le souffle coupé, Belina ne pouvait détacher son regard. Elle tenta de se calmer en répétant des prières sans cesse. Elle fut saisie d'effroi lorsqu'elle vit Christau virer soudainement dans la direction opposée à celle de la falaise, tandis que Jordi et Guillaume ramaient vers la rive gauche, en direction du barrage. Belina ferma les yeux très fort, tentant en vain de chasser le souvenir de cette chèvre morte, fracassée jadis sous le barrage.

Quelqu'un cria derrière elle et elle ouvrit les yeux. Le bateau des Senclar surgit de la pénombre, Barvaux toujours à la barre. Il vira lui aussi abruptement en direction de la rive gauche. Belina se griffa les joues, laissa échapper un cri de stupeur et faillit à nouveau tomber de cheval. Elle se pressa contre Antoni, cherchant sans succès à enfouir sa tête dans son dos.

« Ah, murmura Antoni, voilà qui est fort habile. » Il indiqua la scène spectaculaire qui se déroulait sous leurs yeux. Christau avait à nouveau viré soudainement, complètement vers la droite cette fois, et sa barque filait le long de l'étroit chenal qui séparait la falaise du moulin. Barvaux ne put faire virer la lourde embarcation des Senclar suffisamment rapidement, et celle-ci fut emportée dans le bief de la rivière qui affluait à toute allure vers le barrage et la roue à aubes du moulin.

Belina retenait toujours son souffle tandis qu'elle suivait du regard la barque de Christau, qui fusa le long du chenal et passa sous le pont en bois qui menait au moulin. Antoni se retourna, adressa un sourire à Belina et fit avancer sa monture le long du sentier, s'arrêtant juste après le moulin. Ils contemplèrent le tableau que formait l'eau se déversant furieusement par-dessus le haut barrage et s'écrasant en contrebas sur les débris de l'embarcation des Senclar, propulsant des planches éparses et des rames en aval, emportant avec elle les corps brisés de son équipage.

Sir George pointa du doigt la roue du moulin qui s'élevait au-dessus d'eux. Belina distingua brièvement une tête qui chutait à vive allure, accrochée à l'une des pales, mais la roue tournait trop vite pour lui permettre d'indentifier à qui elle avait appartenu. Ce qui n'était pas plus mal.

Elle y vit la certitude que les prières qu'elle avait adressées avec ferveur à la Vierge Marie près des étangs à poissons de Cahuzac avaient été entendues. Belina se signa, récita trois *Salve Regina*, puis entama un *Te Deum*.

Mais Antoni coupa court à sa joie intense en lançant son cheval dans le crépuscule, afin de rallier le plus vite possible le moulin d'Autièges, indiquant de temps à autre des morceaux de rames et de planches du bateau broyé des Senclar qui flottaient avec le courant. Lorsqu'ils atteignirent le moulin d'Autièges, la demeure où elle avait grandi, Belina n'était pas loin de tomber de sommeil. Guillaume la souleva du cheval et la posa au sol.

« Je suis si heureuse de te voir », lui dit-elle d'une voix rauque en l'étreignant.

CHAPITRE VINGT-HUIT

Guillaume l'aida à traverser le pont étroit et à entrer au moulin. Quelqu'un allumait des chandelles de suif au moyen d'une lanterne. Un feu flamboyait de l'autre côté de la pièce. De la buée s'échappait de vêtements trempés qu'on avait placés devant le feu, drapés sur un banc de cheminée.

« Tiens-toi ici, lui ordonna Guillaume, pendant que j'enlève ta tunique boueuse. »

Belina protesta, mais son époux n'y prêta aucune attention. Il lui ôta l'habit lourd et enveloppa Belina, qui ne portait plus que sa fine chemise d'été, dans une couverture. Il la fit s'asseoir près du feu.

« Maintenant, bois cette *aygue ardente.* » Il plaça dans sa main une coupe et l'observa tandis qu'elle en vidait le fougueux liquide.

Belina fit la grimace lorsqu'elle eut terminé. « Pouah.

—Billevesées. C'est un bon remède et tu en as bien besoin, déclara Guillaume en remplissant à nouveau la coupe.

—Je ne peux pas en boire une goutte de plus, Guillaume, protesta Belina.

—Et tu ne le feras pas. C'est pour nous. »

Belina fit le tour de la pièce du regard en espérant que les autres n'avaient pas trop vu de sa personne lorsque Guillaume lui avait ôté sa tunique. Son frère tendait la coupe à l'aîné des garçons, qui humait le liquide d'un air circonspect.

« Buvez-en donc, jeune homme, lui intima Jordi. Cela vous séchera plus sûrement que de vous essuyer. » Le prince but une gorgée très prudente, puis trois autres avec plus d'enthousiasme. « Voilà, garçon, comme ça. Réchauffez-vous les entrailles. Cela vous fera du bien. »

Le prince lui sourit et porta la coupe aux lèvres de son frère. « Prends de petites gorgées, Richard. Il a raison, tu sais. Cela réchauffe bien. » Mais le prince Richard fit non de la tête et repoussa la coupe. « Fais attention. Ne me fais pas renverser le breuvage », l'admonesta son aîné, avant de rendre la coupe à Jordi, qui la tendit à Lady Harliston.

Elle renifla délicatement le liquide. « Qu'est-ce donc ? voulut-elle savoir.

—De l'*aygue ardente* », répondirent en chœur tous les Gascons présents.

Elle en but un peu et fit la grimace. « En effet, cela brûle. Une gorgée me suffit largement. » Elle tendit la coupe à son mari, qui avala sans hésiter plusieurs gorgées.

« C'était exactement ce dont j'avais besoin. Merci. »

Guillaume prit la coupe et la posa sur le buffet. Il s'adossa au mur et leur dit : « Nous devons maintenant nous entretenir de la prochaine étape de votre voyage, avant qu'Antoni ne nous rejoigne lorsqu'il se sera occupé des chevaux. Il vaut mieux qu'il ne sache pas où vous vous rendez.

—Je ne pense pas qu'Antoni le répéterait à qui que ce soit, Guillaume, intervint Belina.

—Pas de son plein gré, mais il est plus sûr qu'il ne le sache pas. » Il fronça les sourcils. « Au cas où le chef palefrenier n'ait pas apprécié qu'Antoni prenne trois chevaux sans sa permission et qu'il exige des explications. »

Quelques-unes des remarques suivantes de Guillaume échappèrent à Belina, mais elle comprit qu'il projetait de faire emmener les princes et les Harliston sur la rive gauche par les deux travailleurs du moulin. Guillaume se tourna vers l'aîné des deux et lui demanda s'il leur serait possible de le faire.

« Y a-t-il la place sur votre embarcation pour cette famille de quatre personnes, ainsi que pour votre collègue ? »

La réponse se fit attendre. Guillaume commença à répéter sa question, mais l'homme l'interrompit en expliquant qu'il avait prévu de se rendre en aval le lendemain avec une cargaison de sacs de farine, qu'il comptait vendre à Moncrabeau et Nérac, tout en cherchant le propriétaire du moulin, qui était absent depuis plus d'une semaine maintenant. « Je pense qu'il lui est peut-être impossible de remonter le cours de la rivière avec sa barque, mais il pourrait également être souffrant ou avoir subi une mésaventure. »

Guillaume lui demanda si le bateau des travailleurs du moulin pouvait transporter cinq personnes en plus des sacs de farine.

« Non, il est trop petit pour ça. » Il versa le reste de l'*aygue ardente* dans sa coupe, tandis que Guillaume dissimulait son impatience derrière un sourire figé.

Belina reconnut cette stratégie et elle espéra que l'assistant du meunier allait se décider sans plus tarder. Accepterait-il mal de recevoir des ordres de Guillaume ?

« Mateu emmènera la dame et les garçons jusqu'à l'autre rive et les laissera à la jetée. Lorsqu'il sera de retour, nous chargerons les sacs de farine, puis messire pourra monter à bord avec moi.

—Cela me semble une bonne idée, commenta Guillaume, en lui adressant un sourire sincère cette fois. Nous dirons à Antoni, poursuivit-il, que le groupe descendra la rivière, passant Nérac pour atteindre la Garonne et rallier ensuite Bordeaux, alors qu'en réalité vous marcherez jusqu'aux écuries de Magentat, qui ne se trouvent pas très loin, pour y acheter trois chevaux.

—Et si la personne qui nous vend les chevaux aperçoit les deux garçons et parle d'eux par la suite ? s'enquit Sir George. Leurs cheveux clairs lui resteraient en mémoire, ainsi peut-être que nos cheveux gris.

—Votre remarque est très juste, répondit Guillaume. Il vaudra mieux que les garçons se dissimulent derrière un buisson, ou quelque chose de ce genre, pendant que vous achetez les montures. Mentionnez que vous devez vous rendre à cheval à Nérac car la rivière est trop périlleuse à descendre en bateau. Je suppose que vous êtes prêt à acquérir trois chevaux, Sir George ?

—Bien entendu. Cela ne représentera pas le moindre souci. » Sir George tapota sa bourse épaisse et pesante sous la couverture.

Guillaume ajusta sa position contre le mur et continua à esquisser l'itinéraire qu'il avait prévu pour eux. « Il vous faudra traverser l'Osse, les informa-t-il, mais elle est moins large que la rivière ne l'est ici.

—Elle pourrait être en crue, Messire Lansac, fit remarquer Mateu en mettant plus de bois sur le feu. Je ne suis pas certain de pouvoir la traverser avec trois chevaux.

—Essayez le petit pont de bois qui se trouve en aval des Capots de l'Osse, suggéra Guillaume. Et si la rivière est trop haute, là aussi, allez voir au moulin de Caillaouse, en amont. » Il marqua une pause. « J'imagine que vous savez comment vous y rendre, dit-il pour s'en assurer.

—Je préfère le moulin que la léproserie. J'aimerais mieux éviter cette dernière. Je n'ai aucune envie de devenir un lépreux. »

Guillaume eut un haussement d'épaules. « Une fois la rivière traversée, vous devriez prendre la direction d'Heux, puis celle du monastère de Rombœuf. Prenez vers le sud lorsque vous y serez arrivés et ralliez Fourcès, puis Montréal. Prenez garde à ne pas y être vus. »

Guillaume continua à prodiguer ses instructions. « Ensuite, dirigez-vous vers le sud-ouest, en direction de La Mothe et Pardelhan. Prenez à gauche sur la Tenafreza, puis traversez le Grand Chemin entre Eauze et Condom.

—Très bien, acquiesça Mateu, avant d'avaler une autre lampée d'*aygue ardente*.

—Lorsque vous serez à Pardelhan, trouvez quelqu'un qui connaît très bien la Tenafreza et confiez-lui votre cheval et votre groupe, sans lui dire d'où vous venez. » Mateu eut l'air sceptique. « Prétendez que vous êtes tous venus de Mézin, lui intima Guillaume. Ensuite, vous reviendrez seul ici à pied. »

Mateu fit grise mine à ces mots. « Oui, Messire Lansac. » Il s'empara de la cruche vide d'*aygue ardente* et l'emmena dans la cuisine, où le suivit le travailleur du moulin plus âgé.

Guillaume expliqua aux Harliston que la Tenafreza était une grande route très ancienne qui suivait un tracé direct du nord au sud, en direction des Pyrénées, et ne traversait aucune rivière.

« Étant donné l'état des cours d'eau en Gascogne, commenta Sir George, il s'agit là d'un avantage certain. Le maréchal-ferrant de La Romieu nous a d'ailleurs parlé de cette route.

—Ce maréchal-ferrant connaît-il votre identité ? demanda Guillaume de manière assez abrupte.

—Nous lui avons dit que nous étions des pèlerins venus de Lyon, en route pour Compostelle.

« Très bien.» Guillaume leur décrivit le reste de leur itinéraire, en leur expliquant qu'ils arriveraient à l'entrée de la vallée de l'Aure. « Passez la nuit au monastère de Rioumajou, puis entrez le jour suivant au royaume d'Aragon par le col du Plan, qui est moins élevé que les autres dans les environs, et poursuivez votre route vers le sud en direction d'Ainsa. Il vous faudra échanger de l'argent à la frontière et obtenir des maravédis.

« Oui, je le sais. Je crois comprendre que les formalités à la frontière sont assez fastidieuses.

—Elles le seraient si vous poursuiviez le long du Grand Chemin et que vous voyagiez à travers le Béarn, puis la Navarre, répondit Guillaume en croisant les bras. Cela vous exposerait non seulement à des retards ennuyeux et coûteux, mais aussi au risque que l'un des espions de Christopher Urswick vous retrouve. » Il marqua une pause. « Et vous assassine. C'est pour cela que je vous ai suggéré… »

Lady Harliston l'interrompit. Son regard était tourné vers la silhouette exténuée d'Antoni tandis que ce dernier ouvrait la porte. « Je vous suis très reconnaissante, Antoni, de nous avoir menés ici. J'espère que les chevaux vont bien. Celui que j'ai monté doit être très fatigué. » Elle lui sourit. « Il n'a certainement pas l'habitude d'un tel poids sur son dos.

—Il s'en remettra, Dame Arliston, répliqua le palefrenier. Il est en train de manger un bon repas, qui inclut de l'avoine que j'ai trouvée dans l'écurie du moulin. »

Guillaume cessa ses instructions et remercia lui aussi Antoni. Les travailleurs du moulin revinrent avec de la nourriture et du vin et ils se restaurèrent tous en silence.

Lorsque leur repas fut presque terminé, Guillaume dit à Antoni : « Pendant que tu étais dans l'écurie, j'ai expliqué aux autres ce qu'allait faire chacun de nous dès les premières lueurs du jour demain, avant l'aube.

—Chacun de nous ? » s'enquit Antoni. Il marqua une pause et but le reste de son vin, sa main tremblant légèrement.

« Antoni, lui dit Guillaume, sur le chemin du retour à Condom, nous élaborerons un récit très crédible afin d'expliquer pourquoi tu as emprunté trois chevaux sans avoir la permission du chef palefrenier. Ne t'inquiète pas. » Il adressa un sourire à son palefrenier.

« Mais je suis inquiet, Messire Guillaume », Antoni protesta.

Belina se leva et serra la couverture à elle. Elle traversa la pièce et se rendit auprès d'Antoni, qui tremblotait là où il était assis. Elle passa le bras autour de ses épaules. « Antoni, mon époux fera en sorte qu'il ne vous arrive rien. J'en suis certaine. » Elle sourit au palefrenier, posa brièvement la main sur son épaule, puis retourna s'asseoir sur l'archebanc près du feu.

« Que vais-je faire demain, Guillaume ? » Jordi remplit sa coupe de vin, qu'il partagea avec Christau. « Qu'avez-vous prévu pour nous deux ? Nous ne pourrons pas remonter la rivière jusqu'au moulin de Gauge dans notre barque pour quelques jours, au moins. Pour ce que j'en sais, il a peut-être plu sans interruption dans les Pyrénées depuis les orages de la semaine dernière, et la rivière sera impraticable pendant des lustres. » Il se rassit. Christau laissa échapper un profond soupir et fixa Guillaume du regard.

« Vous reviendrez avec nous à Condom à cheval, Jordi, déclara Guillaume sans hésiter.

—Et moi donc, Guillaume ? voulut savoir Christau. Quand et comment vais-je ramener ma barque au moulin de Gauge ? Y avez-vous pensé ?

—Si fait, Christau, lui répondit Guillaume. Je pense que la meilleure chose, de loin, serait que vous et votre barque restiez ici, dans ce moulin, pour quelques jours afin que vous puissiez tous deux récupérer. Après tout, l'embarcation aura peut-être besoin de quelque remise en état après un trajet si périlleux.

—Vous avez raison, Guillaume, reconnut Christau. Plusieurs fois j'ai cru que ma barque allait se briser dans le courant tourbillonnant, surtout lorsque nous étions proches du moulin de Beauregard.

—Nous avons suivi vos manœuvres à cet endroit, Christau, intervint Sir George. Vous avez fait preuve d'une grande inspiration, d'une vivacité d'esprit remarquable et d'une singulière compétence. Je ne saurais vous faire assez d'éloges. C'est lorsque vous avez soudainement viré sur la droite, à mon avis, que vous avez forcé le bateau des Senclar à s'exposer au courant du moulin, ce qui a fait qu'il s'est brisé près de la roue à aubes. Un acte admirable et très courageux de votre part. Je pense que nous devrions tous lever notre coupe en votre honneur. » Ils se passèrent les coupes et chacun d'entre eux la leva en saluant Christau, qui était visiblement gêné.

La dernière personne à lever sa coupe fut le prince Édouard. Il la garda en main, sourit à l'attention des deux travailleurs du moulin et déclara : « Et nous avons été fort bien reçus, ici à Autièges, malgré l'absence du meunier. Nous vous sommes très reconnaissants à tous les deux. » Il leva sa coupe et la fit tinter contre celle que les assistants du meunier partageaient. « Avec notre gratitude, poursuivit-il.

—Avec notre gratitude », tout le monde répéta à l'unisson.

Les travailleurs du moulin marmonnèrent quelque chose pour indiquer qu'il ne s'agissait là que d'hospitalité gasconne ordinaire. Puis ils débarrassèrent les assiettes vides et annoncèrent qu'ils étaient très fatigués, et qu'ils pourraient dormir dans la cuisine.

« Combien de personnes peuvent dormir dans la cuisine ? » leur demanda Antoni.

Ils réfléchirent un moment, calculant peut-être aussi le nombre de personnes qui pourraient dormir dans la pièce principale.

« Trois personnes de plus dans la cuisine. »

Antoni se leva. « Très bien. Ce sera Jordi, Christau et moi, déclara-t-il. Nous sommes tous les trois épuisés. Nous allons vous laisser, maintenant, si vous n'y voyez pas d'objection.

—Pas du tout. Je suis certaine que vous avez tous bien besoin de quelques heures de sommeil », répondit Lady Harliston.

Ils quittèrent la pièce tous les cinq, refermant la porte derrière eux.

Sir George se racla la gorge. « Il m'intéresserait de savoir comment et pourquoi vous avez déterminé que le Flamand était un homme dangereux. »

Belina décrivit aussi brièvement qu'elle en était capable son enquête au sujet de la mort d'un « pèlerin » à l'hospice Pradau, la manière dont elle avait identifié le poison et son hypothèse initiale selon laquelle il avait été tué par une empoisonneuse bien connue à Condom.

« Qu'est-ce qui vous a fait changer d'avis ? s'enquit Sir George.

—Il y avait ce Flamand qui logeait avec Rocca, le trésorier qui vivait à la résidence des employés de la cathédrale, où mon mari et moi habitons. Il n'avait de cesse de me faire perdre mon temps à vérifier si des tourtes mal cuites étaient vendues dans la rue.

—Et à t'emmener dans une trentaine d'échoppes, d'auberges et de tavernes également », ajouta Guillaume d'un ton acerbe.

Belina n'y prêta pas attention. Elle espéra qu'il ne l'accuserait pas en présence des Harliston d'avoir été trop cordiale envers Barvaux. Elle s'éclaircit la voix et poursuivit son récit, racontant comment elle s'était rendue dans le jardin et les cuisines des Senclar, avait interrogé le personnel et les résidents de l'hospice, vérifié le registre du garde du pont Barlet...

Guillaume se leva et la regarda en face. « Et quand as-tu changé d'avis au sujet de ce Flamand excessivement amical ? lui demanda-t-il.

—Il n'était *pas* excessivement amical, rétorqua-t-elle, sans pouvoir s'empêcher de détourner le regard. Il était pénible et me faisait perdre mon temps. » Cela lui parut une piètre réponse et elle craignit que Guillaume ne la trouve guère convaincante.

« Miqueu et d'autres palefreniers t'ont aperçue en sa compagnie. Alain également. J'exige des explications. » Guillaume la saisit par l'épaule. « La vérité, cette fois. On t'a vue entrer à la taverne du Serpent à deux reprises. Ce n'est pas un endroit convenable pour mon épouse. »

Belina saisit l'opportunité qui lui était présentée pour décrire la manière dont Barvaux l'avait fait sortir de force de la taverne du Serpent, expliquant également que la deuxième fois qu'elle s'y était rendue, sans lui cette fois, elle avait découvert que le « pèlerin » et lui y avaient mangé et bu le samedi après-midi.

« En rassemblant tout ce que j'avais vu et entendu, je suis arrivée à la conclusion que Barvaux avait tué le pèlerin. » Elle adressa un sourire à Guillaume. « Même si j'ignorais pour quelles raisons il l'avait tué, j'étais certaine qu'il était le meurtrier. Je pense qu'il a rempli de vin empoisonné la gourde volée à la cathédrale, puis il a donné au pèlerin plusieurs gâteaux très salés pour lui donner soif. Sans l'aide de Sir John, je n'aurais pas pu découvrir que Barvaux était le meurtrier. » Belina lui raconta les deux soirs où elle avait entendu Barvaux et Rocca converser.

Lady Harliston se blottit contre le torse de son mari et se frotta le visage contre la couverture dans laquelle il était enveloppé. Ses épaules tressautaient, mais elle réussit à contenir ses sanglots, afin de ne pas réveiller les garçons. Les autres surveillèrent néanmoins les enfants, tentant de déceler à la lumière des chandelles s'ils étaient vraiment endormis.

Le prince Édouard était immobile, le visage figé et les yeux fermés, mais Sir George crut entrevoir l'esquisse d'un froncement de sourcil. Il demanda qui était Sir John, et Guillaume et Belina se relayèrent pour expliquer que Sir John Keyham était un chevalier anglais, qui s'était trouvé en route pour Saint-Jacques-de-Compostelle lorsqu'il avait souffert d'une crise d'apoplexie à Condom. Il avait presque retrouvé l'usage de sa jambe droite, mais son bras droit était toujours paralysé et, pire encore, il n'était plus capable de parler ou d'écrire.

« Nous jouons aux échecs avec lui, fit remarquer Guillaume, et il gagne souvent. Son intelligence est intacte.

—Ainsi, c'est le mariage de son intelligence et la promptitude à agir de votre épouse qui a résolu le mystère du pèlerin mort.

—As-tu découvert son identité ? Guillaume interrogea Belina.

—Je crois qu'il s'agissait d'un maître-chanteur appelé Robert Penge, mais j'ignore s'il était français ou anglais.

—Notre serviteur, Mautby, a appris qu'un tueur à la solde d'Urswick nous attendait, interjecta Sir George, afin de nous assassiner, ou du moins les deux garçons. Et nous savions déjà qu'il avait noyé deux autres garçons dans l'estuaire de la Tamise, près de Queenborough. Un témoin y avait assisté, et ce témoin suivait à la trace le tueur à travers la Flandre et la Bourgogne. Après cela, les informateurs de Mautby ont perdu la trace des deux individus, mais ils ont indiqué à

Mautby qu'ils supposaient que le tueur, et vraisemblablement le maître-chanteur lui aussi, avait descendu le Rhône afin de se rendre en Catalogne, pour y chercher du trésor permettant de financer l'invasion de l'Angleterre par Henri Tudor en octobre.

—Nous avons donc soigneusement évité le Rhône, bien entendu, ajouta Lady Harliston.

—Il s'avère cependant que vous avez tous suivi le même itinéraire, vous menant à Condom, observa Guillaume. Mais dites-moi pourquoi vous avez quitté le Luxembourg, je vous prie.

—Les espions de Bray y avaient découvert notre présence. Les garçons étaient en grand danger. Nous avons dû nous enfuir en toute hâte.

—Revenons au maître-chanteur, s'il s'agissait bien d'un maître-chanteur, préconisa Guillaume. Comment s'appelait-il ? Ou peut-être ne le saviez-vous pas ?

—Si, nous le savions. Il s'appelait en effet Penge. Robert Penge. Un ancien soldat qui avait combattu pour le duc de Bourgogne. L'un des nombreux hommes écœurés par le traité de Picquigny.

—L'idée de ce traité indigne me répugne toujours, déclara Guillaume. Rien d'étonnant à ce que le roi Richard souhaite venger ce déshonneur et reconquérir la Gascogne. »

Sir George fixa le sol à ses pieds l'espace de quelques instants. « Ce Robert Penge avait environ trente ans, était très résolu, mais il avait également besoin d'argent pour rembourser des dettes de jeu. Nous avons appris qu'il avait retrouvé la trace du tueur à Gand, avant de le suivre jusqu'à Bruxelles, puis Namur et enfin vers le sud.

—Je me demande pourquoi il lui a fallu aussi longtemps pour soutirer de l'argent à Barvaux, s'interrogea Guillaume.

—Barvaux lui a sans doute donné de l'argent, suggéra Belina, ainsi que des biens de valeur, peut-être. » Elle mentionna le superbe médaillon en or, dont un orfèvre de Condom pensait qu'il provenait sans doute de Saint-Mihiel.

« De quel orfèvre s'agit-il, Belina ? l'interrompit Guillaume.

—Messire Benasse. Il fait toujours preuve d'une grande discrétion. Tu le sais bien.

—C'est tant mieux, répliqua Guillaume. Est-ce que quelqu'un t'a vue te rendre chez lui ? » Elle fit non de la tête. « Lui as-tu montré autre chose ?

—Un jeton en argent portant l'inscription "E L Y". Nous n'avions ni l'un ni l'autre la moindre idée de ce qu'elle signifie.

—Ely, lâchèrent les Harliston en même temps. *Très* intéressant.

—Pourquoi donc ? voulut savoir Belina.

—L'évêque d'Ely, le docteur Morton.

—L'ami proche de Lady Margaret Beaufort, vous voulez dire ? intervint Guillaume.

—Exactement.

—Barvaux a affirmé à Rocca qu'il avait été employé en tant qu'avocat à Londres, au service de l'évêque Morton, se souvint Belina. Rocca a voulu en savoir plus au sujet de ses fonctions et Barvaux lui a fourni une longue liste : espion, faussaire, messager, négociateur, soudoyeur, assassin, avocat. Il avait rempli toutes ces tâches pour le compte de l'évêque Morton au cours des quinze dernières années, parfois en France, en Flandres et en Angleterre, et souvent à Calais, où il rencontrait en secret le comte d'Oxford. » Belina laissa échapper un soupir. « Mais Rocca ne dissimulait pas sa désapprobation, ajouta-t-elle.

—C'est sans doute pour cela que Barvaux a assassiné Rocca sur le chantier, fit remarquer Guillaume. Il devait craindre que Rocca ne répète le récit de Barvaux noyant les garçons et ne révèle le complot lancastrien d'invasion de l'Angleterre, visant à renverser notre bon roi Richard. »

Avant qu'il n'ait le temps de leur parler du meurtre qui avait eu lieu sur le chantier, Lady Harliston l'interrompit : « *Notre* bon roi Richard ? » Elle marqua une pause et dévisagea Guillaume. « Le roi Richard est roi d'Angleterre et des Anglais, mais vous êtes français, me semble-t-il ? »

Guillaume se redressa de tout son long. « Je suis à moitié français. Ma mère est anglaise et mes parents vivent à Southampton. Le roi Richard est donc bien *mon* roi.

—Et le roi Louis de France ? s'enquit Sir George.

—Le roi Louis est mort.

—Je l'ignorais.

—Il est décédé samedi dernier. Son fils, le roi Charles, est son héritier, mais il n'a que treize ans.

—Oh non ! » La remarque lui échappa, et tout le monde se tourna vers les princes. Heureusement, ces derniers semblaient toujours dans les bras de Morphée.

Guillaume poursuivit. « Madame de Beaujeu, sa sœur aînée, est régente. Elle gouvernera la France de manière fort compétente, comme son père l'a fait.

—Aidera-t-elle Tudor à envahir l'Angleterre ? s'enquit Lady Harliston. En tant que femme, elle ne souhaitera assurément pas le faire ?

—Cela dépendra de son estimation du pour et du contre, répondit Guillaume.

—Elle ne souhaitera pas que se répandent en France les idées de justice, démocratie et d'impôts modérés du roi Richard, commenta Sir George. Je crains qu'elle ne décide en faveur de l'élimination de notre bon roi et de ses convictions. Il lui conviendrait sans doute de le remplacer par Lady Margaret Beaufort, si avide de pouvoir, et le perfide et ambitieux évêque Morton. Henri Tudor est un individu assez quelconque, qui n'est d'aillleurs pas un réel prétendant au trône. C'est sa mère qui est rongée par l'ambition.

—Morton et Lady Margaret seront bien trop occupés à accaparer encore plus de richesses pour leurs partisans et ceux-ci pour se soucier du peuple anglais ou de la possibilité d'envahir la France et de revenir sur les termes du traité de Picquigny, affirma Lady Harliston. Je crains pour notre pays. » Elle soupira bruyamment.

Les deux garçons se réveillèrent et tout le monde adressa

un regard plein de reproche à Lady Harliston. Elle se redressa vivement et s'efforça de sécher ses larmes.

« Tu es fatiguée, Alice, fit remarquer Sir George en passant son bras autour de ses épaules. De plus, nous devons toujours décider ce que nous allons faire de Mautby. Il est au manoir Senclar avec nos bagages et nos chevaux. Il a certainement eu vent de notre disparition, à l'heure qu'il est. Il est très débrouillard et totalement digne de confiance, Guillaume, mais il aura néanmoins besoin d'aide et de conseils. Pourriez-vous les lui prodiguer ? »

Guillaume se mordilla la lèvre et fit deux fois le tour de la pièce. « Je pense que la meilleure chose à faire pour lui serait de rassembler l'essentiel de vos bagages, pas plus d'un ballot en tout, et qu'il le porte jusqu'aux écuries des Senclar.

—Comment sera-t-il prévenu de le faire ? » Sir George avait l'esprit pratique.

—Je vais demander à Antoni de faire parvenir un message à Mautby, répondit Guillaume. Son frère Tomas travaille aux écuries des Senclar.

—Je vais lui écrire un message, déclara Sir George en se levant, regardant autour de lui pour voir s'il y avait dans la pièce du papier, une plume et de l'encre. Ah, voilà ce qu'il me faut. » Il s'assit sur un tabouret à côté d'une étagère basse où étaient empilés des livres de comptes et des registres, alluma une chandelle et réfléchit quelques instants. Il arracha une page d'un registre et trempa la plume dans l'encre. Il eut quelques difficultés à écrire le message, car la plume était en mauvais état, même après qu'il en affûta l'extrémité au moyen de son couteau. Il relut deux fois son message, ajouta une dernière phrase et attendit que l'encre sèche.

« Guillaume, j'ai demandé à Mautby de nous rejoindre dès que possible à la forteresse de Viana, où réside l'un de nos amis. Nous devrions pouvoir y rester en toute sécurité, en tout cas je l'espère, et attendre que Mautby nous rattrape. » Il marqua une pause. « Mais je compte sur vous pour lui faire prendre un itinéraire différent du nôtre pour traverser les Pyrénées. Je crains les espions d'Urswick.

—Belina, Barvaux avait-il un serviteur en plus d'un palefrenier ? voulut savoir Guillaume.

—Je n'en ai aucune idée.

—C'est important. Essaie de réfléchir, je t'en prie, même si tu es fatiguée. »

Belina secoua la tête. « Je ne m'en souviens pas. Et les marchands flamands qui m'ont parlé de Robert Penge et de Barvaux n'ont pas fait mention d'un serviteur ou d'un palefrenier. »

Sir George suggéra que Barvaux s'était sans doute servi de son palefrenier pour espionner Belina. « Guillaume, il vous faudra bien veiller à ce que personne, et je dis bien personne, ne suive Mautby à la trace.

—J'y veillerai. Ne vous inquiétez pas à ce sujet. Je pense l'envoyer vers le sud, à Auch, et de là au col du Somport. Je vais faire en sorte qu'il rejoigne un messager de la cathédrale d'Auch, qui se rend souvent à Jaca au sud et qui est un bon collègue à moi, tout à fait digne de confiance. »

Il étreignit Belina. « Je pense que Barvaux avait un palefrenier qui t'espionnait, et Miqueu le pense également. » Belina le fixa du regard. « Je suis impressionné par la manière dont tu as résolu le mystère du pèlerin mort. Tu as fait preuve d'imagination, d'organisation et de persévérance. Je n'aurais peut-être pas découvert le meurtrier aussi rapidement que tu as réussi à le faire. » Guillaume embrassa Belina avec grande passion devant tout le monde.

Et Belina lui rendit son baiser avec plus d'ardeur encore.

NOTE DE L'AUTEUR

Le mystère de la disparition des princes de la Tour n'a toujours pas été résolu. Les historiens sont partagés entre ceux qui sont certains que Richard III les a fait assassiner, ceux qui sont certains que quelqu'un d'autre les a fait assassiner et ceux qui pensent que ni l'un ni l'autre des princes ne fut tué. La plupart des romanciers historiques, en revanche, soutiennent l'hypothèse selon laquelle Richard III n'a pas fait assassiner les princes.

Il me semble que cette divergence d'opinion marquée provient du fait que les romanciers attachent une grande importance à la personnalité des individus, et qu'ils sont arrivés à la conclusion qu'il n'était ni dans la nature, ni dans l'intérêt de Richard III de faire assassiner ses neveux. Il était cependant tout à fait dans l'intérêt d'Henri VII, ainsi que d'Henri VIII après lui, de faire disparaître tous les descendants de la maison d'York. Un grand nombre de ces derniers furent tués sur l'ordre de ces deux rois.

Tout historien doit minutieusement étudier les archives et analyser les documents pertinents. Mais la plupart des archives ayant trait à Richard III furent détruites, probablement de manière délibérée. L'un des quelques documents restants qui décrit la manière dont il s'empara du trône est *The History of King Richard the Third*, une description bilingue et inachevée des événements, issue de la plume du très respecté Sir Thomas

More, entre 1515 et 1527, et publiée en 1543, huit ans après sa mort. Plusieurs historiens citent ce document à tour de bras et considèrent qu'il s'agit d'un compte-rendu des faits tels qu'ils se sont déroulés. Shakespeare lui-même s'est servi du texte.

Cette « histoire » de More semble toutefois être une satire. Il y affirme par exemple que Richard III avait un bras flétri. Mais il n'aurait pu être doté d'un tel handicap, car il prit part dès un jeune âge à de nombreuses batailles, où il démontra de réelles aptitudes, et il finit même par mourir au combat. De plus, l'étude de son squelette à Leicester à l'automne 2012 par les docteurs Piers Mitchell et Jo Appleby a démontré que son bras n'était pas flétri.

Un autre épisode insolite dont More fait mention est lorsque Richard III s'adresse à l'évêque Morton le 13 juin 1483 (le jour même où il fit arrêter Lord Hastings) en ces termes : « Vous avez d'excellentes fraises dans votre jardin à Holborn, monseigneur ; permettez-nous de nous en délecter abondamment. » Cette remarque apparemment anodine est souvent citée comme un fait important. Mais les fraises n'étaient pas cultivées en jardin en Angleterre avant la fin du XVIIe siècle, et les fraises sauvages dont les gens se servaient en tant qu'herbes et produits cosmétiques à l'époque médiévale devaient être cueillies dans les bois. Au XVIe siècle, l'époque où Sir Thomas More écrivit sa satire, les fraises étaient symbole d'hypocrisie et de duperie.

Le lien entre le Luxembourg et les princes de la Tour est le suivant : leur grand-mère maternelle était Jacquette de Luxembourg, jeune veuve du duc de Bedford. Peu après la mort de ce dernier, elle épousa en secret son écuyer, Richard Woodville, et eut quatorze enfants. Elle a certainement fait venir avec elle des serviteurs du Luxembourg, qui ont probablement à leur tour servi sa fille aînée, Élisabeth Woodville, qui devint ensuite reine et était la mère des deux princes. Il est possible qu'ils aient tous parlé luxembourgeois entre eux.

On ne peut affirmer avec certitude si Perkin Warbeck était

le cadet des princes ou s'il s'agissait d'un imposteur. Nous savons cependant qu'il a séjourné à Lisbonne, où Duarte Brandão, alias Sir Édouard Brampton, veillait sur lui. Il est donc possible que les deux princes aient voyagé du Luxembourg à Lisbonne, en suivant un trajet passant par Condom. Le second tome des aventures de Belina et Guillaume Lansac relate la manière dont ils échappent à d'autres tentatives d'assassinat sur leurs personnes.

Cet ouvrage a été imprimé par
Lightning Source
MK11 3LW Milton Keynes
Angleterre
pour le compte de Nichol Press
32100 Lescouperle
France
en mars 2018

Dépôt légal : mars 2018

Lightning Source UK Ltd.
Milton Keynes UK
UKHW03f2018270318
320109UK00001B/74/P

9 791097 586034